下册

青岛出版集团 | 青岛出版社

第七章
再遇程洌

2013年年初，天气寒冷。程孟飞看着冷清的家和亏损严重的花圃，在家里喝了好几天的酒。许知颜去拜访他，看到此情此景很痛心。她忽然意识到她需要一大笔钱，否则没法扛起这个家，也请不到最好的律师，给不了程洌希望。

她安抚好程孟飞后，去了一趟卢州的精神卫生中心。做完心理咨询后，她打了个电话给季毓天，请季毓天帮忙介绍一家正规的公司。

2013的夏天，她正式踏入这个行业。随着网络时代的兴起，她依靠公司的包装，成为一个知名度较高的“网红”。

2014年，她帮程孟飞还了一半的债务，还借着人脉联系了许多知名律师，但效果甚微。

2015年，时代飞速地发展着。她的知名度又提升了一个等级，多家杂志社对她青眼有加。她从“网红”转变为模特。

2016年，她从随大毕业，参加了几个美妆综艺节目，赚得比前几年还多。她想让程孟飞重新做生意，但程孟飞不愿意，平时省吃俭用还了一些钱给她。

2017年，所有人接受了程冽不会再回来的事实，包括许知颜。她停了半年的工作，一个人待在随城的公寓里，强迫自己接受新一轮的心理治疗，放松自己。

2018年，许知颜增加了工作强度，不管是什么工作，她都接。银行卡上的数字越来越大，但许知颜觉得自己也越来越麻木。

2019年，程扬十八岁了，考上了卢州最好的大学，许知颜抽出时间赶回卢州给他庆祝。那晚许知颜喝醉了，倒在程扬的肩膀上。她感慨着一眨眼他就长大了，又感慨着他和程冽长得实在太像了。那是程冽出事后，程扬第一次见她哭。她借着酒劲，眼泪仿佛流不完。

2020年的夏天，雨水如瀑布般从天空倾泻下来，青山间烟雾缭绕，天地间一片迷蒙。

许知颜没想到会以这种巧合的方式再见到程冽。雨水打湿了她的裙摆，溅起的水珠犹如一场激昂的钢琴演奏会，每个音符都重重地落在两个人的心上。

因为这次重逢如此意外，所以她觉得自己和程冽的关系远没有走到尽头。上天给了他们致命的一刀，也赐予了他们温柔的重逢。

"程冽。"

她轻轻地叫他的名字，嗓音有些哑，又饱含情意。

风卷着雨吹来，她握着伞的手指一点点地收紧，棕色的长发飘着，发尾湿漉漉的。

八年过去，她的变化不是很大，那张美丽的面孔依旧能轻易地吸引人的目光，只是少了从前的青涩，淡漠清丽的眉眼比过去妩媚一些。从她的头发到手指，每一处都彰显着成熟女人的魅力。

听到她的声音，听到她叫他的名字，程冽不自觉地握紧了搭在方向盘上的手。

随着一声"程冽"，那些压在心底数年的过往犹如电影画面一般在他的脑海里闪过。

两人对视了许久，眼底的浪涛只有彼此才懂。

打破这份平静的是副驾驶座上的一个男人，他觉得许知颜很眼熟。

他不太关注明星，叫得上名字的只有那些大牌，但越看许知颜越觉得熟悉。

想了半天，男人一拍腿，探过脑袋，惊讶地说道：“你是不是那个什么化妆品的代言人？冽哥，在公交站台广告牌上的明星是不是就是她？”

许知颜的五官比较有辨识度，和娱乐圈一水的大眼睛、高鼻梁的明星不同，特别是眼角的泪痣，是她标志性的东西，也因此在平面广告这一块很受欢迎。

程冽没有回答副驾驶座上的男人，回过神，问许知颜：“车坏了吗？”

他的声音低沉，还有些沙哑。

许知颜欲言又止。她看了一眼副驾驶座上的男人，点点头说：“我的手机没信号，你载我一程吧。”

程冽对男人说：“你坐后面吧。”

男人见这两个人好像很熟，一边思考程冽怎么会认识明星，一边麻利地挪到汽车后座上。

许知颜说：“你等我一下，我有些东西要拿。”她停顿了一下，又说，“你能帮我一起拿吗？”

程冽熄了火，什么也没回答，只用行动来表示。他推开车门下车，许知颜往后退了一步，把伞挪了过去。

当他站在她的面前时，她才发现他的身躯比从前宽阔厚实了许多。他似乎又长高了一点儿。

两人来到许知颜的车前，她把伞递给程冽。他们的手碰到一起，一只滚烫，一只微凉。

许知颜看了一眼两人的手，又看了一眼程冽。她没有说话，只是弯下腰，把身子探进车里，拿起自己的包和手机充电线。

程冽动了动握着伞柄的手指，把眼神落在背对着自己的那个身影上。

她穿了一条棉质的黑色长裙，外面套了件透明的薄外套，弯腰的时候，长裙把那纤细有致的身材勾勒出来。

她的样子清冷而又风情万种。

许知颜起身关上车门，指了指后备厢说：“我有个行李箱和一些礼品需要拿出来。”

行李箱是白色的，一看就知价格不菲，那些包装高档的礼品更是精致、昂贵。

程冽把行李箱从后备厢里提出来，又拎出两份礼品，用右手给许知颜撑着伞。

许知颜的两手也不得空。两个人提着一堆东西朝面包车走去，行李箱的轮子滑过湿漉漉的地面，拖出两道蜿蜒的痕迹。

坐在面包车里的人挠着头看着他们，很有眼力见地给他们开了车门。他接过许知颜的东西，整整齐齐地堆放在后头。

程冽撑着伞先将许知颜送上了副驾驶座，然后慢慢地走向驾驶座。

许知颜见他掸了掸肩上的雨水，这件淡蓝色的衬衫有一半被雨水淋湿，成了深色。

车子重新驶向那个熟悉的地方，雨刮器一左一右地摇着，像个计时器。

曾经有个夜晚也是如此。

这些年里许知颜幻想过许多场景：有朝一日她如果帮程冽翻了案，两个人再见面会是什么样子？若有一天他愿意见她，她该说些什么？

刚刚在车上，她还在想象程冽的变化，想着等一会儿见到他该以什么话作为开场白。

这个意外的碰面打乱了她的所思所想。当程冽真的出现在她的眼前时，她才发现八年说长很长，说短也很短，因为她对他的感觉从未变过。

她没有想象中那么无所适从，也没有预计的冷漠疏离。

想到这里，许知颜转过头看了一眼程冽。

她觉得程冽还是那个程冽，只不过时间让他变得沉默了一些。

她的视线在程冽的身上流连着，眼神里藏着深重的情意，还涌动着一股恐惧。她生怕这又是一场梦，怕自己梦醒了缓不过来。

程冽感受得到她灼灼的视线，但没有给她回应。

这种微妙又凝重的气氛让坐在后头的男人连呼吸都变得小心翼翼。他一向话多，憋了一刻钟，终于憋不住了。

车子正好碾过一个减速带，颠簸了一下，老式的面包车防震性能差，男人被抖得哎哟一声叫了出来，差点儿栽跟头。

程冽从后视镜里瞥了一眼，低沉地说："扶稳了。"

男人应了一声，双手一左一右地握住两个座位的边角。他卡在两个人的中后方，干笑了两声，又咳了一声，试图改变一下车里的氛围。

男人又瞄了一眼许知颜，打算从她这里下手。

他客气热情地询问道："姑娘，你是不是广告牌上的那个明星啊？"

许知颜从往事里回过神，抬眼看着后视镜里这个和她说话的男人。只见他虎头虎脑的，脸上长着横肉，眼睛却很有神。

她的记忆里没有这号人，她也不记得程冽有这样一个亲戚。

他是谁？

许知颜问出口："你是程冽的朋友？"

男人嘿嘿一笑，露出两颗小虎牙，答道："我叫贺勤，勤奋的勤，和冽哥在牢里认识的。"

"这样啊……我叫许知颜。"

这人说得多么轻松。许知颜看着程冽，程冽很平静。

贺勤一听她的名字就觉得更熟悉了，又问："许妹妹，你是不是明星啊？"

"不是，我只是个平面模特。"

"那不还是明星？许妹妹，你是冽哥的同学，还是表妹？还好你碰上我们了，不然得在雨里等多久啊……"

程冽本不想开口，但贺勤连着两声"许妹妹"让他不自觉地皱起了眉。他淡淡地说："她比你大。"

贺勤说："我没看出来，她瞧着像十几岁的。那我就叫她一声姐吧，许姐！"

许知颜觉得无所谓，把注意力重新放到程洌身上，嘴里的话却是回答贺勤的。

她缓缓地说："我是程洌的女朋友。"

贺勤的笑僵在脸上，他像哑巴一样，说不出话了。

程洌的眼神黯了些，他没有否认，也没有承认。

气氛再次陷入沉闷。

贺勤知道自己踩到了"雷"，过了好久，打圆场似的干巴巴地笑起来："我没看出来……那……那我喊你一声嫂子吧！"

许知颜轻轻地嗯了一声。

贺勤满肚子的疑问，但他又不敢问，转移话题道："嫂子是卢州人吗？"

"嗯。"

"当明星很累吧？嫂子工作不忙吗？会不会有狗仔偷拍你啊？"

"还好。"

"嫂子今年多大啊？我二十二岁了！"

"我比程洌小一岁。"

"那嫂子也不大啊，正是风华正茂的时候呢！对了，今晚洌哥给我洗尘，嫂子来不来啊？"

许知颜看向程洌，垂下眼眸，说："不了，你们聚吧。"

程洌用余光瞟着她白皙的脸庞。他欲张嘴，但最后还是没说话。

电台里播放的那首 *Yesterday Once More* 接近尾声。

"All my best memories come back clearly to me."

"Some can even make me cry."

"Just like before."

"It's yesterday once more."

"所有美好的记忆清晰地重现。"

"有一些仍能使我哭出来。"

“正如从前一样。”

“仿佛昔日又重来。”

手机有信号后，许知颜叫了修车公司来拖车。她想着没车在卢州出行很不方便，便询问修车公司可否优先帮她修。

面包车里只有许知颜的声音，淡淡的，清冷而理智。

她加了两千块钱，公司告诉她明天就可以提车，具体的情况会打电话通知她。

贺勤在心里感慨：这是个冰山美人啊！他再瞅瞅话少的冽哥，想不通这么不搭的两个人是怎么成为男女朋友的。

车子驶入城南区，程冽打了转向灯，低声问道：“你还住那边吗？”

“嗯。”

按照记忆里的路线，程冽拐弯驶入大道。

这些年卢州的变化也是天翻地覆。市里修建了新的道路和高架桥，居住区拆了又建，公交车多了几条路线，给她的感觉陌生又熟悉，就如程冽。

他们到小区时雨还在下，天灰蒙蒙的，像要塌下来了。已经傍晚六点多了，街道两侧的路灯早早地亮起，昏黄的光静静地照射在雨水斑驳的路上。

这里没什么大的变化。那个开花店的残疾老板娘还在，生了个儿子，七岁了。那家私人便利店变成了日式连锁便利店，旁边的面馆、包子铺也换了几家人经营。

小区里的茉莉花还是老样子，花香四溢，洁白的花瓣随着大雨的冲刷落了一地。那条他们曾经躲在里面接吻的老过道，两旁的爬山虎年年翠绿又年年枯萎。

车子稳稳地停在路边，许知颜去解安全带，触摸到红色按钮时下意识地抬头去看程冽，两个人的视线在半空中交汇。

许知颜停下手上的动作，故意平静地说：“我解不开。”

程洌先解开了自己的安全带，再俯身去解她的。他们的呼吸骤然交缠在一起，安全带松开的那一秒，许知颜说："雨很大，你送送我。"

程洌的眼神变了，喉咙像被什么堵住了一般。他什么话也说不出，沉默地拿伞下车去接她。

拿出行李箱后，许知颜留了一半的礼品在程洌的面包车里，解释道："按摩器是给你爸的，他的腰总是疼。合作方送了几双男士运动鞋，是给小扬的，他这个年龄的男生能穿。"

程洌深深地看着她，许知颜猜到了他的想法，说："你别拒绝，我也不是经常这样，一年就这么一两次。"

拎起许知颜的行李，程洌送她走进楼道。

楼道里的感应灯亮起，一抹淡黄色的光落在两个人的头顶上，这样的画面曾有过无数次，但这一次他们仿佛被按了快进键，样貌和眼神不再是从前的青春和明朗。

可是，两个人有很多难以描述的情绪。

许知颜接过滴水的雨伞，很有耐心地整理好褶皱，把伞收起。

她说："明天我去取车。我不太方便打车或者坐公共交通工具，你能陪我去一趟吗？"

她的语气舒缓、平静，好像风翻过书页的那个夏天，仿佛他们从来没有离开过彼此。

程洌觉得嘴里有点儿干，低沉地说道："明天几点？"

"我不确定，你明天有其他事吗？"

"没。"

"那留个号码吧。"

许知颜从包里找出手机。在她按密码解锁的时候，程洌瞥见她的屏保，是一束绽放的玫红色玛格丽特，而她用手指点过的数字是他的生日。

许知颜新建了一个联系人，备注是程洌。随后她把手机递给他，说："把你的号码输一下。"

程洌很快地输入一串数字，许知颜存储好后拨了过去，程洌口袋里的手机振动起来。

她挂断后说："你记得存下我的电话号码。"

"嗯。"

顶上的感应灯灭了，楼道外的风徐徐地涌进来。他背对着外面的光线，那张硬朗英俊的脸庞让许知颜看得入迷。风掠过她干涩的眼睛。

她朝他跨了一步，抬手去整理他的衬衫衣领。

他今天没有拒绝她，这对许知颜来说是一个好的开端。

她把手指搭在衣领上，眼神慢慢地上移，眼角微微上扬，轻轻地说："原本我想明天再找你，但没想到会在路上遇到你。我有点儿累，但今天……我还是很开心的，就和从前一样。"

程冽的喉结上下滚动，他把目光落在她的脸上。在她的轻言细语中，他漆黑的眼眸不由自主地变得温柔起来。

有那么一刹那，许知颜觉得自己好像真的回到了过去。

程冽微微张开薄唇，声音有些沙哑，说："你上去吧，好好休息。"

这一刹那，她仿佛回到了最后一次见程冽那天。那天他也是用这种口吻和她说话，她以为还能再见他，没想到他早就自顾自地给他们的关系画上了句号。每一年她都去找他，每一年他都拒绝见他。

有那么一段日子她也怨恨程冽，恨他自作主张。

可随着时间的推移，这种怨恨变成了害怕。

许知颜听到这句话，手微微地颤抖了一下。她打量着程冽的神色，问道："明天你会来接我，对吗？"

"会来。"

"雨很大，你路上小心。"她叮嘱道。

程冽嗯了一声。

他们告别时，感应灯又亮了起来，但一个往外走，一个往电梯里走，楼道里很快就只剩一阵风。

程冽回到车里，盯着方向盘出了一会儿神，贺勤坐到副驾驶位上，等着程冽发车，见程冽不动，提醒了一声。

许知颜一走，贺勤彻底憋不住了。

说实话，他看到许知颜的长相，惊呆了。许知颜不愧是混娱乐圈的，保养得那么好，不化妆都那么好看。

更令他惊讶的是，许知颜说她是程洌的女朋友。他认识程洌两年了，只知道程洌谈过一个女朋友，万万没想到这个女朋友居然是明星。关键这件事在逻辑上说不通啊，难不成程洌能边坐牢边谈恋爱？可程洌没有否认，那就说明许知颜的话是真的，他们是男女朋友。

贺勤见程洌心不在焉的，说："哥，开车还是专心一点儿好，要不是我没驾照，现在肯定不让你开车。你看看你分心的样子……不过洌哥，你什么时候交的女朋友啊？之前怎么没听你说过？"

程洌点了一支烟，摇下车窗，把烟灰弹进风雨里，说："我和你说过的。"

"啊？不是说你高中……不会吧！那个姑娘就是她啊？"

"嗯。"

抽到一半，程洌掐灭了烟，发动车子。

贺勤挠着耳朵，嗞了一声："等一会儿，我理一理。她是你高中时的女朋友……当初发生那件事，你进去了，现在才出来。她说是你的女朋友……你们……她没事吧？"

贺勤的"没事吧"指的是这姑娘很固执，等了程洌八年，还是个光鲜亮丽的明星。

贺勤重重地叹了口气："果然世上的好姑娘都不是我的。我当初进去吃牢饭的时候，那死丫头卷了我仅有的一千块跑了，两年来，一次也没来看过我。"

程洌听不清贺勤的话，脑海里只有许知颜的脸和她的声音。

许知颜在家门口找钥匙的时候，门被打开了。于艳梅围着围裙，从房里飘出了饭菜的香味。

于艳梅说："拖鞋在柜子里，你洗手吃饭吧。"

今天不是周末，家里只有她们俩。于艳梅不知道许知颜要回来，只准备了一个人的饭。她翻了一下冰箱，做了个番茄蛋花汤。

两个人都是话少的性子，坐一块儿没有什么话聊，房间里只有筷子和瓷碗碰撞的声音。

于艳梅看了一眼许知颜身上的黑色裙子，嚼米饭的动作变慢了，但到底没说什么。

这些年许知颜和这个家维持着不咸不淡的关系。她有了独立生活的能力，从她上大学开始，于艳梅和许志标就不怎么管她了。

三个人相处得还算和平，许知颜回来的次数也很少。她工作忙，在各个城市穿梭来往，留给自己的时间都很少，更别说这个虚假的家庭了。

过年的时候许知颜回来待了几天。许志标年纪大了，每当许知颜回家，他都会问问她的工作情况，让她好好注意身体。于艳梅和以前一样，话不多，只会默默地准备好自认为对许知颜好的东西。

许知颜把于艳梅给的东西都收着。不管是为了这浅薄的情义，还是为了配合于艳梅，她不再像从前那样抗拒了。因为她见过了更广阔的世界，经历了更痛苦的事情，这个家庭给予她的痛苦不值一提。

过年时她也会去拜访程孟飞，程孟飞的白头发一年比一年多，人也越来越憔悴。他明明和许志标差不多年纪，看着却比许志标苍老得多。

吃完饭收拾碗筷的时候，于艳梅突然问她："回来住几天？"

许知颜想到程冽，知道于艳梅应该听说程冽的事情了，也明白自己为什么会忽然回来。

她说："我休了两个月的假。"

于艳梅顿住手上的动作，又听到许知颜说："我已经在别的地方租好房子了，明天过去看房，以后就不住这里了。"

于艳梅嗯了一声："随你。"

许知颜把碗筷放进水池里，说："爸前些天打电话和我说你最近总是头痛，我托朋友从国外买了个仪器，不知道有没有用，你试试吧。"

于艳梅听完她的话，把视线落到门口的行李箱和两个包装得体的大盒子上。

于艳梅敛了敛眼神，淡淡地说："知道了。"

许知颜习惯了于艳梅的这种反应，收拾完行李，提回了自己的房间。她没看到于艳梅拿着那个盒子在客厅里发了很久的呆。

贺勤醒来时，车子正好到了程冽的小区。他瞅着这个黑黢黢的小区，打了一个大大的哈欠，接下来程冽冒着雨冲进了楼道里。

紧了紧搭在肩上的书包带子，贺勤打量着这个老小区，说："冽哥，你家在这里吗？位置挺偏的，不过环境很安静，车位都没人抢。"

程冽嗯了一声，很快就来到二楼，打开门。程孟飞已经做好饭了，在昏黄的灯光下，他两鬓的白发格外刺眼。

明明程冽都出来个把星期了，但程孟飞看见程冽的那一瞬间眼睛还是红了，像后遗症一样。他生怕这是上了年纪后的一场幻觉，忐忑了许久，直到程冽回来，心才安定了。

贺勤天生是个话痨，热情地喊着"叔叔"，让程孟飞一时适应不过来。

程冽是清白的，可他带回来的这个小年轻呢？听说这个小年轻是犯了事才进去的，程孟飞对蹲过牢的人有点儿抵触。

程孟飞想让程冽别和这些人往来，但还是没说出口。这些年来，程冽一个人在里头，不知道过的是什么日子，出来后难不成还要被程孟飞管着？难道程冽连选择朋友的权利都没有吗？

贺勤和程冽出狱的时间只差一个星期，那时贺勤听到程冽翻案成功要出狱，激动得哭了。他在牢里待了两年都觉得生不如死，更别说浪费八年的大好年华了。

贺勤举目无亲，问程冽愿不愿意回头来接他，让他在程冽那里缓几天。程冽说，到时候我来接你。

就这么一句话，贺勤在牢里翻来覆去地想，觉得自己蹲个牢认识这么个朋友值了。

有了贺勤的絮叨，饭桌上的气氛倒也没那么沉默了。贺勤一边夸程孟飞的厨艺，一边说程扬和程冽相像的程度，还讲了很多在牢里自己和程冽之间发生的事情。

程孟飞沉着一口气，问贺勤："你怎么吃了官司？"贺勤像个没事人一样，和程孟飞干了一杯，说："我骗了点儿钱，就进去了。"

程孟飞说："以后别再干这勾当了，你才多大？"

贺勤咽了一口唾沫，笑着道："不干了，我答应过冽哥的。"

程扬对贺勤没什么感觉。他更想知道哥哥什么时候去找许知颜。从案子被推翻到重审，再到程冽被释放，历时一个多月。程冽让他们先别和许知颜说。一开始他们能理解，程冽怕翻案出问题，变成一场空欢喜，许知颜接受不了，可现在呢？

尘埃落定，真凶落网，这些年来，想着程冽的除了程扬和程孟飞，大概只有许知颜了。

程孟飞和程扬说，自己已经和许知颜通过电话了。许知颜一定很快就会回来，只是程扬不明白，为什么哥哥不愿意去找她。

大家吃完饭，贺勤带着酒气进了程冽的房间，倒头就睡，程冽则和程扬挤在一个房间里。

程冽洗完澡进来，看见程扬坐在电脑前看一份全英文的文献。他只是粗略地瞥了一眼，毕竟很多知识他已经忘记了，有些不常用的单词更是让他头痛。

他盯着程扬的背影，觉得有一丝陌生。在他的记忆里，明明程扬还是个上五年级的小学生，一转眼都读大学了。

程孟飞应该没少费心思，因为程扬的状态看起来非常好，人们不和他深入接触，应该很难看出他患有自闭症。

许知颜应该也没少费心思。

程冽不想打扰程扬，收起了擦头发的毛巾，拿着烟和打火机去了阳台。

夜深了，人们都睡了，客厅里只留着一盏小灯。程冽抽第三根烟的时候，程扬从房里出来，慢慢地走到阳台上。

程扬自顾自地从烟盒里拿了一支烟，点燃，很不习惯地吸了一口。

程冽看着他，抖了抖烟灰，把目光落在室外一片茫茫的暴雨里。

程洌问：“你会抽烟了？”

程扬说：“会一点儿。”

“跟同学学的？”

“跟姐姐学的。”

程洌夹着烟的手一顿：“她抽烟？”

“嗯。”

程洌没再问，把烟吸进肺里，低下头慢慢地吐出烟雾，重重地叹了一口气。

有段时间他不抽烟，因为她偶尔会问。即使她不反感他抽烟，但每次她问起这件事的时候，他总有种被逮到了的感觉。他想着高考结束了，压力也没那么大了，买一包烟还不如带她吃一碗面。

现在呢，他的烟瘾重得根本戒不掉。

第二天下午许知颜终于等到了维修店的电话，维修店说下午四点她可以提车。

挂断电话后，许知颜给程洌打了个电话。他接得很快，旁边有电视机的声音。她说了两三句话，他说马上就来。

一到阴雨天，程孟飞就腰疼，只能躺在家里休息。贺勤一早就出去蹦跶了，说两年没呼吸过自由的空气，要去感受下世界。

比起贺勤的活跃，程洌出来后的活动范围很简单，家、菜市场、花圃，也没有人联系他。

有时候他坐着看电视，一看就是一下午。

所以这通电话很突兀。程扬见他要出门，问：“你是去见姐姐吗？”

“嗯。”他承认。

程扬没说话，看着他拿上外套出门了。

程扬知道自己不用多说什么。他们能感受到的，程洌也会感受到，何况程洌本来就是个细心体贴的人。

但程扬还是不由自主地松了一口气，仿佛终于咽下了堵在喉咙的一块糯米团。

程洌远远地看到许知颜提着昨天的行李箱站在小区门口。

她撑着那把透明的雨伞，穿着米白色的直筒长裤和一件白T恤，一身打扮简单干净，却还是掩盖不住那出尘的气质。她那张消瘦的脸上挂着一副墨镜，整个人看上去像是去拍海报。

看到他的车，她拎着行李箱走来，很熟练地拉开车门把行李箱塞了进去。

坐上车后，许知颜摘下墨镜随意地扔在一边，打开手机导航，说："你照这个提示开吧，我也没去过那家修理店。"

程洌看了一眼导航，发动车子："它会提示我，是吗？"

"嗯……你开一段路就知道了。我第一次开车用导航时也不习惯，直接拐上了去另外一座城市的大桥，绕了一圈才回来。"

"嗯。"

程洌开得很稳，车里弥漫着他身上洗衣粉淡淡的香味。不知道为什么，许知颜总觉得这里还有一种熟悉的独属于程洌的味道。

她把右手撑在车窗边缘，注视着程洌的侧脸，过了一会儿，有些昏昏欲睡。

昨夜她没睡。每次回来她都睡不好，因为这个房间里有太多记忆。她看到角落里的凳子会想起程洌，看到书桌会想到程洌，看到厨房里的用具也会想到程洌。

昨晚她就这么睁着眼躺了一夜，记忆如潮水般涌来，然后一遍又一遍地回想见到程洌的场景。

她和程洌的对话没有从"这些年你怎么样""你过得好吗"这一类问句开始，而是平淡普通的交流，像是他俩从没有断过联系。

他简单地问她是不是车坏了。她让他送一送自己。他帮她撑伞。她说自己是他的女朋友。

他的态度虽然不够明朗，但这种心照不宣让她觉得正好，就这样续写两个人的故事，一切都刚刚好。

想着想着，许知颜合上了眼。她很久没有睡得这么安心了。

也曾有这样的场景，他看着熟睡的她不忍叫醒。两个人都没想到，八年后这一戏码还会上演。

那家维修店并不远，他们很快就到了，但许知颜睡得很熟。

她一如既往的美丽，但没化妆，很难遮住脸上疲惫的神色。

雨哗啦啦地下，程冽退出手机导航，界面再次回到她的主屏幕上。和锁屏的壁纸不一样，主屏幕的壁纸是一对穿着校服的男女的卡通画。他还没看清，屏幕就暗了。

他把手搭在方向盘上，慢慢地转过脸看向许知颜，漆黑的眼眸在大雨的冲刷下蒙上一层迷雾。

他看着她如此疲惫的样子，再看看她不离手的行李箱，以为她今晚就要走。

毕竟她工作应该很忙。

过了十来分钟，程冽想不能再拖了，万一她有很重要的事情要办呢？他听说她们这一行，必须争分夺秒地工作。

他叫醒她，一开始还觉得她的名字从自己的嘴里叫出来会很陌生，但熟悉感接踵而来。

许知颜睡得很浅，隐隐约约听到有人在叫自己，嗓音很低沉，却带着磁性。

她睁开眼就对上了程冽那双黑漆漆的眼睛。这次从梦里醒来，梦里人就是眼前人，她不由得弯了一下嘴角。

她那温柔的笑容让程冽恍了神。

许知颜说："这么快就到了啊？还好我眯了一会儿，不然会疲劳驾驶……"

程冽拔下车钥匙，问："你昨晚没休息好吗？"

"嗯，我昨晚没睡。"

"你的工作很忙？"

"嗯？"她笑了笑，"不忙……"

"我送你进去？"

"好啊。"

两个人挤在一把伞下进了维修店。

许知颜去交维修费时，程冽在边上等她。收银的小姐报了一个夸张的数字，但许知颜一句话都没说，直接刷了卡。

她不再是当年那个修电视时感到茫然的女生了。

见她要提车，程冽说："你的行李箱还在我的车上，我给你拿过来。"

许知颜愣了一下，拉住了他的手。她的手和昨天一样凉凉的。

许知颜说："行李箱先放在你的车上，我们正好顺路。"

程冽的视线从两个人的手上慢慢地移开。

许知颜解释说："我约了中介的人晚上在你们小区看房。昨天我在视频里看过房子，也和房东说好了，今天签完合同就能入住了。"

"什么？"

许知颜微笑着看着他。

程冽的喉结动了动，他想说点儿什么，却不知道该说什么。

两个人开着车，一前一后抵达程冽家的小区。许知颜这辆红色的雪佛兰在寂静的傍晚十分显眼，站在廊檐下的房屋中介人员远远地就看见了。

许知颜和程冽下车后，中介的人给她撑着伞，三个人朝潮湿狭窄的楼道里走去。

中介的人说："房东今晚有事，签约的事都委托给我了，等一会儿你上去再看一下房间，如果觉得没问题，就可以签合同拎包入住。"

许知颜点了一下头，回头看了一眼走在他们身后的程冽。他用单手拎着她的行李箱，眼神深沉，不知道在想什么。

到了五楼，中介人员跺了跺脚，头顶的灯亮了起来。他打开门，介绍道："这栋楼的户型都是一样的，三室两厅，坐北朝南，采光绝对没问题。这套房子是房东新装修的，我在电话里和你说过了。原本房东想把这套房给儿子结婚做新房，但突然用不着了，所以租金偏贵。"

这套房和程冽家的户型一模一样，采光情况她早就在程冽家领略过了，房内的布置和视频里差距不大。

许知颜摘下墨镜，说："我们签合同吧。"

中介人员愣了一下，觉得她很眼熟，但一时想不起来她是谁，也不愿意去多想。大雨天的，又到了下班的点，他只想赶紧完成这笔交易下班。

他从公文包里掏出一式两份的合同交给许知颜。

程洌把行李箱放在玄关处，环顾了一下房间。最基本的家具设施都有，只是这个装修风格不太像长辈给晚辈选的。

他不知道这是什么装修风格，但这种简洁干净的感觉很适合许知颜。墙面是通透的白，桌椅书柜是纯木色的，像她。

签完合同，许知颜给中介转了七千块，六千是三个月的房租，一千是中介费。

中介人员和她核对了一遍房租，说："那你先住，等三个月到了如果想续租，可以直接和房东谈，合同上有他的联系方式。"

"好。"

拿起伞，中介人员美滋滋地走了。

三盏高低不一的直筒吊灯悬挂在两个人的头上，程洌看着这份合同，觉得嘴里干涩，想抽根烟，但忍住了。

许知颜在等他开口说话，但两人对立了好一会儿，程洌也没开口。

她伸手在程洌面前晃了晃，笑着说："你觉得这里怎么样？"

"你的工作怎么办？"他的声音有些沙哑。

"还没来得及和你说，我请了两个月的假。"

她为什么请假？为什么要在这里租房？根本不用问，他心里有答案。但听到她这样轻松地说出口，程洌还是动摇了一下。

他问："老板同意你请这么长时间的假？"

许知颜点点头，转身看着这栋房子，缓慢地道："正好他出了一点儿事，要把手头上的事情停一停，而且他人很好。"

程洌的视线随她移动，他说："那这段时间你好好地休息。"

"那你呢，接下来要做什么？"她回过头看他。

"还没想好。"

许知颜点了一下头，弯腰拿起茶几上的遥控器，打开电视。电视机是好的，屏幕画面亮起后，她又把它关了。

她说："你还没回答我呢，你觉得这房子怎么样？"

"挺好的。"

"我昨天看了很久，发现这个小区出租的房子很少，大多是毛坯房，能租到这个真的很巧。"

"嗯。"

许知颜习惯了他的沉默，不在乎这些，敛起笑容，说："挺晚的了，你要和我一起吃饭吗？"

程洌："你想吃什么？"

外面下着雨，许知颜不是很想出门，想和程洌多待一会儿。

许知颜点开外卖程序，滑了半天，说："我不能吃太油腻的和高热量的。不过我有点儿想吃小龙虾，很久没吃肉了……"

说完她抬眼看向程洌，用眼神询问他："可以吗？"

程洌吃什么都行。他握着车钥匙，说："那我去给你买。"

"程洌。"许知颜叫住他，"不用买，我来点，会有人送来的。"

程洌以为许知颜说的"有人送"，指的是店家老板送餐，或者是她在这里的熟人愿意帮她跑腿送餐。

直到门被敲响，他看到穿着一身蓝衣服的男人，才意识到现在好像有专门送餐的职业，之前听贺勤提过。

程洌提过两份小龙虾，外卖小哥说："麻烦你给个五星好评！"

关上门，程洌拎着小龙虾走到茶几旁，说："那个人让你给个五星好评。"

"嗯……"

许知颜答应着，拆了外卖包装。

她盘腿坐在地上，边拆包装边抬眸看程洌："你不坐下来吗？"

"我们就在这里吃？"

"你不喜欢？"

程洌没说话，在雪白的地毯上坐了下来。许知颜瘦，能挤在茶几和沙发中间，但他不行，只能屈膝坐在外侧，看着许知颜打开两份小龙虾。

在等外卖的时候她又把电视打开了。七点多了，电视台放的都是新闻。她也不是真的在看电视，好像只是需要房间里有个声音。

许知颜把米饭端到他面前，说："我只点了一份米饭，你够吃吗？"

"够了。"

许知颜看着他，忽然轻轻地笑了，低头戴上一次性手套开始剥龙虾。

尝了一只龙虾，她说："这家的龙虾也不如你做的好吃。"

程洌看到那火红的油沿着她的唇角直直地往下滴，抽了两张纸递过去，低声道："你别弄到身上，不好洗。"

许知颜哪里腾得开手："你帮我擦。"

她的声音很轻，程洌一时分不清她是不是佯装的，但他好像永远都拒绝不了她。

他抬手轻轻地拭去她嘴角的红油，两个人的视线一交汇，许知颜眼里的淡然瞬间变为深情。

但她随即一笑，动作很快地剥了只虾递到他的嘴边，一点儿不生分地说："你尝一下，是不是没有你做的好吃？"

虾肉就在面前，程洌沉默了两秒才缓缓地张开嘴。其实虾的味道就那样，能坏到哪里去？

他说："味道挺好的。"

许知颜笑笑，继续慢条斯理地剥她的虾。她吃得很慢，这个习惯没有改变。等程洌就着一盘炒菜吃完饭，她才吃了十来只虾。

点外卖的时候，程洌给程扬发了一条短信说不回去吃了。估计程扬才看到，回复了他一个"好"字。

他刚看完短信，一个陌生的电话打了进来。迟疑了几秒，程洌还是接了。

贺勤在那头开心地说："哥，我买了一个二手手机，这是我的号码，你记一下啊。我今晚不回去了，要蹦一会儿迪，你别想我！"

"你从哪里来的钱？"

"蚂蚁花呗啊，我下个月还上就行了。"

贺勤说完挂了电话，程洌皱起眉头。

贺勤说的话许知颜都听见了。她打量着程洌，把目光落在他的手机上。她摘下一次性手套，往他那边挪了一点儿，拿过他的手机。

程洌用的是一款国产的智能手机。程孟飞不太懂这些，随便给程洌买了一个。现在国产的智能手机不再像2012年的那样了，价格便宜了一点儿，质量也还行。

程洌的手机是最朴实的那款，橙色的壁纸，安装的软件寥寥无几。

许知颜撩了一下垂在脸颊的头发，帮他下载了几个常用的软件。

她柔顺的长发滑过他的手臂。他看着许知颜操作手机，眼神黯了。

许知颜温柔地说："你一定没好好研究手机吧，程扬没有让你注册微信吗？"

"我没来得及弄这些。"

许知颜知道程洌对智能机不算陌生，因为在高中时，季毓天和严爱用的就是智能机。只不过程洌对近几年风靡的各种分期付款、白条花呗不熟悉。

许知颜给他注册了微信号。程洌发现她输入手机号时都没问他。这个手机号他还没背下来，只过了一晚上，她已经记住了。

许知颜说："密码你自己来设置吧。"

程洌用许知颜名字的英文缩写加过去的那个手机号作为密码。

注册好以后，许知颜加了他的微信，说："你点一下同意。"

通讯录里冒出一个红色的"1"。他点开一看，只见屏幕上显示微信名为"L"的用户请求添加为好友。"L"的头像是一个卡通女孩的笑脸，正是许知颜手机屏幕壁纸上的那幅卡通画。

程洌同意好友申请后，许知颜说："你换个头像吧，这个怎么样？"

她发了一张图片给他，是一个笑着的卡通男孩。他还没“脱轨”到这个份上，知道那是一对情侣头像。

但他还是换上了。

许知颜说：“这是我大学时的室友给我们画的。我的那个室友喜欢玩音乐，又喜欢画漫画，我就把我们高中的毕业照给她看了。她照着照片给我画了一幅画，像吗？”

“很像。”他说。

“你觉得我和那时候的样子差得多吗？”

闻言，程冽看向她，轻轻地摇头，低声道：“你和以前一样。”

“你别骗我了，我昨天起床后发现有皱纹了。”

许知颜凑过去，和他脸对着脸。她指着右眼尾：“皱纹在这里，你看见了吗？”

许知颜骤然的靠近让程冽的呼吸一顿。她的脸明明像白玉一样，哪有什么皱纹？

他很温柔地说：“没有，你和以前一样。”

也许是程冽的语气太温柔，许知颜愣了一下，一股酸涩感涌上心头，眼眶一瞬间变得通红。她看着近在咫尺的程冽，强忍着这股酸涩感，缓缓地扬起一个笑容。

“和以前一样……”她喃喃地重复了一遍这句话。

不只是长相，她有更多的地方和以前一样。

看着她眼角泛红的模样，程冽觉得自己的心也颤了一下，下意识地想安抚她。但他把手抬起了一点儿，却又僵住了。

他浅浅地吸了一口气，继而温柔地说：“快吃吧，菜要凉了。”

大雨滂沱，冷风从阳台敞开的玻璃门里一股又一股地涌进来，这个陌生明亮的新家让许知颜不太习惯，有些无所适从。

她和程冽坐着看电视，电视里在播放一则无聊的新闻。

印象里她和程冽没有过这样惬意又悠闲的时光，那一年他们从日出到天黑都在课堂上，只能在课间或午休时说个三言两语。再后来，于艳梅发现他们来往密切，于是他们在学校里几乎不讲话。程洌坐着公交车送她回家，两个人在途中也说不了几句话。他们还没来得及享受高考后的夏天，一切就戛然而止。

一天一夜没睡，许知颜盯着电视屏幕，忽然觉得困了。

不一会儿，程洌感到肩上一沉，低头看去，发现许知颜靠在他的肩上睡着了。

他把电视关了，客厅里瞬间安静下来，只有明亮的光线落在他们的身上。

程洌没动，由她静静地靠着自己。漆黑的电视屏幕里映出两个人模糊的身影，他们亲密地贴在一起，看不出时光蹉跎的痕迹。

程洌想起过去在公交车上她靠着他休息的模样。那时候他们虽然课业压力大，人也疲惫，但和现在比起来完全是两种状态。十几岁时，压力再大也难掩青春散发出来的朝气和倔强，而成年后的压力能压垮一个人，从眼里再难找到那种张扬的色彩。

他清楚地记得许知颜十七八岁的模样，有些迷茫但灵动，哪像现在，举手投足之间都是疲倦感。

这些年她不好过，他知道。

程洌想到这里，搭在膝盖上的手微微地动了一下。他轻轻地去拿茶几上的手机，又看了一眼许知颜，确定自己没有吵到她，开始在手机上看起许知颜的朋友圈。

他以前用QQ。记得微信也是在那两年开始流行的，他起初以为微信是一个小众的联系方式，没想到现在已经成为人们主要的交流工具了。

摸索了一会儿，他才看懂朋友圈。许知颜的朋友圈里大多是关于工作的投票，没什么私人信息。

他刚刚也猜到了。许知颜从前就不喜欢展露自己，对严爱也是。很多情绪许知颜宁愿放在心里也不会主动地说出来，更别说展示在这种平台上了。

回到聊天页面，程洌看了一会儿两个人的情侣头像，给许知颜改了个备注，和从前一样简简单单，只有“知颜”两个字。

他其实很少叫她的名字，两个人也没有什么昵称，不过许知颜从前很喜欢叫他的名字，程冽也好，阿冽也罢。

每次她叫他的时候，都带着一丝暧昧的味道，昨天她也给了他这种感觉。

压抑的欣喜、惊讶，还有毫不掩饰的浓烈感情……她轻而淡的声音和茫茫大雨混在一起，让他静寂的心猛地跳了一下。

第二天许知颜醒来，发现身上有条很薄的深蓝色格子花纹的毛毯。她一眼就认出来了，这是程冽的毯子。

这些年程孟飞过得很节俭，程冽的东西他一样没扔。哪怕周围的人对他和程扬指指点点，哪怕那个女孩的家人隔三岔五就上门来闹，程孟飞都没想过搬走。

程孟飞怕有一天程冽突然回家，却找不到他们。

这条毯子，许知颜熟悉得不能再熟悉了，仔细闻，能闻到程冽的味道。

也许这是她睡得很沉的原因。

强撑着起床，许知颜发现床上不只多了这条毯子，还有一床棉花被、一张床单、一个枕头。

环视着空荡荡的房间，许知颜想起自己需要添置点儿东西。

她之前在各个城市之间来往，住的都是酒店、宾馆，压根儿不需要过多地准备什么，就连在随城的公寓也是之前那个助理帮她收拾的，现在大多由童琪打理。

她很忙，无心理会生活琐事，也不想去做这些。

但不知怎么回事，许知颜忽然觉得现在生活琐事对自己而言很重要。她暂停了工作，有了信念支撑后，一些微不足道的小事也开始变得重要起来。

许知颜洗了个澡，点了一份果蔬汁。在等外卖的时候，她在客厅里做了一套瑜伽。虽说她的年纪不算大，但模特圈子里的人员更迭很快。他们吃的就是青春饭，除了要保养面容，还得保持身材。

她以前吃多一点儿也不会发胖，但休息的那半年内分泌失调，又有些暴饮暴食，开始变得容易长肉。不过还好，她减肥比较容易。

喝着果蔬汁，许知颜给程冽发微信，问他今天有没有空。

她知道他有空，但还是要礼貌地询问一下，给她接下来想说的话做铺垫。

不出意外，程冽说有空。

许知颜给程冽打了语音电话，等了几秒，程冽接了起来。

许知颜望了一眼外头骤雨初歇的天空，说："今天天气不错，也不热，你陪我逛逛商场吧，我缺很多东西。"

她听到程冽那边有电视声，现在不过是早上八点。

过了半晌，程冽沙哑地说了一声好。

两个人在楼底下碰面，许知颜朝他笑了笑。

她穿了件露肩的短袖上衣和一条低腰紧身牛仔裤。以前他就觉得她瘦，现在她好像更瘦了。

许知颜说："开你的车吧，我的车上放不下多少东西。"

程冽掏出钥匙打开车门上车，许知颜很熟练地坐上了副驾驶座。

程冽说："你要买些什么？"

"被子、碗筷、衣架之类的生活必需品。"

"那去大型超市？"

许知颜在导航里输入宜家的地址："先去这里吧，我比较喜欢在宜家买东西。"

程冽没再问关于导航的问题，用过一次就知道怎么操作了。

许知颜望着沿路的景色说："随城也在下雨，下了个把星期，终于停了。叔叔说你一个星期前就出来了，是吗？"

"嗯。"

他没有否认，也没有解释，神色始终淡淡的，但不冷漠。

程冽知道许知颜突然回来一定是因为程孟飞或者程扬告诉了她，她肯定也了解了事情的经过。

许知颜没有问他为什么不去找她，这个问题的答案两个人都知道，况且现在这个答案已经不太重要了。

前天早上程孟飞和她打了一个小时的电话，程孟飞在电话那边哭得泣不成声，她在公寓里也差点儿站不稳，觉得心口又堵又酸。

一方面，她对程洌案件背后的情况感到震惊并充满恨意；另一方面，她在想程洌为什么不愿意立刻联系她。可这问题的答案其实很明显。

八年了，程洌从不愿意见她。她知道程洌是为了她好，如果换成她坐牢，她可能也不会再见程洌。在这点上他们很像，不希望对方还留恋自己，只希望对方能往前走。

可她时常又想，就算对调身份，程洌也会像她一样坚定不移地等待。这种假设后来也给了许知颜许多慰藉，成了她的信仰。

他一定不知道如何面对她。

现在她敢肯定，程洌的心里还有她。从他的眼神，从他没有拒绝她的态度上，她都可以看出来。

这些年她每次问程孟飞或者程扬，他们去看望程洌时，程洌有没有问起过她，两个人给她的答案都是没有。

她在伤心之余隐约地察觉到这是一个谎言。程洌放弃了自己，程孟飞和程扬绝望了。

程孟飞一次又一次苦口婆心地劝她不要再尝试了，要好好地生活。

那通电话中程孟飞终于说了实话。他们每次去看望程洌，程洌都会问起许知颜的状况。程孟飞说："孩子啊，阿洌一直想着你。你们的事你们自己处理，不管怎么样，你回来和他见上一面，好好地把话说清楚。"

所以她抛下一切，义无反顾地回来见他。

她没想过要轰轰烈烈地和他重逢，也没想过一朝就和他回到从前。

因为程孟飞说程洌回来后不想出门，话也不多，就窝在家里做做饭、看看电视，有时候一看就是一整天。程孟飞看着程洌的模样，忍不住流泪。

许知颜几乎可以想象出那个画面，因为她在法庭上见过程洌沉默、消极又茫然的模样。

她不是心理专家，也从未遇到过这样的事情。要怎么解决，她心里也没有底。只有一个念头疯狂地驱使着她，那就是去见程洌。

他曾经是那么骄傲、那么努力的一个人。一夕之间天翻地覆，时代的发展让人望尘莫及，许知颜知道他需要时间去适应。

因为他们还年轻，能跟上社会的脚步；也因为他们还年轻，有机会重来。但程洌绝不能这么消极地一天天看电视。

许知颜看着正在开车的程洌，缓缓地笑了，轻轻地说："对了，你知道严爱和季毓天要结婚了吗？"

程洌的眼中闪过一丝惊讶，但他很快平静下来，低沉地问："他们要结婚了吗？"

"嗯，我也是前天收到她的消息才知道的，到时候我们一起去，好吗？"

程洌沉默了一下，问："他们在卢州办婚礼吗？"

"应该在随城。季毓天虽然户籍在卢州，但家在随城。严爱毕业后也去了随城发展，我和她一年会见几次面。"

程洌听着这些变化，转了转眼珠，很低地嗯了一声。

许知颜怎么会不知道他的想法？她说："我回头和他们说一声，他们也很想你。"

正值假期，宜家的顾客不算少。但毕竟卢州是个小城市，这里的人再多也比不上一线城市的一家火锅店。

许知颜戴了棒球帽和口罩，只露出一双眼睛。

程洌想到她现在的身份，问："你会被拍吗？"

许知颜想到他还没用微博，应该不知道她的新闻。不过她的那些事又算得了什么？她到底不是什么大人物，很快就失去了"热搜"第一名的地位。今天她在"热搜"榜上已经没影了。

徐峻和黄耀应该处理得差不多了。

如果她再被拍到和陌生男人幽会，估计会再上一轮“热搜”，但许知颜觉得无所谓，因为她不是偶像也不是明星，只是个普通的平面模特，公司也没有要求她不许谈恋爱。

只不过她习惯了戴口罩和帽子，而且徐峻对她很好，她暂时不想再给徐峻惹什么麻烦。

许知颜说：“我没那么有名，没几个人能认出我，昨天那个中介人员就没有把我认出来。”

虽然她是这么说的，但在程冽心里她很优秀，身上闪着光，站在那里就是与众不同的。

两个人逛得很慢，许知颜对很多东西感兴趣，像第一次逛这种地方。有时候她还会问程冽这是什么，程冽不太答得上来。

不过许知颜总是笑着说：“我也不知道这是什么，做得太艺术化了。”

程冽看着空荡荡的推车，觉得自己应该提醒许知颜买东西了，但看着她眼里轻松的神色又把话吞了回去。随她吧，他想。

其实许知颜并不热衷于布置房间。从前家里有于艳梅负责布置房间，大学的宿舍也就那么大点儿，没地方供她发挥。毕业后她有助理帮忙打理琐事，连私服都少得可怜。

但结账时的价格有点儿出乎许知颜的意料。不是说贵，而是她没想到自己随手拿了那么多东西。

那个房子不缺什么大件，柜子、桌椅都有，所以她买的都是小件。

程冽帮她把物品搬到车上，背脊出了一层薄薄的汗。许知颜说请他吃饭。

在学生时代，他们哪敢去什么高档的餐厅？火锅店、烧烤店对他们而言已经比较好了。程冽以为许知颜会带他去很华丽的餐厅，毕竟这些年她增长了很多见识，阅历也丰富了，可许知颜没有。

她说想吃面，那家面馆还开着。

从宜家到那个偏僻的面馆，路途遥远，但程冽还是带她去了。

曾经那个夜晚没有人能够忘记：带着湿润寒冷的气息和面汤热气

的夜晚，一点即燃的吻和动人的誓言。

夏天中午来吃面的人很少，他们推开门，听到门铃叮咚一阵响，老板热情地抬起头，然后表情僵住了。

许知颜神色如常，笑着说："叔叔，来两碗汤面。"

"哎……哎，好……你们坐，你们坐！"

他们上了二楼，还是选择了老位置，装在墙壁上的电扇来回吹着。

程冽环视了一圈，说："这里重新装修了一遍？"

"嗯，两年前翻修的。"

"你来过？"

程冽抓住了话里面的重点。

许知颜摘下口罩和帽子，梳理了一下头发，说："我回卢州就会来。"

程冽怔了一下，声音低沉地说："我去抽根烟。"

"嗯。"

程冽下去，正好碰到光头老板坐在那里若有所思。他看到程冽，叹了口气，说："你要不要跟叔抽根烟？"

两个人来到店外，雨后的气温一点点回升，阳光强烈一些就晒得皮肤发烫。

程冽给老板点上烟，然后又挡着风点自己的烟。把烟点着后，程冽蹙着眉深吸了好几口。

当初程冽坐牢这件事闹得沸沸扬扬，现在他被放出来却不是尽人皆知。老板听小道消息说他被放出来了，原来是真的。

老板说："阿冽啊……受苦了。"

程冽垂着眼眸看着斜前方的地面，没回应。

老板说："你还年轻，还有机会。这世上有多少人蒙了冤，一辈子都洗不清。你还有你爸，还有这个姑娘，要好好的。"

说完老板还重重地拍了两下他的肩膀。

出狱后，这句话程冽听过很多次。监狱长是这么和他说的，牢里的其他人也是这么说的，程孟飞是这么说的，邻居也是这么说的。

他们说这话是出于好意，他知道。

程洌沉沉地嗯了一声。

老板想到什么，下意识地回头看了一眼店，说："你那个小女朋友可是年年都来，她第一次单独来的时候我都没认出来，直到……"他顿了顿，"直到她吃着吃着就哭了，店里其他人一个个地跑来和我说，我才注意到。后来她倒是不哭了，就是看着没什么精神。你们俩现在……还好着？挺好的，这样的好姑娘也不多了。今天的面叔叔请你们吃，以后有机会多来光顾。"

程洌抽烟的动作变慢了，他怎么想都想不出许知颜痛苦的模样。

程扬和他说过，那晚许知颜倒在程扬的肩上，无法控制自己，哭得停不下来。

他见过许知颜眼红的样子，但没见过她哭。她是个倔强到骨子里的人，从不服输，不怯懦。她展现给他的永远是带着笑容的一面，就连在法庭上也是。

抽完烟后，程洌回到面馆里。许知颜拿着手机给面条拍照，似乎在研究怎么拍才会让面好看一些。

见他来了，许知颜收起手机，说："吃吧，下午我想去看电影。"

程洌觉得她好像都安排好了。

他问："你不回去整理房间吗？"

昨晚看她太累，他怎么也不忍心叫醒她。她睡得格外沉，他把她抱起来她都没知觉。

他觉得她搬家搬得太匆忙，拎着一个行李箱就来了，被褥、毛巾都没有。他只好回去拿了一床被子，让她睡了一晚。

他不能让她去他家里睡。他的家里都是男人，而且对她来说贺勤算陌生人，很不方便。

许知颜睡得很沉，但皱着眉头。他坐在床边看了她好一会儿，不知她梦到了什么，眉头又慢慢地松开了。

然后他就回去了。他知道第二天她会联系他的。

经他这么一说，许知颜才反应过来，于是笑盈盈地说："那你帮我一起整理吧！我一个人有点儿吃力。”

“嗯。”

“那晚上我们去看电影？”

“看情况决定，好吗？”

程洌温柔的询问让许知颜的心有些悸动。一个人的性格到底是刻在骨子里的，不管这个人受了什么样的苦楚，性格都不会变。程洌从骨子里就是这样一个温柔体贴的人。

许知颜点了点头，不再说话。

她没吃多少面就说饱了，程洌想让她多吃点儿，但考虑到她的职业，就没说话。

只是她这么瘦，健康吗？

可他没有资格去说这些。

许知颜体谅程洌开了这么久的车，在回去的路上，车是她开的。程洌的这辆面包车她开不习惯，所以开得很慢。

她想起那时候程洌开车带她去看演唱会，带她出来过生日，去野营，去看电影……他开车的样子看起来十分老练。但推算起来，那会儿他拿驾照不久。

许知颜说：“我是大二的时候学的驾驶。那时候我刚入这行，老板喝醉了让我送他回去，我说我不会开车，大家都觉得奇怪，他们认为是人理所当然就会开车。学了以后，我发现自己不喜欢开车，总觉得会出事故，平常也不怎么开车。所以我一直觉得会开车的男人很有魅力，也会想起你开车的样子。你那时候上路不会紧张吗？”

她的话比以前多，程洌能感受到。又或者是因为他的话太少，她不得已，只能多说几句。

程洌时刻关注着路面情况，确定暂时前后没有车辆后，答道：“我刚开始也会紧张，开多了就好了。”

“我现在还是会紧张。”

“你别想太多，把注意力集中在方向盘上，以后自然而然就会顺手起来。”

许知颜笑着说："嗯……不过，我觉得载你的感觉还不错。"

程洌不需要一直在驾驶座上坐着。

程洌能明白她话里的意思，但他坐得并不安稳。

回去后，许知颜把那些摆件放好，左看右看都觉得和这个房子的风格不搭。她想去问问程洌的意见，推开卧室门就愣住了。

程洌把她的卧室打扫得一尘不染。地板被重新拖了一遍，床上铺了厚厚的棉被。

他家务做得比她好，这点她在没和程洌谈恋爱时就知道了。

那会儿她幻想过和程洌一起去随城，两个人应该会在校外租一间房，他一定会承包所有的家务。

房间很小，却是完全属于他们的，也是第一个真正欢迎她的地方。

此时此刻，看着程洌汗流浃背地打扫房间的模样，许知颜有了点儿租房同居的感觉。

程洌擦完飘窗，转身看见许知颜靠着门正盯着自己。他没觉得不自在，自然地把抹布扔进桶里。

他说："给卧室通通风吧，干得快，我去把卫生间打扫一下。"

卫生间明显被她使用过了，有股若有似无的香气。洗漱台上躺着一次性的牙刷、牙膏，圆凳上扔着几件衣服，是她昨天穿的。

程洌想帮她把衣服放到洗衣机里，结果拿起来的时候有一小块布料掉了下来，是白色的，和当年的款式很像。

许知颜给他拿消毒液，正好看到这个画面。

怎么说呢？他们是成年人了，也有过热情的过往，但这种无声的禁忌还是让两个人尴尬了会儿。

不过他们很快又跟没事人一样，做起手里的活。

绝大部分家务是程洌做的，许知颜没有觉得过意不去，反倒产生了一种他们是平等的的想法。

程洌乐意做这些，在她看来，表示程洌是认可他们的关系的，他愿意来到她的身边。

许知颜本想像昨晚一样邀请程冽吃晚餐，但程冽没有昨晚答应得爽快，想了想，说："今天我爸有点儿忙，现在我得回去做饭了，贺勤在家，晚点儿小扬也要回来了。"

"程扬去看一个知识竞赛的讲座了吧？"

"嗯。"

许知颜换上鞋，说："那我去你家吃吧。我回来了，也应该去看看你爸和程扬。昨天……我没想到……只想着和你单独待一会儿了。"

提上垃圾，两个人下楼了。

程冽的两手都抓着垃圾袋，没让她提。下楼的时候许知颜又说起程扬。她知道程冽清楚程扬的状况，但还是忍不住跟程冽聊到小扬。

许知颜说："小扬的情况在自闭症患者里真的算很好的了。他头脑聪明，只是不愿意去交朋友。读高中那几年，他真的很独立，上了大学也是这样。我觉得他是个很有想法的孩子，知道自己喜欢做什么。我看着他一点点地长大，再难的情况都挺过来了。"

程冽深有感触，每一年见程扬，都能看到他身上的变化。程扬长得越来越高了，那双和程冽相似的眼睛也愈来愈漆黑。

程扬的话不多，他只是紧紧地盯着程冽。

看到这样的程扬，程冽在牢里只觉得够了，一切都足够了。

不过程扬能够这样稳定地成长，少不了许知颜的帮助。

程冽把垃圾扔了后，转过身来看着她，很低沉地说了句谢谢。

许知颜的确做了很多。她入这行，当初也是为了他。她对于自己的付出不想否认，甚至还希望程冽能记得清清楚楚，这样才公平。

这么多年他一直不愿见她，她心里有怨恨也有害怕。程冽给她打扫卫生也好，和她道谢也罢，她觉得这是程冽欠她的。

两人对视着。许知颜冲程冽笑了笑，表示这句谢谢她收到了。

他们往程冽家所在的那栋楼走去，刚跨出一步，程冽的手机响了，电话是贺勤打来的。

贺勤在程冽家里盯着猫眼看了一会儿，挪到一个角落，对程冽说：

“冽哥，你家门口有个女人，一直在哭，还在敲门。她是谁啊？是你爸爸的那什么，还是敲错门了？她哭得我汗毛都竖起来了。我隔着门问她是谁，她不说。问她找谁，她也不说。”

贺勤“嗨”了一晚上加一上午，才回来没睡几小时，门就被拍得咚咚作响。他和对方沟通了老半天，外面的女人就是不吭声，他的瞌睡瞬间被吓没了。

一开始程冽没听懂贺勤在说什么，但最后两句话让程冽心里有数了。

挂了电话，程冽快步往家里走去。许知颜不明所以，跟了上去，因为程冽的脸色不是很好。

两个人拐上二楼，只见一个穿棕色薄衬衫的女人哭得肝肠寸断。她很瘦，仿佛只剩一副骨架，皮肤比较黑，黑发随意地被拢在后面，面容沧桑。

她看见程冽，眼眸亮了一下，扑通一声跪在程冽面前，双手合十对着程冽磕头，张着嘴哭着，但就是不讲一句话。

许知颜明白了。

这应该就是程冽的那位婶婶——程凯杰的母亲。

贺勤从猫眼里看见程冽回来，推开一道门缝，观察着这诡异的情况。他脑子活络，忽然想起一个人，恍然大悟，看着眼前跪在地上的女人。

女人从包里掏出一个本子，快速地在上面写道：对不起，对不起……救救凯杰，他肯定不是！

程冽的眼神很深沉。过了良久，他用沙哑的嗓音说：“你回去吧，这事应该找法院。”

女人痛苦地摇着头，手指戳着“他肯定不是”这几个字。

许知颜一向挺会换位思考的，所以能体谅程冽对她的决绝。她当初能试着去理解于艳梅，所以此时也能理解这个女人的绝望。

曾几何时，她和程孟飞、程扬也是这样的绝望。

这件事被尘封了八年。当所有人都打算放弃的时候，真相又在不经意间浮出了水面。那几年许知颜委托过许多业内知名的律师接触过这起案子，所以很多律师和刑警知道这件事。

那天在电话里程孟飞是这么和她说的。

程凯杰是他弟弟的儿子，比程洌小几岁，太顽皮，不爱学习，没考上高中，早早地就出去打工了，这几年在很遥远的南城混。

有一天程凯杰喝多了，吹嘘说自己杀过人，还有什么不敢做的？他一捂那些女人的嘴巴，她们就断气了。起初工友当他是乱说的，谁不知道程凯杰平常没个正行，又死要面子？

但是程凯杰把案件过程说得很详细。

他说他十三岁的时候，在网吧看了那种片子，觉得“躁”得慌，回家正好看见隔壁漂亮的小妹妹，就想摸她几下。谁知道她那么娇贵，被他捂了一会儿嘴巴就死了。

那时他十几岁，出了这样的事情到底还是有点儿慌。他说换成现在，无论如何也得“爽”一回再走。那时他匆匆地把女孩藏到了床底下。

他说他那时候很聪明，还会擦指纹。也算他堂哥倒霉，什么时候不来收账，偏偏选这天来，还和那个女孩待了这么久。

程凯杰是真的喝醉了，别人问什么他都说，牛气冲天的。

有的工友觉得程凯杰是被女朋友甩了才胡言乱语，有的工友觉得这事儿听起来毛骨悚然，像真的。

有个早就看不惯程凯杰的工友套他的话，还偷偷地录音了。第二天，他抱着幸灾乐祸的心情去报警了。他想着不管这件事是不是真的，总能折腾一下程凯杰，让他别再那么嚣张。

接到这个报警，南城公安的警员们纷纷倒吸了一口凉气，立马把程凯杰抓了回来，又联系了卢州的公安。

这起案子再审了。

程洌原以为肯定没机会翻案了，这都多少年了。但南城公安的赵烈旭是出了名的准和神，和卢州公安合作，重新寻找证据，力求推翻原判决。

程凯杰因为受不了公安的这种心理突破战，认了罪。

要说程凯杰多狂妄也不至于，但人做了亏心事总是会做噩梦的。他隐瞒了八年，警察一吓唬，心理防线就彻底崩塌了。

给程冽翻案的那段时间，与案件相关的人都挺不安宁的。程孟飞跪在公安局门口大喊沉冤得雪，求公检法给程冽一个公道；程凯杰的母亲晕倒了好几次，哭得昏天黑地，怎么也不相信自己的儿子会杀人；而小女孩的父母好不容易才缓过了一点儿，得到这个消息，从前的种种恨意再次涌上心头，闹得程凯杰一家鸡犬不宁。

这起案件没几家媒体报道，如果有人从天空俯视，大概会觉得整个城市看上去风平浪静的。

许知颜看着这个女人凄惨的模样，猜想她不是第一次来这里了。

她想获得谁的原谅？程冽的吗？可她凭什么呢？凭什么她说她的儿子不是杀人犯就不是杀人犯了？

警方的证据摆在眼前，程凯杰自己认了，还把犯罪细节交代得一清二楚，难道是被逼的吗？

当初程冽不认，抵死都不认，有谁相信他？

女人拼命地磕头，额头都渗血了。程冽有些看不下去了，弯腰拉她起来，冷冷地说："求我没用，法院已经判了，他自己也认罪了。你别再来了，我爸的心脏不好。"

女人痛苦地摇头，又莫名其妙地给许知颜磕头，仿佛把希望寄托在了许知颜的身上。

许知颜比程冽要冷漠许多。她言辞锋利地说："你也是可怜人，但你的儿子犯了事，你就没有责任吗？现在儿子坐牢了，他的人生没指望了，可叔叔八年来每一天都是怀着这样的心情度过的。换成是我们求你，你会帮忙吗？"

女人顿了一下，还是想请他们帮忙。

许知颜说："他当年才十三岁，十三岁就敢这样做，你没有想过是为什么吗？"

他们僵持了很久，女人抹了抹脸，失魂落魄地，晃晃悠悠地走了。

结束了这场短暂的闹剧，三个人进屋后一时都没说话，最后还是贺勤打破了僵局。

他伸了个懒腰，说："晚上吃什么？叔叔啥时候回来？哥，你弟弟呢？"

程洌叼了根烟，听到贺勤的话，拿开烟，说："晚上我做饭，行吗？"

"我吃什么都行，我不挑！谢谢哥！"

许知颜调整了一下自己的情绪，说："我帮你吧。"

贺勤很识相地没打扰这对小情侣，摸了摸下巴回了程洌的房间，把门一关继续睡觉。

雨后的傍晚，夕阳光绵延万里。厨房里，一排老旧的窗户敞开着，七月的柳树枝条随风飘荡，洗菜切菜声混着知了声传入人们耳中。

许知颜不会做饭，八年前不会，八年后也不会。但她会洗菜，把每一片菜叶子都洗得很干净。

许知颜洗着洗着，程洌觉得哪里不对劲。他转头看去，发现许知颜在抹自己的脸颊，动作干脆又倔强。

她哭了。

男人的心思没有女人细腻，他不明白许知颜为什么突然哭。这是他们见面的第三天，之前她一直保持得很好，为什么这会儿突然控制不住情绪？

程洌关了水龙头，低声说："我来洗，你去休息吧。"

许知颜轻轻地摇头："我帮你。"

"那你别哭。"

"嗯。"

虽然答应了程洌，但许知颜很难克制住自己的情绪。她用一只手撑在水池台边上，用另一只手捂住脸，肩膀在颤抖。她不想这样哭，但心里仿佛被划开了一道口子。

程洌的眼神很深沉，他眼都不眨一下地看着她，觉得喉咙里又干又涩。

许知颜的哭声是他的软肋。

他握住她的手腕，把她捂着脸的手拿了下来，温柔而低沉地说：“别哭。”

许知颜抬头看他，很勉强地笑了一下，脸上还有蜿蜒的泪痕。

这声“别哭”让她更难克制自己了。

她望着他的眼睛，伸手抱住他。

她把耳朵贴在他的胸膛上，程洌的心跳沉稳有力。分别了那么久的怀抱还是如此温暖，这种久违的感觉让许知颜觉得格外心酸。

程洌愣了一下，接着慢慢地抬起手，安抚似的轻轻地拍她的背。

“不哭了。”他说。

许知颜的啜泣声一开始很小，到后来，她用额头抵着他的胸膛，一声比一声难以控制。她在发抖，又不想让自己情绪失控到这种地步。

夕阳的余晖落在两个人的身上，他们的影子交缠在一起，清晰而坚韧。

程洌抱着她，觉得她太瘦了。她压抑的哭声让他想起面馆老板的话。

老板说许知颜边吃面边哭，哭得停不下来。此时此刻亲眼见到，程洌才明白这到底是怎样一幅画面。

好像受尽了苦楚和委屈的人不是程洌，而是她。

也只有真正把他放在心里的人才会这样感同身受。

这些年，他痛苦、绝望，她也是。

程洌非常温柔地安慰着她。

许知颜也不明白自己为什么会忽然崩溃。她看着那个女人跪在他们面前，凄惨地请求他们帮忙，一股恨意和怨气涌上心头。紧接着，她想到程洌逝去的八年时光，心像被一点点地勒紧，阵阵酸水往上冒。

她替程洌恨，替程洌委屈。

谁愿意让深爱的人经历这些？

那时候他们求了多少人，又受了多少谩骂和侮辱？就连程洌逝去的母亲都被拉出来批判。

程洌一家对他们还不够好吗？生意再亏，程洌一家都没亏待过程凯杰母子。这几年，即使自己的生意连连赔钱，但念着兄弟之间的情谊，又觉得这个女人可怜，程孟飞对程凯杰母子依然很好。

程孟飞在电话里和许知颜说，他恨不得打自己两巴掌。如果他没有向弟弟施以援手，也没有让阿洌去收账，是不是一切都不会发生？

程凯杰母子又凭什么享受他的付出，心里不内疚吗？

程孟飞的伤疤被撕裂了，不得不再一次想起妻子和弟弟的离世。这些年来大家兜兜转转，其实根本难以分清对与错。

唯一的错就在于程凯杰没良心、没道德。

痛苦了那么久，程孟飞终于等到了程洌的冤屈被洗白的一天。但面对真相时，他整个人一度快要晕厥，心脏受不了。

缓过神来，程孟飞觉得心痛得讲不出话来。谁能料到那么小的孩子会有这么歹毒的心思，又有谁能料到栽赃陷害程洌的是这么亲近的人？

当时程孟飞在电话里和许知颜说这些，许知颜没有哭，只是觉得震惊、怨恨、心疼。但今天她亲眼见到那个女人求他们的样子，这些情绪翻江倒海地涌上来了。

一起涌上心头的，还有多年的思念。

她扑进他的怀抱，他没有拒绝，许知颜的情绪再也控制不住了。

曾经她沉溺于他的温柔，如今也是。

第八章

是她撑起了他

那个女人来过的事情程冽让他们不要提，因为程孟飞的心脏真的不好。

程冽刚出来那会儿，程孟飞就被闹得犯过心脏病。

说到程孟飞的心脏病，程冽再一次向许知颜道谢。程孟飞以前没这方面的疾病，程冽也是很久以后才知道，原来在法院判决的那天程孟飞心脏病突发，住院了。

这八年来许知颜为他做的事情，他都清楚。所以他在公路边见到她，没有生分的感觉。

许知颜的眼睛还红着，这会儿她已经冷静了，没说什么，浅浅地笑了笑，帮程冽端菜。

贺勤瞅着他俩，又被勾起了好奇心。他昨晚蹦了一夜的迪，和不少姑娘搭讪了，但一个都没“撩”到。哪像程冽，蹲了八年牢，外头还有一个姑娘死心塌地地等着。

程冽的话不多，大多时候是贺勤在讲。许知颜想从程冽那里问出点儿什么，基本不可能。

贺勤吃着西瓜，有一搭没一搭地和许知颜聊天，发现许知颜没有他想象的那么冷漠。熟络后，她给人的感觉还是挺随和的，至少没什么架子，也不装腔作势。

熟了，贺勤的胆子就大了，他吐了两粒西瓜子，悄悄地问："嫂子，你和洌哥是怎么认识的啊？"

许知颜看着在厨房里炒菜的程洌，回想起自己和程洌认识的时候。

她说："开始他是我的家教，后来是我的同学。"

"这么复杂，听着倒是挺带感的。哎，洌哥是真的冤，还好老天开眼。你们打算结婚吗？"

"他如果想结婚，就结。"

贺勤佩服她的冷静，她回答得真随意。不过，贺勤笑呵呵地说："你们结婚时要叫我啊，我可以给你们当司仪！"

许知颜听到这话，才打量起贺勤来。她记不清贺勤的名字，回想了一下才想起来。

许知颜看贺勤不像穷凶极恶之人，如果贺勤真的不是好人，程洌也不会把他带到家里来。

许知颜问："你是怎么进去的？"

"嘿，别提了，我用高科技骗了点儿钱。"

"高科技？"

"嗯，我电脑玩得好，靠这个混饭吃。我打算和洌哥开家电脑维修店，或者开个游戏公司。"

许知颜笑了，贺勤也笑了，两人都知道这话不着边际。做什么生意不需要本钱？不过贺勤这身混饭吃的本事，还是让许知颜对他另眼相看。

大约过了半小时，程扬和程孟飞回来了。家里很久没这么热闹了，程孟飞一时不习惯，又掉了几滴泪，还打趣自己，说人老了容易伤感。

程孟飞上次见许知颜还是过年时。今天他在饭桌上打量着她和程洌，觉得两个人像没事人一样，虽然比不上八年前亲昵，可看起来也不疏离。

程洌会把她喜欢的菜摆在她的面前。菜都没放葱花，因为他记得许知颜不吃葱，非常有心。这让程孟飞感到慰藉。

他们这一家人欠了许知颜很多。

程孟飞想，不管许知颜和程冽成不成，程家都要对她好。

吃完饭，贺勤主动要求洗碗，其他人就闲下来了。程扬早早地进了自己的房间做事情。

程孟飞累了一天，洗完澡就去睡了。

程冽和许知颜在阳台上吹风，脚边是程家养了十几年的花卉。茂盛的蔷薇爬藤从栏杆上吊下去，风车茉莉开了一大片。昨夜还在下雨，今晚的天空星子稀少。

程冽从烟盒里拿烟，问许知颜："可以吗？"

她点头，然后看着他点烟。烟点着的时候，许知颜伸手去拿。

她笑着说："你再点一根吧。"

她拿过他叼着的烟，直接送进了自己的嘴里。

看着许知颜熟练的动作，程冽觉得胸口有点儿闷，缓慢地又点了一支。

许知颜说："你就抽红塔山吗？"

"嗯。"

"我记得那时候你在我家里第一次抽烟，烟盒上就印着红塔山三个字。很巧，我的大学室友也爱抽这个牌子的。"

这是有头没尾的一句话。

风吹起她的头发，她那白净的面孔在皎月下璀璨生辉。烟雾飘过她的眼尾，此情此景像一幅画。

许知颜又说："贺勤说你们要开家电脑维修店，你真是这样想的吗？"

明知道是贺勤的玩笑话，许知颜还是想问问程冽。

程冽抖了一下烟灰，说："等赔偿金拿到再说，还没决定呢，我对电脑也不擅长。"

"到时候我可以入股吗？"她开玩笑。

"随你。"程冽的声音低沉而温柔。

"程冽，我们还年轻，还来得及。"

程冽没想到许知颜也会和他说这句话。但这话从她的嘴里说出来，感觉很不一样，让他顿了一下手上的动作。

可能因为她是和他一起走过光辉岁月的同龄人，是他放在心底无可取代的人。

这一刻，晚风徐徐，月朗星稀，程冽看着她的侧脸，心一点点变得十分柔软。

许知颜从来没有这么清闲过，每天睡到自然醒，每条微信消息都能及时回复。因为她太闲，晚上很难入睡。

早上，她会起个大早陪程冽到菜市场买菜，在他家蹭一日三餐。空余时间她就玩玩手机或者和程冽一起看电视。

这几天温度骤然攀升，两个人都不太愿意出门。他们不像贺勤那样总是往外跑，有时晚上都不回来。

这天下午，许知颜吃了饭有些困倦，缩在沙发上和程冽一起看闯关节目。贺勤回来了，喝得醉醺醺的，跟在他后头的还有一对夫妻。

贺勤摸不着东南西北，进房后倒头就睡。

那对夫妻提着一些礼品。放下东西后，他们在程冽面前跪下，程冽手疾眼快伸手扶住了他们。

许知颜认得他们，是那个小女孩的父母。他们还年轻，黑发里却已经掺了白发。随着这场风波，他们一连伤心了两个月，看起来精神实在不好。

那个女人握着程冽的手，抓得很紧，满脸痛楚地摇头。她想说的话很多，到嘴边却只有一句："阿冽……好孩子……"

程冽扶起了这对夫妻，低沉地道："阿姨，不怪你。"

当初许知颜看着这对夫妻对程孟飞恶言相向。在法庭上，这对夫妻恨不得程冽去死。其实，他们的举动情有可原。起初他们也不愿意相信警方的判断，可失去爱女的父母怎么能做到理智呢？

如今他们愿意登门致歉，也算有良心了。

许知颜去厨房烧水倒茶，把空间留给他们。

女人哭哭啼啼地诉说着这些年她心里的痛苦，痛骂着那么小就丧尽天良的程凯杰，又对程冽的牢狱之灾感到愧疚。

女人拉着程冽的手，一脸怜惜地说："好孩子，本来你应该顺顺利利地上大学，这会儿说不定已经有了自己的事业。你从小就那么懂事、聪明，阿姨是看着你长大的。但月月是我的女儿，是我的命啊……当时已经判了，叫我怎么能不去相信？好在现在真相大白了，我真是又恨又愧疚，你也是你爸的命啊……"

程冽知道这怪不得他们。换成他，他也会像他们一样想。可是那些安慰的话语他说不出口。他没办法说"已经过去了，一切都会好的"。

对他来说，一切才刚刚开始。

女人说："听说国家会给你赔偿，是不是？你聪明，好好地利用这些钱。这年头创业不容易，但总得去试一试。"

程冽说："我知道，你别担心。"

许知颜把茶端过去，女人瞥了她一眼，诧异地说："这姑娘……你们……哎……苦了你们了。"

女人认得许知颜，漂亮的女孩总是能给人留下深刻的印象。八年前的夏天，他们为了那起案件大闹的时候，总有个女孩据理力争，说程冽没有做过杀人的事。这几年，他们来找程孟飞算账，总是能见到这个女孩。

女人听说，这个女孩是程冽高中时谈的女朋友。女人还曾和别人说，不知道这个女孩是瞎了眼还是缺心眼，在程冽这种人渣身上耗时间。如今看来，是他们错了，这个姑娘没看错人。

送走了这对夫妻，许知颜和程冽对视了一眼，午后的困意都没了。

许知颜收拾着茶碗，说："他们到现在都没生二胎，听说是觉得对不起失去的那个小孩。我几乎每年能见到他们，对比之下每年的变化都挺大的。他们老得很快。其实他们应该趁着年轻再生一个比较好，不然以后……"

许知颜没说下去，想到了于艳梅。

程冽看得出她在想什么。

这些天他们说了很多话题：哪部电视剧好看，哪部不好看，一些虚假的综艺节目，她在工作中碰到过的无理取闹的人，卢州一些地段的重建，他在那里生活的样子……但唯独没有聊到家庭。更多的时候，是她在讲话。

程洌刚想开口，许知颜的手机忽然响了起来。手机就在他的手边，他下意识地看了一眼，把手机拿起来递给她。

电话是许志标打来的。

许知颜感到有点儿奇怪，许志标的电话来得很突然。一般来说，许志标知道她在卢州，应该不会找她。只有她奔波在外时，他偶尔会打个电话问候一下。

许知颜接起电话，听到许志标急切的声音："知颜，刚刚医院打来电话说你妈妈晕倒了。我正在开车往回赶，路上很堵。你能不能代我先去一趟？"

"晕倒？哪家医院？我现在就去。"

许志标报了地址，许知颜擦干手，打算立刻去医院。

程洌拉住她："你不带钱和证件吗？"

"不用，带手机就够了。"

程洌知道这是网络时代，但没想到科技已经先进到了这种程度。

许知颜看着他出神的样子，不着痕迹地握住他的手："你陪我一起去吧，我怕一个人处理不好。"

他们到达病房时，于艳梅睡着了，医生简单地阐述了一下情况。于艳梅因高血压而晕倒，这种情况很危险，不管是病人还是家属，平时都得多注意点儿，药不能断。

许知颜点了点头，表示知道了。

看着熟睡的于艳梅，许知颜想起刚刚的那对夫妻。于艳梅和那对夫妻一样苍老，许墨光去世时，年纪比这个女孩大一点儿。

两个人站在病房外头，许知颜轻轻地舒了口气，对程洌说："她以前没得过高血压，到底是老了，一些疾病自己找上门了。"

程洌说："她对你还像以前那样吗？"

"不，她对我比以前好很多。"

"嗯。"

许知颜收回视线，看向程洌。她笑着，有些释怀了，说："我和他们联系得不多，距离远了，就没那么压抑了。我逢年过节会回来，虽然和他们还是没多少话说，但她不怎么管我了。也许她想开了。如果她能想开，那就最好了，都过去十六年了。”

程冽觉得许知颜还是变了很多。以前，她是笑不出这种感觉的。

那时候，家是她的笼子。她舔着伤口，懒得飞、懒得争，所以看起来总是有种难以言喻的消沉。

时间淡化了她和这个家庭的矛盾，现在这样挺好的，他也终于不用再担心她了。

许志标匆匆赶到医院，正好看见走廊外一高一矮的两个身影。他一眼就能认出许知颜，但走到跟前才发现另一个人是程冽。

许志标的眼里写满了震惊，他过了好半天也说不出话。

他听说过程冽被翻案的事情，也和于艳梅通过电话，能猜到许知颜回来是因为程冽。但他对程冽也来了医院这件事有些始料未及。

许志标觉得他们发展得有点儿快。

但他不想干涉太多，转头问许知颜于艳梅的情况。许知颜把医生的话复述了一遍，许志标安心了。

许志标赶过来，连口水都没喝上，汗流浃背的。

他对许知颜说：“能给我买瓶水吗？”

都是成年人了，谁没有这点儿眼力见呢？只是许知颜觉得好奇，许志标要对程冽说什么。他们之间似乎没什么好说的吧。

这么一想，许知颜下去给他买水了。

等许知颜走了，许志标看着眼前俊朗的小伙子，感慨地说：“你的样子看起来比以前成熟多了，不像那会儿，还带着点儿青涩。这些年你受苦了。”

程冽和许志标没什么交集，但是程冽是小辈，许志标是许知颜的父亲，所以程冽认真地听着。

许志标倒是笑了一下，十分和蔼地说：“我支走知颜，就是想和你聊几句。我知道她的事我没资格插嘴，但……她总归是我的女儿。”

“你说。”

“以前我和艳梅都挺对不起她的。我们领养她，就是图有人养老送终。但我和老伴那时候还沉浸在丧女的痛苦之中。我工作很忙，也顾不上她们。知颜那孩子一看就是倔脾气，我的老伴心上有道坎过不去，就这么过了两年。”许志标叹口气，继续道，“你的事情我们当时都知道。看着她进进出出，忙里忙外，我们没开口问。她这孩子，有时候心思太重，也太能忍。你也是个好孩子，在牢里受苦了，但知颜也不好过……”

不知道许志标想起了什么，眼角有些泛红。

程冽移开目光，沉默着。

程冽以为自己知道许志标要说什么，但等许志标真的说出口后，程冽的心跳像是要停了一般。在这个寂静的地方，只有许知颜的过往回荡在程冽的心上。

其实这件事也不复杂，只不过对于许志标来说，那段时间很难熬。他不明白自己上辈子到底做错了什么，上天要这样惩罚他。

当时他们的亲生女儿许墨光为了爱情绝食，后来又暴饮暴食。查出胃癌后，许墨光就像木头一样躺在医院里，一句话都不说，那双曾经充满灵气的眼眸变得死气沉沉。

当时的于艳梅有自己的工作，脾气也很温和。她耐心地哄着、劝着许墨光，但许墨光油盐不进，最后在沉默中去世了。

和那个女孩的父母一样，他们也曾燃着一团怒火冲到那个男孩的家里闹，可是哪里能要到什么结果？于艳梅的世界一下子崩塌了，她变得不爱说话，非常冷漠。

许志标却不得不撑起这个家。他要赚钱，要照顾于艳梅，要在半夜忍着悲痛强迫自己睡觉。

所以，开学那天许知颜晕倒在随大的校门口时，他和于艳梅的大脑霎时一片空白。他们身上直冒冷汗，过去的画面再次涌上心头。

对于程冽入狱的全过程，他们很清楚，毕竟这件事在卢州闹得沸沸扬扬的。看着许知颜辗转难眠，他们想问又不敢问。所以开学时，他们提出开车送许知颜去学校，不让她一个人坐火车去。

许知颜开心不起来，但看上去还算平静。许志标刚松了一口气，没想到许知颜就晕倒在了校门口。

许志标匆匆地把许知颜送到医院，她晕厥了一天一夜才醒过来。医生说她的身体没什么大问题，就是她没休息好，又受了刺激，好好地休息就行了。

但许知颜这一休息就是两个月，这两个月几乎没有讲过一句话，一天到晚地躺在房间里，不知道在想什么。

她十一月初才去学校。他们跟校方打过招呼，学校愿意晚两个月接收她。她忽然变得正常，愿意去学校，是因为于艳梅说了一句话。

于艳梅说："你不好起来，过年放假怎么去看他？"

于艳梅和许志标说这事的时候，神情淡淡的，情绪没什么起伏，但许志标知道于艳梅在试着慢慢地改变自己。

他们都害怕，害怕许知颜成为下一个许墨光。他们已经承受不住了。

2012 年 3 月，于艳梅在许知颜的学校里闹了一次，住了四个月医院。其实她的病早就好得差不多了，只不过她不愿意回去。

她的理由很简单：她想给许知颜一点儿空间。

她大闹了一次，积压了多年的情绪被宣泄出来。加上医生的治疗，于艳梅恢复得很快。许志标放下心来后，想到那天许知颜在办公室里的样子，觉得很心痛。

他不想干涉许知颜太多，所以劝许知颜好好学习，放下感情，但也不过是说说。

好歹他们养了许知颜两年。许志标知道他们对不起许知颜，思来想去，试着给于艳梅做思想工作。

他说："知颜不是墨光，难道我们要把她变成第二个墨光吗？她都来了两年了，对我们有感情了。我们是她的父母，是不是要多关心她一点儿？"

于艳梅当时没回答，大概在思考。

后来，于艳梅几乎不怎么管许知颜了。许志标会和许知颜联系，于艳梅就从许志标那里了解一点儿许知颜的消息。

许知颜的大学生活普通又不寻常。她走在校园里和同学打成一片，看起来就是一个普通的学生。但只要她化了妆站在镜头前，就有很强的张力。

许志标说：“她在骨子里憋着一股劲，一边读书，一边拼命地赚钱，可到底有些心理问题。为了你，她很积极地吃药、看医生，那副倔强生活的模样我们看了心疼。”

许志标又说：“十年了，我们养了她十年了。我们对她的脾性一清二楚，也知道那两年不够关心她，但现在已经离不开她了，也没办法看她再受苦。我们怕她心里不舒坦，从来没和她说过这些话，一直和她保持着这种淡淡的关系，这样她会自在一些。我和你说的这些你不要告诉她，她最近已经很辛苦了，别再给她增添心理上的压力。”

许志标深吸一口气，看着程冽，说：“我和你说这些，不是要你对她负责，也不是要你回报她。我只是看到你们在一起，想到了从前……你也知道，她是个命苦的孩子……八年了，你们的感情是好是坏，我都尊重。只不过你也看得出来吧，她还是很重视你，如果你不打算继续这份感情，别太决绝，对她温柔一点儿。”

程冽对许知颜父母的了解不是很深。当初他只觉得这对夫妻有些自私，于艳梅管得多，让许知颜很压抑。程冽听了许志标的诉说，忽然轻松了一些，至少时光让他们开始重视许知颜了。余生漫长，事情是该往好的方向发展了。

可是许志标说的这些他完全不知晓，今天是第一次听到。

走廊里人来人往，但程冽觉得十分寂静。清冷的光从头顶倾泻而下，划开一道记忆的河流。

程冽和许知颜开车回去。许知颜坐在副驾驶座上看助理童琪给她发的消息。即使休假了，她还是要处理之前留下的工作。

因为她和富商之间的丑闻，一些注重形象的公司立刻发来了解约通知，许知颜路过公交车站台时，正好看见自己的海报被撤下来。

童琪在微信里说：“知颜姐，之前合作过的 ASKY 给你发了演唱会的入场券，是贵宾席。演唱会的时间是后天晚上七点，地点在江城的万安体育馆。还有，之前的彩妆照出了一点儿问题，那边想补拍，你最近有时间吗？”

许知颜说：“补拍安排在什么时候？”

童琪：“越快越好。”

许知颜想了想，回复道：“那大后天吧，我到了随城会联系你的。”

她们的对话程冽听到了。他目视前方，脸上看起来没什么情绪，但轻轻地蹭了两下搭在方向盘上的手指。

见许知颜在思索，他问：“大后天你要回去工作？”

“嗯，我要补拍几张照片。不过我想后天去看演唱会，你想去吗？”

“我……”

程冽话还没说完，许知颜就打断了他：“看完演唱会以后，我就飞随城，你陪陪我吧。”

“演唱会在江城？”

“嗯。”

“那不远。”

“是啊。”

程冽垂下了眼帘，车子驶入隧道。光线变暗的一刹那他忽然问道：“你还在看医生吗？”

车轮迅速地滑过粗糙的路面，发出了刺耳的摩擦声，但许知颜还是听到了他的问题。

这件事只有少数人知道：许志标夫妻、大学室友、她的经纪人和助理。就连严爱她都没告诉，可想而知，许志标刚刚在医院和程冽说了。

她说：“他和你说什么了？”

“没说什么，就提了一下你看医生的事情。”

程冽说的是假话，但许知颜并不打算拆穿他。

她说：“现在我不看医生了，好得差不多了。”

她话音刚落，车子驶出了短短的隧道。她把目光落在他坚毅的脸上，意有所指。

程冽眼神一变，抿着嘴唇，阳光照不散他眼底越发浓厚的柔情。

到了小区，程洌把车子停在一棵柳树底下。这两天小区突然开始修停车位、铺设花坛走道，黄沙石子堆了一堆，白天有时会很吵，贺勤被吵醒还会抱怨几句。

许知颜下车的时候在想事情，没注意到脚下，踩到一颗散落的石头，猝不及防地绊了一下脚。她习惯性地皱起眉头，快速扶住车身站稳。

程洌察觉到她的异样，绕了过来，见她捂着脚踝揉搓，问："扭到了？"

"嗯，踩到了石头。"

"很痛？"

许知颜看着半蹲在她面前的程洌，下意识地要说"没事"，话到嘴边却变了。

她说："很痛，一动就痛。"

程洌握着她的脚腕查看伤势。脚踝处没有肿，看起来还好。

他说："我扶你上去。"

许知颜说："一动就痛，走不了。"

她把手搭在程洌的肩上，轻轻地说："你抱我上去啊。"

如果他心疼她，那就抱她上去啊。过去的她不管，只要此时此刻。

对上许知颜波澜不惊的视线，程洌顿了一下，一把把她拦腰抱了起来。许知颜顺势钩住他的脖子，浅浅地笑了一下。

楼上被吵醒的贺勤低骂一声，站在窗前伸了个大大的懒腰，正好看见这一幕。

他轻叹一口气，想：还是有个女人好啊！程洌再怎么沉默寡言，还不是拜倒在许知颜的石榴裙下？

没人管他，他只好买醉度春宵。想到这里，贺勤给昨晚新认识的姑娘发了一条微信："倩芸妹儿，哥醒了，下午要去看电影吗？"

他必须也找个女人，必须要找。

动身去江城的早晨，程洌和通宵玩乐后刚回来的贺勤打了个照面。

贺勤打了个哈欠，随意地问程洌："哥，你拿着包上哪里去啊？中午要不要我给你下面条？”

程冽拍了一下他的肩膀，回头看了一眼程扬的房间，说：“我去趟江城，大概明天回来，你帮我照顾好小扬。”

“没问题！不过……你去江城干什么？给叔送货？”

“不是，她要去。”

贺勤懂了，从口袋里摸出个东西扔在了程冽的包里，两条浓眉上下飞舞着。

他很了然地说：“注意安全！”

程冽知道他往包里放了什么，但不想浪费时间，叮嘱了他一句要照顾好程扬，匆匆地下楼了。许知颜已经在车里等程冽了。

他们开她的车去。江城不远，四五个小时就到了。

许知颜打开导航，说：“我们直接去场地，然后在附近吃个饭，晚上看完演唱会再回酒店。”

程冽发动车子，嗯了一声。

许知颜穿着一条连体的黑白格子裤，直领的设计让她锁骨尽露。大概是因为昨晚没睡好，她给自己戴上了眼罩。她脱了鞋，把修长纤细的双腿往前一搭，准备小憩一会儿。

程冽把视线从她身上移到正前方：“昨晚又很晚才睡？”

“嗯……我四点多才睡。”

“你还在看那部电视剧？”

“嗯，已经看完了。”

前几天两个人没事做，天气又热也懒得出去，就一起看了一部电视剧。他对电视剧的内容无所谓，断断续续地看几集来打发时间。但许知颜似乎看上瘾了，好几十集的连续剧，硬是几天熬夜看完了。

她说她从前没空看这些，对这些也不感兴趣，闲下来后发现有些电视剧确实很引人入胜，就当接受点儿新信息了，省得跟不上现在年轻人的脚步。

她那固执的模样和当年在便利店门口硬吃方便面的样子如出一辙。

许知颜睡了一路，中间迷迷糊糊地醒过几次。

他们到江城体育馆附近时，导航的声音叫醒了她。江城在下雨，豆大的雨珠噼里啪啦地打在玻璃窗上。

许知颜慢腾腾地穿上高跟鞋，望了一眼四周的环境，问："不把车停在停车场吗？"

"停车场满了。"

"这里得走过去吧？我车里没伞。"

程冽说："我带了伞。"

许知颜笑了："你看了天气预报？"

"嗯。"

话音刚落，程冽就撑起伞，很快走到副驾驶位置来接她。他们肩并肩走在大雨里。

许知颜在手机上看着电子门票上的座位编号，带着程冽赶往后台。

她说："当年我们陪严爱看演唱会的时候，他们还名不见经传，只能在小地方开演唱会。现在不一样了，他们已经红遍大江南北了。不过严爱已经不喜欢他们了，她最近喜欢一个十几岁的小演员，痴迷得不得了，为此季毓天还和我抱怨过。"

程冽记得当年看演唱会的场景，场地狭小但充满激情，只是想不到如今这个组合已经走上了巅峰。

许知颜带着他走到后台，找了一阵子，终于找到了他们的化妆间。距离演唱会开始的时间还早，他们在排练。

几个小伙子有的比许知颜小一两岁，有的和她同年。之前他们在杂志拍摄工作中合作过，不算很熟，但吉他手和许知颜走得很近。

正是因为这层关系，他们才给了许知颜前排的票。

那个吉他手留着一头黄毛，笑起来露出两颗小虎牙，热情地喊道："姐姐，你来了！要喝水吗？"

许知颜说："我不渴，你们在排练？"

"没呢，我们在闲聊。我们早就排练好了，又不是头一次开演唱会。"

"那我预祝你们演唱会成功。"

"谢谢姐姐。对了，我……"吉他手的话戛然而止，因为他看见了站在门口的程冽。

许知颜顺着他的视线回头看了一眼，介绍道：“这是我和你提过的人。你给了我两张票，所以我把他带来了，你们认识一下吧。”

吉他手笑了，率先上去和程冽打招呼：“我叫阿余，总听姐姐说起你，你果然很帅！”

程冽点了一下头，报上名字：“程冽。”

吉他手：“你们先去坐吧，要喝水可以找工作人员要。我们等一会儿要再过一遍流程，你们帮我们看看。”

许知颜说：“好啊，那我们先过去了。”

“嗯！”吉他手又扬起一个灿烂的笑容。

两个人刚出休息室就听到后面一阵哄闹，有人说：“阿余，这下该死心了吧？知颜姐姐不喜欢我们这种类型，她都等了那个男生多少年了。”

许知颜对这些玩笑话毫不在意，对程冽说：“两三年前，我和他们在工作中认识了。他们都很健谈。我聊起我们跟严爱去看他们第一场演唱会的事情，大家就熟悉了起来。那个阿余有些小孩子脾气，但人很好，对人也很客气。他们几个人里，我只加了阿余的微信。我和他提过你几次，他对你很好奇。”

程冽说：“他看起来很优秀。”

许知颜没听出程冽的言外之意，配合他说：“嗯，阿余是个很有才华的孩子，有才华的人总会发光的。”

在台下，程冽看着他们彩排，越发沉默。绚烂的灯光加上年轻人的蓬勃朝气，一下子把他卷入了一片迷雾之中。

许知颜注意到他的神色有些异常，很自然地把手搭在他的胳膊上，轻轻地握住他的手。

她说：“他们走到今天这一步很不容易，小小年纪就出来为梦想打拼，遭受各种非议，但心中真的有理想，跌倒了就再爬起来。”她顿了顿，叫他的名字，“程冽。”

“嗯？”

“我们也可以重新开始。这些天我想得很明白，既然事情已经走到这一步了，那就继续往下走。我说过，一切还不晚。那些热门的电视剧我还喜欢看，我的记忆力和抗压能力也还不错。就从这个夏天开始，一切都来得及，这次……换我帮你，怎么样？”

台上的焰火光芒万丈，光影星星点点地照在两个人的身上。许知颜的眼眸里有彼岸的光，坚定而温柔。

程洌没有说好，也没有说不好，只是凝视了她一会儿，说：“看彩排吧。”

他的语气低沉温柔，话里似乎包含了答案。

许知颜能感受得到，因为程洌的神情没有那么沉重了，他很平静地望着台上。

她没有松开他的手。她看着两个人握在一起的手，只觉得这次没来错。

七点，演唱会正式开始。观众坐得满满的，女生们的尖叫声震耳欲聋，气氛被推到了高潮。

在这种热烈的氛围下，程洌恍惚间觉得自己真的回到了十八岁那年。未来明媚，人生璀璨，他也有能力保护身边的姑娘。

演唱会的压轴歌曲是几年前的那首后街男孩的*As Long As You Love Me*。

许知颜靠在他的旁边说：“那是当年他们开第一场演唱会时选的压轴曲。为了纪念那次演唱会，他们又把这首歌作为演唱会的结束曲。”

程洌转过头，两个人的鼻尖撞到了一起。许知颜显然没想到他会突然转过头来，心一跳，但很快就反应过来了。她没有动，就这么望着他的眼睛。两个人四目相对，眼里有数不清的情绪在流动。

程洌的瞳仁很黑，像一汪深潭。

他轻启薄唇，说：“我知道……”

许知颜笑了笑：“嗯。”

程洌和许知颜拉开距离，让目光再一次回到台上。

午夜散场，雨还在下，许知颜走之前又去了趟后台，和他们聊了一会儿，程洌没有进去，在后门外等她，顺便抽根烟。

一伙儿年轻人唱跳了几个小时，浑身是汗。

阿余捋了捋湿漉漉的头发，气喘吁吁地问许知颜："外面下雨，你回去方便吗？要不要我送你们？"

"不用了，我们开车来的。"她说。

"这样啊……那我送你到门口吧。走吧，已经很晚了，你们也早点儿回去休息。"

许知颜笑了一下，默许了。

许知颜离开了化妆室里的嘈杂，只有冷风回荡在长长的走廊上。

阿余忽然叫她："姐姐。"

"怎么了？"

他很无奈地笑了一下："我真的没机会了吗？"

许知颜笑得更开心了，用看程扬的眼神看着阿余，说："我不适合你，你应该找纯真一点儿的女孩子。"

"是我不适合你吧？我看哥哥是典型的娱乐圈硬汉长相，和我完全是两个风格。"

"他……怎么说呢，我觉得世界上应该没有人比他更爱我了。"

阿余一愣，随即扬起一个微笑："姐姐觉得开心就好，反正我觉得姐姐是世界上最好的女人。"

他毫不掩饰对许知颜的爱慕，但许知颜始终把他看成个孩子。

走到后门口，许知颜对他说："今天的演唱会很精彩，谢谢你邀请我。以后有事需要帮忙，你记得联系我。"

"嗯，你们路上小心。"

程冽正好抽完一支烟，撑着伞过来接她。

阿余看着两个人越走越远的身影，想起很早之前许知颜和他说的一件事。

每次下雨，程冽都会把伞靠着她那边，宁愿让自己的半个肩头淋湿。

现在看来，确实如此。

许知颜和程冽回到车里。程冽看着她输入的导航地点，问："你明天的飞机几点起飞？"

“八点，所以我四五点就得走了。”

“那你别忘了定闹钟。”

许知颜不是会赖床的那种类型，但还是忍不住打趣他：“我怕闹钟叫不醒，你明天记得叫我一声。”

车子行驶在路上，程冽看了一眼后视镜，应了一声，说：“到时候我来敲你的房门。”

“不用敲房门，你直接叫我就好了。”

程冽不明白。

许知颜脱下高跟鞋，赤脚踩在车内干净的脚垫上。她用很寻常的语气说：“我只订了一个标间，酒店没有其他房间了。”

这句话怎么想都不成立。虽然现在是暑期，但江城有那么多酒店宾馆，怎么可能连一间多余的房间都没有？

到了酒店，许知颜去办理入住手续，程冽提着她的行李箱跟在后头。有人问前台还有没有房间，前台笑盈盈地说有。

许知颜也听见了，但没有向他解释。

她订的是江景房，宽阔的落地窗外是江城车水马龙的繁华景象，夜色下的江水在灯光的照耀下涌动着魅惑。

在这八年间，一些小城市飞速地发展着，有的已经挤进新一线城市的名单。

这个房间不大不小，装修得复古华丽，两盏古典风的壁灯散发着昏黄的光，被褥是纯白色的。两个人看在眼里，有些说不清的意味。

许知颜对这个房间挺满意的，环视了一圈，拉上了厚重的窗帘，转过身看向程冽。

他站在门廊那里，深切地望着她。

许知颜弯了一下嘴角，走过去接过他手里的行李箱打开，一边拿换洗的衣物，一边说：“你先洗还是我先洗？要不我先洗吧，我还要做一下面部保养，不然明天不好上妆。”

“你先洗吧。”他说。

“嗯。”

小小的行李箱里没多少东西，那些瓶瓶罐罐占据了绝大多数空间。她拿好衣服，神色自若地进了浴室。

程冽看着磨砂玻璃后的人影，喉咙一紧。

这个房间大概是专门给情侣准备的，浴室的设计让人略感无奈。

他把包放下，拿上烟和打火机，转身出了房间。

走廊尽头的垃圾桶上方设有烟灰缸，程冽一边点烟，一边走过去。

深红印花的欧式地毯非常柔软，走廊里的灯光是昏暗的，程冽倚着墙，半个身子隐入黑暗。

他故意抽得很慢，盘算着许知颜洗漱的时间。

然后，他莫名地想起年少时第一次开房的情景。那次是个意外，他也没有越界的想法，只不过年轻人的火苗总是很容易燃烧起来。他再怎么克制，最后还是给那个晚上染上了暧昧的色彩。

和当时比起来，现在的他有些情绪不减，反而有增。

他们都是二十六七岁的人了。她只订了一个房间，应该是做好了准备。今晚，如果他想，她一定愿意。

但有更多的考虑把这些情绪往下压，他看不清未来，也难以放下傲气和自尊心，不舍得这样对她。

程冽没有抽完这支烟。他抽了一大半后，直接把烟掐灭，下楼走了一趟。

许知颜吹干头发出来，见房间里没人，知道他出去了。浴室的磨砂玻璃，程冽说什么也不会看一眼的。

她在抹身体乳的时候，门铃响了。是程冽。

他提了一些水果和牛奶，出去时没带伞，身上有些湿。

许知颜关上门，说：“你饿了？”

程冽把水果拿了出来，说：“明天早上你起得早。我先给你洗好，你带着在路上吃吧。”

许知颜怔了一下，笑着走过去，也不管这草莓还没洗，先拿了一颗尝了尝。

她说："现在，这么甜的草莓挺少见的。"

"我给你洗好、装好，明天你别忘了拿。"

"好啊。"

程洌特意向老板多要了两个干净的塑料包装盒。他把草莓和葡萄逐一洗好，整整齐齐地装上，把盒子放在了电视柜台上。

许知颜坐在床尾往大腿上抹乳液。她好像不怕在他面前走光，自顾自地做护肤。

程洌只看了一眼，拿着自己的衣服去浴室洗漱。

水流声哗哗地响，许知颜侧着脸看了一会儿。程洌个子高，身材又结实，光看这么一个轮廓，她都能想象他的好身材。

她想起从前自己埋在他胸前哭的情景，那时他还有些青涩。现在程洌二十七岁了，身体非常硬朗，从头到脚都洋溢着成熟的韵味。

他和阿余那些偶像的风格的确不同。

很久很久以前，她以为自己会喜欢阿余那种干净、斯文的男孩子，后来程洌一步步地改变了她的审美。

她到了现在这个年纪，择偶标准已经不仅是外貌了。见了那么多表里不一的人，她认为一个人的性格才是最重要的。

程洌裹着浴巾走出来，黑色的短发间淌着水珠，宽阔厚实的身躯线条流畅，一分不多一分不少。

他带出了浴室里的热气，整个房间瞬间变得有些热。

许知颜想，自己果然还是个庸俗的人，对她而言，程洌依旧诱惑力十足。

程洌洗了自己的衣服，正翻着柜子找衣架。他拿到衣架转过身，正好对上许知颜含笑的眼眸。她的眼神没有任何掩饰，坦坦荡荡的。

接着许知颜注意到斜前方的地面上有一个四四方方的东西。程洌的包就放在上面的柜子上，她不难联想，这东西应该是他刚刚拿衣物时不小心掉出来的。

许知颜说："你的东西掉在地上了。"

程洌顺着她的视线低头看去，是贺勤给的那枚避孕套。

他都忘了这件事了。

他把它捡了起来，往垃圾桶里一扔，说："是贺勤塞的，我没这个意思。"

"我知道你没这个意思。"

她其实也没有这个意思，订一间房纯粹是因为不想和他分开。和程冽一起度过的每一分每一秒她都很珍惜。

但如果他想，她也愿意。

许知颜收回视线，继续往小腿上抹乳液，换了个话题："你把衣服晾在走廊这边就好，明天干不了就带回去再洗一次吧。我弄完了，先睡了。"

"好。"

许知颜关了大灯，只留了廊下的小顶灯。她入睡有些困难，不喜欢有亮光。

许知颜没有和他说过这件事，程冽出来时却把房间的灯都关了，靠着记忆慢慢地摸索到床边。

许知颜听到他掀开被子的声音。他躺下了，然后房间里只剩空调徐徐地送风的声音。

过了很久，许知颜忽然在黑暗中开口："我在演唱会上说的是真的。"

程冽把双手垫在脑后，望着黑黝黝的天花板，不知道在想什么。他听到她的声音，思绪猛地被拉回演唱会上。

他们其实没有讲太多话。因为音乐声太吵，他们一直在安静地欣赏演唱会。

他知道许知颜提到的是彩排时她说的那段话。她说从这个夏天开始，一切都来得及，这次换她来帮他。

很多人都对他说过类似的话，但只有在听她讲的时候他才真的觉得一切还不算晚。

所以她要他来看演唱会，他来了；她要他陪着去医院，他去了；她要他帮忙买家具，他也去了。

他出狱后，没见到她还好，一见到她就很难控制自己了。

许知颜见他没回答，叫他的名字："程洌。"

"嗯。"

"你别拒绝我。"

他沉默了。

许知颜不想急功近利，闭上眼，缓缓地说："我们慢慢来。"

他安静了一会儿，说："睡吧。"

他给了个模棱两可的答案，但许知颜不急。她知道他需要时间。

这一夜，两个人各怀心思。程洌不知道自己是什么时候睡着的。第二天早上许知颜起床洗漱，他都没被吵醒。

他难得睡得这么沉，迷迷糊糊地做了个梦：周围弥漫着许知颜涂的身体乳的香气，她用那双秋水似的眼睛看着他，凑上来亲吻他，边吻边叫他的名字。

忽然，有什么冰凉温润的东西落在了他的身上，他就这么慢慢地醒了过来。

他睁眼时，率先映入眼帘的是许知颜的背影。她正在换衣服，光线从窗帘的缝隙照进来，落在她雪白的背上。

程洌以为这是梦，蹙起了眉，直到许知颜转过身弯腰去拿内衣，给他带来了很强的视觉冲击力。

程洌猛然清醒，闭上眼，把头歪到另一侧。

许知颜换好衣服，回头看了一眼程洌，轻轻地笑了一下，没察觉到程洌已经醒了。

她走过去俯下身，凝视了一会儿他的脸，低头在他的唇上印了个吻。她吻得很轻，蜻蜓点水一般。

她小声说："我先走了，你好好地睡一会儿。"

就连行李箱她都是提着走的。她生怕轱辘声吵醒程洌，因为程扬说程洌回来后没睡过好觉。

所以，她哪里舍得让程洌送她去机场？

门关上的一刹那，程洌睁开了眼睛。他支起右腿，把手搭在额头上，深深地吸了一口气。

躺了一会儿，他起身去浴室冲了个冷水澡。

在回卢州的高速公路上，程冽收到了许知颜的短信。她让他帮忙签收几个快递，是她买的衣服和代餐粉。

程冽回："好。"

一回到家，程冽就接到好几个快递员的电话。他大包小包地帮她拿回来，两只手都提不过来。

程冽把快递拿到家里，正在跟着程扬学英语的贺勤兴奋地从房间里跑出来，拉着程冽问："和她去看演唱会是不是很浪漫？"

程冽知道他说的是什么，不太想继续这个话题，应付了几声，开始给许知颜整理东西。她让程冽帮忙洗一下衣服，再挂起来。

贺勤觉得两个人应该是度过了一夜春宵，因为程冽看起来有些疲惫，但眼里有微光，这不就是"完事"后的神采吗？

暗自琢磨了一阵，贺勤注意到这大包小包的东西，笑嘻嘻地说："哥，你这么快就迷上网购了啊？"

"不是我的。"

"是嫂子的吗？她买了这么多衣服，还是名牌的……现在买这些名牌货可真方便，各种品牌都在网上开了官方旗舰店，买家不用找代购了。"

程冽知道网购。那时候严爱就经常在网上买东西，但网购在学生间的普及率还不高，不像现在，每个学生都有手机，网购风盛行。

贺勤比画着许知颜的新衣服，说："这件衣服的腰太窄了，还比不上我腰围的一半，倒是挺好看的，多少钱啊？不算太贵的话，我给我的女朋友也买一件……"

程冽在剪吊牌，看到了这些衣服的价格。对他来说它们很贵，但对许知颜而言可能不算什么。

不过程冽的注意力被贺勤吸引了，他抬起头，问："你有女朋友了？"

“我有了，是一个漂亮的姐姐！”

程冽惊讶于贺勤的速度。在他的心里，谈恋爱都得慢慢来。现在又不是学生时代，他们可以迷迷糊糊地谈恋爱，再迷迷糊糊地分开。他成年了，谈恋爱总该稳着点儿。

但他转念一想，贺勤才二十岁出头，还年轻，心里有激情，荷尔蒙旺盛，爱玩也正常。

程冽说：“既然你们交往了就好好地谈，你也该找份工作了。”

“我哪回没好好地谈啊？不都是那些姑娘爱慕虚荣，卷了我的钱就跑路吗……我这命，就像一个八点档电视剧男主角的命……”贺勤把手里的衣服还给程冽，又说，“说到工作，我去找过。可是我有案底，哪家公司敢要？我想去送外卖，人家都不要我。说真的，哥，咱们开家店吧。前两年的盈利我一分都不要，你只需要给我一口饭吃就成。”

“开店不是小事，没这么容易。”

“我知道开店不是小事，但我想试试。”

程冽沉默了一会儿，说：“这事需要从长计议。你要真想开店，把计划拿出来。”

贺勤出狱后玩到了现在。目前，他自由有了，女朋友也有了，就差工作了。躺在床上时他也老是琢磨这件事，觉得对不起程冽。自己身无分文，做生意还得程冽掏钱，万一生意亏了，他都不知道拿什么还程冽。

程冽的性格他清楚，没有把握的事情，程冽肯定不会做。

听到程冽这么说，贺勤爽快地答应了，一副要大展身手的样子，说：“行。哥，你等着，三天之内我把计划书给你呈上！”

程冽点了点头，捧着许知颜的衣服去卫生间了。

许多衣服的标识上写着要手洗，程冽就真的手洗了一下午，洗完衣服给许知颜发了条信息：“晾好了。”

收到信息的时候，许知颜刚结束补拍，让童琪开车送她回公寓。半个月没见许知颜，童琪一连说了许多话。她觉得许知颜的气色好了许多。

许知颜很喜欢这个年纪小又可爱的女生，正和童琪聊着，收到了一条微信消息。

程洌从来不会给她发语音消息，总是发文字，但许知颜还是能想象出他的语气，低低的，沉稳的，令人感到心安。

童琪打量着许知颜，笑着问："知颜姐，你见到那个人了？"

许知颜一边回微信，一边回答童琪："嗯，见到了。"

当初许知颜离开时说要回去见一个人。

以前，童琪刚来许知颜的团队工作，在一个饭局上，许知颜喝醉了。童琪送她回家，她意识不清地喊着一个人的名字。后来童琪慢慢地和她熟了，问起这件事，许知颜直接告诉童琪，自己喊的那个人是她的初恋。

虽然童琪没谈过恋爱，但明白初恋总是难忘的。

现在她看这情形，许知颜大概和初恋旧情复燃了。

童琪想了想，小心地提醒道："知颜姐，你们别被拍到，不然媒体那边不好解释。现在网络风气太差，他们把白的都能说成黑的。"

许知颜说："被拍到也没什么。我不是偶像，也没有立什么'人设'，可以自由恋爱。"

"话虽这么说，但你还是小心点儿好。"

"嗯，我知道。"

回到公寓后，许知颜打开窗通风。她冲了个澡出来，手机又响了，是严爱打来的电话。

许知颜拿了一根烟走到落地窗前。严爱一上来就抱怨着操办婚礼的细节，说季毓天这也办不好，那也办不好。季毓天就在严爱旁边，听到严爱这样说，就狠狠地警告她。

两个人吵吵闹闹这么些年，虽然嘴巴上不饶人，但对方一有什么事情就能急红眼。

严爱抱怨完了，终于聊到了重点话题。

她问许知颜："这几天我太忙了，都没来得及好好地问一问你，阿洌还好吗？我们现在忙着准备婚礼，没空回卢州。季毓天挺想见阿洌的，你让阿洌也来参加婚礼吧，伴郎服我们都准备好了。”

程洌出狱这件事，许知颜前几天才和他们说起。她觉得以程洌目前的状态，还不太适合见季毓天和严爱。他和她都没几句话说，更何况面对季毓天和严爱了。

但现在有什么在慢慢地改变，程洌在一点点地接受这个时代，她能感受到。

她希望程洌在朋友面前还是那个如风的少年。

许知颜说：“他挺好的，你们办婚礼的事情我和他提过。”

“你给我个他的联系方式吧，季毓天一直念叨着要见程洌。不如我们拉个微信群，一起聊聊天。我们看中了几套伴郎伴娘的礼服，你们自己选一下。”

“微信群？”许知颜吸了一口烟，琢磨了一下，说，“可以啊，你们的婚礼几号举办？”

“七月二十八日，下个星期二。到时候你们早一天来呀，帮我布置下婚房。”

“嗯，好。”

“知颜……”

“嗯？”

严爱轻声说：“我好开心，也替你们开心。”

许知颜笑了：“还没到婚礼的真情流露环节呢，你就开始煽情了？”

严爱也笑了出来：“大概是年纪大了，我容易有感触。”

两个人又闲聊了几句，挂了电话。

许知颜打开微信，创建了一个讨论组。

然后她点开和程洌的对话框，告诉程洌自己拉了一个讨论组，季毓天想邀请他做伴郎。

这个点，程洌应该刚吃完饭，所以回复得很快。

在讨论组里，严爱是活跃气氛的小能手，一连发了五六套伴郎伴娘的服装，让程洌和许知颜别抢了新娘新郎的风头。

这对小夫妻丝毫不提程冽刚出狱的事情，仿佛程冽没出过事一样。

这样也好。

程冽没在讨论组里聊很久，因为季毓天给他打了个电话。程冽听声音，发现季毓天没怎么变，还是吊儿郎当的。

许知颜说过事情的始末，所以季毓天没问，只问程冽要不要来随城发展，可以跟着他做生意。

程冽没拒绝，说要想想。

不管有没有坐牢，程冽都清楚，社会不是那么好混的，钱也没那么好赚。

学生时代过得辉煌灿烂并不代表余生都能如此。这世上不是人们努力了就能成功的，人脉、机遇、实力缺一不可。

程冽劝贺勤找份工作，其实也是在劝自己。

现在季毓天提起这件事，他难免会心动。但不知怎么回事，程冽隐约觉得这不是自己想走的路。

季毓天到底没有盘根问底的习惯，换了个话题，聊起自己和严爱这几年的经历。

季毓天说自己和严爱也分过几次手，但兜兜转转还是觉得严爱最可爱。他们谈了八年恋爱，季毓天终于要给严爱一个交代了。

接着，季毓天把话题转到许知颜的身上。程冽很安静地听季毓天讲。

季毓天没有说许知颜这些年过得多苦，只说："阿冽，你和知颜当初是怎么走过来的，我们都看在眼里。我还能不知道你吗？现在如果你还喜欢她，就赶紧把她留在身边，别让她等，也别让自己等。两个人在一起，有什么困难不能解决？再不济，你还有我们这帮朋友。"

程冽站在阳台上，香烟燃了半截，烟灰折断了。

他凝视着前方黑漆漆的夜色，很低地嗯了一声。

挂断电话后，他一个人在阳台上又连抽了三根烟。夜色沉沉，他几乎融入其中。

贺勤写计划书写得头痛，出来上厕所，正好看到在抽烟的程冽，于是过去讨根烟抽。

贺勤往栏杆上一靠，三两下点着火，深吸一口烟，说："哥，你对这里熟，你说开店选哪个路段好？租金、装修、进货的钱都得考虑到，你的预算是多少？"

程冽微微蹙眉，吐了口烟，说："十万。"

"十万我怕不够。"

"贺勤。"

"嗯？"

程冽弹了一下烟灰，思索着开口："你真的想跟我一起做生意吗？"

"那当然啊，你去搬砖我都跟着你。"

"我们不做实体店，做网店怎么样？"

贺勤倒是一点儿都不惊讶，说："哥，这活计我早年就想过了，网店也没那么好做，店铺要口碑、要星级，东西要有销量，推广出去还不一定能得到返利，更何况电子产品这一块……"

"我们不做电子产品。"

"啊？"

程冽垂下眼帘，把视线落在脚边的一株粉色的玛格丽特上，说："我们做花卉。"

贺勤这下蒙了："花卉？这我可一窍不通……我还真没了解过网购花卉这个行业，能赚钱吗？"

"我觉得能行，不过得先做市场调研。"

"哥，你咋想到这个了？"

程冽缓缓地道："我爸做了一辈子绿植生意，要不是我出事，生意也不至于到现在这个地步。我看楼下每天都有很多快递，网上各大平台的销量数据很庞大，电商这块，我们如果做得好，有很大的盈利空间。而且现在是网络时代，不是吗？"

贺勤明白了："行啊，哥，原来你在憋大招呢，怎么不早点儿和我说？"

“我之前只是想想罢了。你要不要跟我做这门生意？亏损我担。”

“跟啊，上刀山下火海我都跟。搞花卉就搞花卉，我学东西可快了。”

程洌又递给他一根烟。在烟雾缭绕中，程洌收到许知颜的微信。她说：“要睡了，晚安。”

他回复：“晚安。”

许知颜说：“我想听你的声音。”

程洌看了一眼贺勤，转过身对着手机的话筒说了“晚安”两个字发送出去。旁边的贺勤望着繁星，咧着嘴笑。

许知颜在随城待了两天才回去。一个月前她拍摄的杂志出来了，因为和当红小生搭档，所以封面图片很快被推上了“热搜”。

网络民众对她的评价褒贬不一。半个多月之前，她“献吻富商”的话题被翻了出来。有嘲讽她“人设”崩塌的，有看了这组图片对她产生好感，帮着她说话的。两军交战，人们隔着屏幕都能感受到唾沫横飞。

童琪入行两年多了，每当看见这些恶言恶语还是忍不住生气。她不知道这些人的恶意是从哪里来的，难道许知颜是公众人物就必须承受这些吗？

许知颜有微博，但从不在这个平台上“晒”私生活，账号都是公司打理的。

许知颜不在意这些评价。可童琪看不下去，每次都忍不住安慰许知颜，到头来却变成许知颜开导她。

这天，许知颜去公司找徐峻。因为杂志封面照的效果不错，再加上这几年她的工作能力很强，国外有个时装发布会给她发来了含金量很高的邀请函。

徐峻是个年轻风趣的老板，因为和季毓天熟，一直把许知颜当朋友看待。

徐峻和她说了一下时装会的日期，又提到等负面消息平息一点儿，准备让她和日本那边几家著名的杂志社谈合作。

许知颜自始至终都很尊敬徐峻。毕竟徐峻是老总，资本家做生意总是以赚钱为主要目的。公司要让她帮忙赚钱，安排她做什么她都愿意，因为徐峻对她很客气，平时也很尊重她的意见。这次她想请假回卢州，徐峻二话不说就答应了。

说完正事，徐峻点了一支烟，笑着说："你的气色好了很多啊。以前我劝你休息你都不肯，其实你就该这样，拼命三娘没那么好做。"

许知颜想起程洌，笑着说："我以后怕是做不了拼命三娘了。"

"怎么？你想回归家庭了？"

"可能会。"

徐峻顿了一下，说："稀奇啊，你有男朋友了？"

"嗯。"

"真的？行啊，他长什么样？要不要我帮你参考参考？"

"我知道徐总阅人无数，有机会把他带给你看。"

徐峻比许知颜大几岁。他看着眼前出落得大大方方的姑娘，想起第一次见到许知颜的时候。

那时候，季毓天把她引荐给徐峻。徐峻第一眼就觉得这个女孩未来可期。她的脸只有巴掌大，眼神清澈而倔强。他一看就知道她能红。

那时候他刚脱离家庭，准备开创自己的一番事业，把目标放在了"网红"上。他试过推出美食达人，试过录制歌舞视频，但和他签约的人里只有许知颜一夜爆红。

许知颜起初话不多，也不爱笑。后来他发现她还是挺可爱的。

那次他喝醉酒需要找人送他回去。她没有驾驶证，又不知怎么拒绝。他喝了点儿酒，摸不清东南西北，话就多了起来，随口问她有没有男朋友。他的本意是如果没有给她介绍一个，因为他觉得她是一个挺好的女孩，想把她介绍给朋友，以后喝顿喜酒也不错。

但她会错意了，特别冷淡又客气地说："徐总，我有喜欢的人。"

他第二天向她道歉，还把订婚戒指取出来在她面前晃了晃。这次过后，他和许知颜才真的熟悉起来。

六七年一晃而过，当初那个有些青涩的女孩现在举手投足间女人味十足，已经到了要结婚的年龄。

徐峻笑了笑，说："你结婚时记得请我。"

许知颜说："好啊，一定。"

许知颜出了公司，童琪送她去机场。童琪觉得许知颜做这份工作，不可能真的说休息就休息，比如现在，出了事还得马上赶回来善后。

童琪说："知颜姐，你真要休息两个月啊？"

许知颜又想起程洌那张俊朗而有些深沉的脸，说："应该吧。"

"为了初恋？"

"不然还能为了谁？"

童琪的眼睛弯弯的："那个男人一定很优秀吧？他在卢州工作吗？"

许知颜说："嗯，他是一个很优秀的人。"

许知颜没让程洌去机场接她，自己打了辆车回到小区。她到小区的时候已经晚上十点多了，程洌家还亮着灯。

她敲敲门，给她开门的是程扬，屋里没其他人。

程扬说："哥哥去花圃了。"

许知颜以为程洌是去帮他爸干活的，但程扬的眼里荡漾着淡淡的笑意。他说："哥哥在准备一件事情。"

"什么？"

程扬把桌上的调研资料给她看，许知颜翻了几页，是关于电商花卉的资料。

昨晚程洌问许知颜什么时候回来，她还以为程洌想她了，原来他想和她说这件事。

许知颜把行李箱给程扬，转身朝花圃走去。

天很黑，花圃里亮着星星点点的光，用集装箱搭成的工作间最亮。许知颜还没走近就能听见男人的声音。这嗓门，她一听就知道是贺勤。

贺勤说："我这个堂堂的科技一把手，现在只能当淘宝美工？"

许知颜走到门口，听到这话没忍住，笑了出来。

她的身影投在门口，屋里的人都不由自主地朝她看去。

程洌夹着烟，动作一顿，低声道："你怎么没打电话给我？"

许知颜笑着说："时间有点儿晚了，我怕你睡了。程扬说你要做电商，真的？"

"我们在商量。"

许知颜走进去，看着小桌上凌乱的纸张，说："我觉得这件事可行。"

贺勤扬着眉道："嘿，嫂子，你说的话和哥说的一模一样。"

许知颜说："但这件事是个大工程，我们一定要规划好，也要做好血本无归的准备，电商这块既好做，也难做。目前，电商的用户基础比以前大，生意做得好，利润甚至能达到百分之两百。但投放推广的成本大，没效果的话，我们连本钱都收不回来。"

贺勤："这些话哥刚刚也说过。"

许知颜和程洌对视了一眼。她微微地笑着："如果不试试，我们怎么知道做不起来呢？"

程洌上下打量着许知颜，抽完最后一口烟，低声道："注册商铺很简单，但花卉绿植分很多种类，我们要挑好主打业务。我这两天看了一些店铺，有的主打十元左右的办公室小盆栽，有的专卖几块钱的花种和菜种，有的卖云南那边的切花。我想做的业务是花卉绿植优质盆栽。"

许知颜只去了随城几天，回来觉得程洌不一样了。他说这话时眼里有光，就像当年他告诉她要考随大一样，精确、清晰、势不可当。

程洌看了一眼时间，说："挺晚了，我们明天再说。陈伯，辛苦你了，我送你回去休息。"

陈伯："送什么呀，我的身子骨硬朗着呢。我自己回去，你们年轻人忙自己的去。"

贺勤很有眼力见地迎上去："陈伯，我送你！走走走！"

程孟飞看两人走了，抬起头，说："阿洌，你要做什么爸爸都支持你，可是这件事你真的想好了吗？那笔钱我实在不忍心动，毕竟是你用青春换来的，万一亏了……”

程冽：“爸，你那时候不也是这么过来的吗？”

那时候程孟飞欠了一屁股债，还借钱扩张，憋着一股劲做生意。

程孟飞叹了口气，最终点点头：“罢了，你想做什么就做什么吧，大不了继续吃泡面，有什么了不起的？”

许知颜说：“叔叔，程冽做生意不会糟糕到这种程度的。”

程孟飞看了他们一眼，收拾了一下，说：“我回去睡觉了，你们聊吧，反正你肯定站在他那边。”

狭小的屋子里只剩他们两个人。拳头大的灯泡悬在顶上，有几只飞蛾围着灯泡转。

程冽问：“你是怎么过来的？”

“走过来的啊。”

“走过来很远，你的脚好了吗？”

那是个谎言，许知颜移开视线：“好了……”

“我送你回去，这里蚊虫多。”

“那你爸呢？”

“他骑电动车。”

“我们呢？”

程冽关了灯，说：“骑自行车。”

旷野漆黑一片，夏夜的星光很明亮，空气中弥漫着紫茉莉的香气，田野里还有蛙鸣声。

许知颜不由得想起八年前最后一次见程冽那天。他带她去参观花圃，也是骑的自行车。

夏天的午后很热，两个人出了一身汗，还绕路去了后山溪水边玩了一会儿。他抱着她亲了很久。

程冽不知道她在想这些，跨上自行车，让她上来。不用他说，她很自觉地环住他的腰，抱得很紧。

骑过坎坷的泥路，轧过生生不息的野草，程冽带她走小路回去。

许知颜说：“你想做这个生意是因为叔叔吗？”

“嗯。”

“那我能入股吗？”她开玩笑地说。

程洌低头瞥了一眼她环在自己腰间的手，说：“随你。”

“那我就入股了啊……”许知颜说，“你应该不是突发奇想吧，之前怎么没告诉我？”

“之前我只是想想。”

“那现在呢？”

清风拂过，程洌张了张嘴，话到嘴边却变成了：“我总要找点儿事情做一做，这是我爸一辈子的事业。”

他没有说真话，是因为她。

她说这次换她帮助他，说这个夏天从头再来还来得及。

当年程洌入狱是个意外，如今出狱也是个意外。在一年又一年的上诉中，他真的绝望了，做好了一辈子被困的准备。

突然他重获自由，时代变了，年龄增长了，青春年少时的志向要怎么样才衔接得上现在？

他每天坐在那里看新闻和电视剧，想着自己要做什么，能做什么，能做好吗？

他一直以为曾经他闯进了她的生活，引领她往前看，把阳光与月光捧到她的眼前。他以为是他支撑起了她。

可整整八年过去，她始终站在原地等他，用她的方式一点点地融入他的生命。有好些瞬间，他好像又回到了那意气风发的少年时代，怀里还拥着最喜欢的姑娘。

他知道现在是她撑起了他。

第九章

吻上她的珍珠耳环

做绿植生意其实也不是程冽一时兴起。

他出狱后很闲，便和以前一样去花圃帮程孟飞干活。活计没以前那么忙，因为花圃的面积减少了三分之二，生意也做得零零散散的，全靠一些老客户维持经营。程冽出事后，程孟飞关了花鸟市场的门店，也懒得再管程凯杰母子了。

他真正开始上心，是在那天晚上。

那晚，程孟飞蹲在大棚里拨弄着新培育的一批钻石玫瑰的苗，很无奈地说："阿冽啊……爸爸搞了一辈子的花草，终究没搞出什么名堂。你现在回来了，要不咱们把这些东西转手卖了吧？小扬长大了，哪怕看起来再正常，总归有点儿缺陷。再过几年你也三十岁了，不能再跟着我耗时间了。这营生既赚钱，又烧钱。爸爸想去做餐饮生意，虽然辛苦，但感觉比做这个挣钱。"

这世上有些事业不是光靠技术就能做成的。这些花花草草，因为程孟飞喜欢，折腾了好些年。大部分喜欢花草的人性格温和有耐心，程孟飞也是这样的。

程洌当时没给程孟飞答复，因为他也不知道接下来要怎么做。

他不愿意浑浑噩噩地生活了，想立即扬帆起航，可帆在哪里？他要重新把市场做起来实在困难。

但这些天发生的事情和产生的感悟就这么凑巧地撞到了一块儿，让他产生了开花卉绿植网店的想法。

这个时代给普通人的机会还是很多的。流行的短视频，盛行的直播，被认可的电子竞技……人人都有成为红人的可能。

许知颜在随城的这几天，他花了很多时间充分地了解现在的网络。贺勤帮他下载了微博等热门软件，他觉得没什么难度。人的适应能力总是那么强。

除了了解相关的信息外，他还去搜了一下许知颜。

在微博的“热搜”上，有一张许知颜以黑色作为底色的照片，和她搭档的男生听说是现在大红大紫的人气偶像，两个人在镜头前有很强的表现力，看起来配合得很好。

她的每一张照片都很好看。也许是妆容的缘故，照片上的许知颜和他认识的许知颜是不一样的。

她比以前更自信，也不再把自己封闭在家里。他从她和开演唱会的偶像组合的交谈中就能看出。

他以为她的事业如日中天，没想到许知颜比他想象的还要红，就像天边遥远的星。

她真的不再是那个话少、喜欢淡出他人视线的女孩了。

可许知颜在他的面前，又似乎一点儿没变。

就比如现在，她抱着他的腰，坐在他的自行车后头。那清朗的声音，如风的微笑，带给他十八岁的感觉。

忙了几天，程洌大致确定了店铺经营的方向。针对消费人群、商品定价、主打风格以及如何发展客源、稳定客源、对接客户和后期的推广问题，他都做了分析。

程孟飞对花卉种植已经有了几十年的经验，在花卉种植和场地这方面不用担心，这是程洌做这门生意的优势。

贺勤听得脑袋发蒙，感觉比让他敲代码还费劲。听了一下午他扛不住了，直接打断程洌："哥，暂停！暂停！到晚饭时间了，咱们先吃饭。"

程洌看了一眼许知颜，说："我订餐了，应该再过一会儿就到了。"

许知颜说："你们吃吧，我不吃晚餐。我再想一会儿推广的问题。"

贺勤去洗手了。

程洌按下许知颜想拿起资料的手，说："我给你点了蔬菜沙拉，你总要吃一点儿。"

对上这双温柔的眼眸，许知颜笑了，说："这几天我吃了很多，衣服都有点儿紧了。大后天我要参加严爱的婚礼，怕是又要长胖一点儿。"

经她一提，程洌猛地想起严爱婚礼的事情。

他说："你和严爱说了吗？我们明天下午到。"

"说了，到时候我们直接去他们订的酒店，还得帮严爱布置婚房。"

"应该的。"

他们话音刚落，桌上贺勤的手机突然响了起来。贺勤明明是个很年轻的小伙子，却用2000年左右流行的情歌当铃声。声音从质量不佳的手机里传出来，仿佛一颗地雷爆炸了。

贺勤心急火燎地从卫生间里冲出来，接起电话，用小女生的语气喂了一声。

这种变化让许知颜一怔。她和程洌对视了几眼，懂了：贺勤交女朋友了。

贺勤很苦恼地哄着电话那头的"祖宗"，说："我哪有不理你，你的消息我不都立刻回复吗？我最近在忙呀，好姐姐，我在挣我们小宝宝的奶粉钱呢！"

"不是，我没去酒吧，更没勾搭谁。什么？你在我的小区买房了？什么？你就在楼下？"

贺勤又冲到阳台上去了。他对着下面招招手，甜蜜地说："等着，宝贝儿，我这就下来找你！”

挂了电话，贺勤对程洌说：“哥，今晚我不陪你研究‘花朵复兴’计划了，再搞下去，我的老婆都跑了。我今晚要陪老婆！”

程洌点了点头：“你去吧。”

不过许知颜叫住了贺勤：“贺勤，既然你女朋友在这里，要不要让她上来一起吃晚饭？你解释再多，还不如让她自己看看你到底在做什么，看了后她会理解你的。”

贺勤不好意思地挠了一下耳朵：“她的性格倒不害羞，不过你们……不介意？”

程洌说：“没关系，我订了很多菜，让她上来吃了晚饭再走吧，你不是也没钱了吗？”

“好咧！”

许知颜看着贺勤兴冲冲地离去的背影，浅浅地笑了。

她斜靠在沙发的扶手上，夕阳的光从阳台那边直直地照射进来，她和程洌的影子被映在白墙上。

许知颜开玩笑似的说：“你这位弟弟想得挺明白的，知道女朋友不哄就要跑。”

程洌在喝枸杞茶，听到许知颜的话，下意识地顿了一下。

“我……”

他话还没说出口，许知颜就打断了：“我想喝咖啡，你帮我泡一杯行吗？”

“好。”程洌起身走去厨房。

许知颜盯着他的背影，又说：“你能帮我加冰块吗？”

他顿了一下，低声道：“你这段时间别喝冰的了，好吗？”

许知颜低低地笑了一下，顺从地说：“嗯。”

她说那句话的目的不是要程洌立刻表态，也不是要他哄她，只不过想让他知道她一直都在。但这次她定了期限，期限到了以后他需要给她一个答复。

现在他有更重要的事情去做，她能理解。

况且，他什么时候没哄着她呢？只不过现在他哄她的方式更内敛罢了。

等程洌泡咖啡的工夫，贺勤把他的女朋友带上来了。许知颜没想到会在这样的情景下碰见杨倩芸。

两个人面面相觑，贺勤热络地向许知颜介绍。

许知颜愣了一会儿，竟然十分自然地和杨倩芸打招呼，笑着说："你不用介绍了，我们认识。"

她那双细长的眼眸少了往日的淡漠，此刻被夕阳笼罩着，看起来满是温柔。

贺勤瞪大眼睛："不会吧？世界这么小吗？"

程洌显然不记得杨倩芸了。但许知颜提了几句，他便记起来了：杨倩芸是和另外一个姑娘玩得好的那个女生。

他和许知颜都对杨倩芸和贺勤在一起这件事表示惊讶，缘分真的很神奇。

那些小女生的恩怨过去很多年了，许知颜早已不放在心上，更何况杨倩芸的性格比陈玫温和许多。

但杨倩芸还是觉得很尴尬，毕竟那时候她对许知颜真的不热情。

聊了几句，见许知颜真的不在意，她就稍稍地松了一口气。

被问到和贺勤谈恋爱一事，她脸红了，没好气地掐了一把贺勤，说："我和他是在酒吧认识的，整个酒吧的人就数他讲话最好笑。"

程洌和许知颜懂了。情人眼里出西施，有时候看对眼了不讲那么多缘由。

贺勤一板一眼地给杨倩芸介绍着最近在忙的事情。杨倩芸对程洌翻案的事情略有耳闻，但到底是别人的伤疤，就没多问，很认真地听贺勤讲开网店的计划。

杨倩芸问许知颜："你们真的要做网店？好是好，可你们白手起家肯定会遇到困难。不过你现在是名人，应该会比普通人容易一些。"

许知颜说："容易不到哪里去的。这是阿洌想做的事情，我也不太懂，只能在一旁出谋划策。"

阿洌……

杨倩芸啃着苹果，来回打量着许知颜和程洌，暗自赞叹。

当年谁不知道他们俩的事情？现在他们还在一起，也挺好的。

两个男人去整理桌子，准备等一会儿放饭菜。杨倩芸趁着这个机会问许知颜："听说陈玫也混娱乐圈，你们碰到过吗？"

"你们不是好朋友吗，没联系？"

"没……上大学后，我们就没联络了。她……怎么说呢……我感觉我们不是一路人了，跟不上她的节奏，就逐渐没联系了。后来我发现她把我的微信好友删了，不过我无所谓，朋友一场，随便她。只是我听说她的表姐在拍戏，她去当助理了。她的表姐就是以前你们学校的那个江黛琳，你应该知道吧？"

许知颜微微一笑："知道。"

"你们长得好看，总是比我们多一条出路。到了社会上我才发现，读书读得好，又能有出路的只有少部分人。不说这个了，这是我的名片，如果你想买房，记得找我呀！"

杨倩芸朝许知颜眨了眨眼睛。

许知颜收下名片，忽然想到了什么，很认真地点了一下头，说："好啊，我应该会在卢州买房，到时候找你。"

酒过三巡，贺勤和杨倩芸都喝上头了，在划拳。

人是会变的，至少在许知颜眼里杨倩芸的变化挺大的。以前杨倩芸的话不算多，人也不算太活泼，现在却十分外向，大概和她的职业脱不了干系。

程扬吃完后早早地回到自己的房间背英语单词。他不喜欢和人打交道，一直以来都是这样。

程洌和许知颜收拾碗筷，把厨余垃圾和外卖盒分开装。

天已经黑了，纱窗外飞虫环绕，明月皎洁。

时代在变化，政策也在变化。起初程洌难以适应垃圾分类，但几天过去自然而然地养成了分类的习惯。

接受时代的变迁对他来说不算困难，刚出狱时面对世界的那种天旋地转的感觉也消失了。习惯是一件非常可怕的事情。

许知颜在装油腻腻的油焖茄子，指甲缝里卡着残羹。程冽阻止了她，低声道：“我来就好，你帮我把外卖盒扎好吧。”

“好啊。”

许知颜看了一眼外卖的袋子——小赵家常菜。这家店的外卖味道是不错，但看起来非常普通，她不知道程冽为什么会点外卖。

照理来说，程冽更倾向于自己做饭。可能是最近太忙，他有些累了。

不过为了找话题，许知颜很随意地问道：“这家餐馆的外卖你下次还可以点，我觉得味道挺好的，就是油和沙拉酱放得太多了。”

程冽说：“这家店一般不在菜里放沙拉酱，是我让老板加的。”

“嗯？”

看样子，他和餐馆的人认识？

程冽一边洗手，一边说：“赵诚，你还记得吗？”

许知颜想了想，说：“记得。”

“这家餐馆是他开的。”

许知颜再一次感到惊讶：“他做了餐饮生意？这我倒是没想到。你是怎么和他联系上的？”

“前天我去五金店买灯泡，偶然碰到他，想帮衬一下他的生意。以后如果网店生意做得顺利，我们肯定要招很多人，到时候可以订他家的饭菜吃。”

“你都想到这一步了？”

“就是想想而已。”他缓缓地说。

许知颜笑着走过去，也洗了个手：“赵诚现在还好吗？他结婚了吗？”

程冽：“他结婚了，小孩三岁了。”

“果然……同学们在这些年里陆陆续续地结婚了，朋友圈的照片从自拍、旅行变成了有孩子的生活，严爱和季毓天都算结婚晚的了。”

许知颜就感慨一句，没其他的意思，但看程冽的神情，知道他想多了。

她浅笑着补充道："我没有催你的意思。程冽，我们先做你想做的事情，我不……"

她的话忽然卡住了，因为她转头朝客厅看去的时候，正好看到贺勤和杨倩芸交缠在一起，吻得难分难舍，俨然是对热恋中的小情侣。

程冽顺着她的视线看去，也愣住了。

两个人对视了一眼，沉默了一阵子。

好在那两个人没有太过分，吻了一会儿就分开了。贺勤回过神来，意识到还有别人在。

他虚晃着脚步对许知颜说："嫂子，我老婆醉了。既然你们是老同学，你能不能让她在你那里借宿一晚？拜托！"

许知颜看着醉醺醺的杨倩芸，道了一声好："现在时间也差不多了，我先带她回去休息吧。"

"行，谢谢嫂子！"

程冽对贺勤说："你也洗洗睡吧，喝得这么醉。"

贺勤倒在沙发上嗯了两声，又拉起杨倩芸的手，嘟囔着："乖，你去睡觉，明天我给你做爱心煎蛋。"

杨倩芸嫣然一笑："好啊……"

最后杨倩芸是被程冽架着走的。老小区里没有电梯，他架着杨倩芸一下一上，费了很大的劲。

许知颜把杨倩芸扶到床上，送程冽下楼。

楼道口吹着徐徐清风，拂去两个人身上的薄汗。头顶的灯亮了，很快又暗了下来。

程冽说："你早点儿休息，明天要早起去随城。我会给你买好早饭。"

许知颜轻轻地笑了一下，用秋水般的双眸注视着程冽。

这样的夜晚有过太多次。他们之间有什么变了，又有什么始终没变过。

许知颜想说些什么，但最后只是叫了一声他的名字。

“程洌。”

“嗯？”

她敛了敛眼眸，踮起脚，把手搭上他的肩膀，在他的脸颊上落下一吻。程洌顿觉如风拂面。

她笑着说：“晚安。”

这是一个不掺诉求的吻，她简单地向他道晚安。

程洌的喉结滚动着，脸上温润的触感久散不去。他看着眼前柔情似水的许知颜，觉得背脊更热了。

他垂下眼帘，嗓音沙哑地说：“晚安。”

许知颜想要的不多，这样就够了。

她转身上楼去了，程洌在原地站了好一会儿才回去。

这晚程洌没睡好，抽了小半盒香烟。

程孟飞去参加陈伯孙子的升学宴，半夜才回来。一进门他就看见关着灯在阳台上抽烟的程洌。

他的儿子早就开始抽烟了。他总觉得男孩子抽烟、喝酒很正常，但不能有太重的瘾。

但现在他又能说什么呢？人有了沉甸甸的心事后，总忍不住去找一些别的东西排解，抽烟确实容易上瘾。

阿洌就算了，关键是许知颜也抽上了。

程孟飞觉得自己还是挺封建的，不希望许知颜抽烟，对身体不好，烟味也不好闻。可这几年程孟飞一见到她，就什么话也说不出来了。

没有人的生活是容易的。

程孟飞看了一会儿程洌的背影，喊道：“阿洌……”

程洌回头应了一声。

程孟飞朝他笑了笑，说：“你别抽了，早点儿睡，明天不是还要和知颜去别的城市参加婚礼吗？”

程洌舒展开眉头：“我知道，抽完这根就睡。”

第二天一早许知颜就起床了，杨倩芸也起来了。杨倩芸还要工作，被生物钟叫醒了。昨晚她喝醉了，今天自然头痛欲裂。

杨倩芸向许知颜道谢，看许知颜提着行李箱，随口问道：“你要去别的地方工作吗？”

许知颜说：“不是，我的朋友结婚，我去喝喜酒。”

杨倩芸没细问，跟着许知颜一起下楼，程冽和贺勤已经在楼下等着她们了。

贺勤见了杨倩芸，一口一个宝贝儿。没了酒劲，杨倩芸还是有些不好意思。

程冽提起许知颜的行李箱放进后备厢里。两个人上了车，打了一声招呼就走了。

杨倩芸盯着车子越来越小的影子，用胳膊肘顶了顶贺勤，问道：“他们俩还在一起吧？”

贺勤说：“不然呢？我哥和我说过，只喜欢过这一个女孩子！”

杨倩芸说：“那挺好的，程冽可是卢州的高考状元，成绩一直拔尖，你跟着他做生意，怎么也比自己瞎混强。”

“是是是，你说什么就是什么。”

车里的许知颜从后视镜里看着他们，直到看不见了才回过神来，低头吃起程冽为她准备的早饭。

早餐是一杯酸奶，一份全麦面包，再加一个苹果。

也不知道从什么时候开始，程冽会为她单独准备食物，脂肪含量低，但花样很多。

许知颜很享受。和从前一样，她喜欢程冽对她这么好。

她认为自己并不着急，八年都等了，还有什么不能等的？但亲眼见证严爱和季毓天步入婚姻殿堂的时候，她觉得高估了自己。

其实她还是渴望能和程冽像从前一样相处。不管他怎么想，她都想名正言顺地站在他的身边，好像他们从未分开过。

严爱只邀请了她做伴娘。迎亲的房间安排在随城最好的酒店，程冽作为伴郎，自然被安排在季毓天的家里留宿。

季毓天专门订了个包厢请他们吃饭。

去饭店的路不远，季毓天开车，许知颜和程洌坐在后头。

车子路过随大，许知颜没有做介绍，只见程洌的视线在校门上停留了好一会儿，毕竟那是他曾经梦寐以求的大学。

她没想到程洌突然说："看上去，这里吃的喝的都很丰富，你在这里读书的那段时间应该不辛苦吧？"

他的声音很低，但还是让季毓天和严爱安静了下来。

许知颜笑着说："嗯，不辛苦，很顺利。"

程洌的眼神很温柔，他点点头，没再说什么。

古色古香的包厢里，四个人坐在一张可供十人坐的圆桌旁。许知颜说季毓天点那么多菜，太浪费了。

季毓天喝点儿酒就容易上头，豪气地说："浪费什么？你们千里迢迢赶来，我请你们大吃一顿是应该的！再说，我和阿洌多久没见了？阿洌……今天你不和我喝个底朝天，就太不够意思了。"

换成平时，严爱肯定要损他几句。还底朝天呢，他以为自己是乌龟啊？但今天确实不一样，季毓天想干什么，看在程洌的面子上她都忍了。

程洌握着酒杯，踌躇了一会儿，下意识地看了一眼许知颜。

这一细微的举动让其余三个人愣住了。然后他们笑了起来，没有人说破。

许知颜对程洌说："你就陪他喝吧。结了婚，他可就没这个待遇了。不过你们也别喝得太多，不然喝醉了，我们怎么照顾你们？"

许知颜温热的呼吸洒在程洌的耳朵上，程洌觉得心动了一下，答道："我知道。"

程洌和季毓天的酒量都不错。他们断断续续地喝了半小时，身上只添了一些酒气。

他们多年未见，今天一见面情绪高涨，借着酒劲说了许多话。

季毓天虽然成熟了许多，但在好友和至爱的面前还是那副幼稚的模样。

他们天南海北地聊，聊这些年离开校园后遇见的形形色色的人，聊如果程洌没有出事现在应该是什么样子，最后聊到了程凯杰。季毓天说程洌翻案这件事的动静太小，要不是许知颜告诉他们，他们都不知道程洌出来了，和当年程洌入狱的热度比起来，天差地别。

这个话题憋了这么久，季毓天终于说了出来。他忍不住脏话连篇，把程凯杰祖宗十八代都骂了。

程洌没什么很大的反应，情绪平稳，任由季毓天在那里破口大骂。

许知颜隐隐察觉到，程洌已经调节好心态了，比她预计的要快许多。

说完了不高兴的过去，季毓天开始说那些让人高兴的事情。

他懒洋洋地笑着，说："阿洌，我听知颜说你准备做电商？我觉得这个想法不错，虽然现在电商的竞争大，但做成功了就是一本万利的生意！我爸的公司今年也开始做产品的线上销售，盈利情况还不错，已经回本了。要不，你让我投资一点儿，赚些私房钱？"

严爱瞪了他一眼，对程洌说："阿洌，你就让他投，回头年底分红打我的卡上就行。"

程洌平缓地说："我刚准备搞电商，还没个眉目，目前推广是个很大的问题。"

季毓天："这你就该问我了，问知颜也行啊！他们公司做营销就是搞这一套：买热搜，找知名明星打广告，增加产品曝光度……这个套路对电商推广也是适用的。"

许知颜笑了，但没说什么。

徐峻没怎么帮她做过营销，她能走红是个意外，红了之后自然有许多商家找上门。老板有手段、有能力，公司里的模特、演员都能省点儿力。模特和演员的名气和公司的实力是相辅相成的。

不过季毓天说得在理，这些套路对网店推广也适用。

季毓天用手指轻轻地叩了叩桌面："现在还有一个很流行的带货方式——直播，你们可以参加各种活动庆典。现在的人，比十块钱少一毛就会觉得价格很便宜，比十块钱多一毛就会觉得贵。如果你抬高价后再降低，别人就觉得减价了。此外，多送赠品也是一个比较好的方法。”

程冽缺乏网购经验，听季毓天这么一说，又了解了一些。

赠品这一块，许知颜和他提过，在他的计划范围内。

程冽看着侃侃而谈的季毓天，神情十分柔和。他觉得季毓天变了不少，虽然还是那个脾气，但不再是混日子的人了。

饭局散场，两个男生送她们回酒店。明天大家得一起布置婚房，时间定在上午十点。

离别时许知颜多看了几眼程冽。程冽感觉到她的视线，顿了一下，说：“明天需要我帮你带早餐上来吗？”

其实这两天她可以稍微放纵一下，但考虑到不久后要参加时装会，许知颜说：“好啊，你别带太多，我吃不下。”

“嗯，我知道。”

程冽和季毓天上了电梯，电梯缓缓地合上了。过了一会儿，许知颜才收回视线。

严爱忍了一晚上，现在终于只剩她和许知颜了。她迫不及待地挽着许知颜的胳膊，兴奋地把许知颜往套间里拉。

她自顾自地说：“怎么样，这个房间不错吧？我的鞋子到时候绝对要藏到他们找不到的地方。”

“这个酒店挺好的。”许知颜说。

“我订了两晚，远道而来的宾客要住的房间我也都安排好了，但是没安排你和程冽的。”

许知颜在换酒店的拖鞋，听到严爱的话，缓缓地抬起了头。

严爱十分俏皮地说：“你在这里不是有公寓吗？婚礼结束了，你们回你的公寓去睡，给我省点儿房费吧。”

“原来你在打这个主意啊。”许知颜说。

严爱凑过去：“最近我太忙了，都来不及和你好好地聊聊。前两天你只说和阿冽挺好的，具体是怎么个好法啊？我本来还很担心你们，毕竟阿冽……但是今天见到他，我挺惊喜的。他看起来真的不错，对你也很好。他还是那个妻管严。”

许知颜想起饭桌上程洌的请示，弯了弯嘴角。

他其实还是那个程洌，刻在骨子里的温柔是八年的折磨都抹不去的。

她说：“他比之前我刚见到的时候状态好了很多。”

严爱把脚上的高跟鞋一踢，往贵妃椅上一躺，笑眯眯地说：“你别只回答我后半个问题啊，我更想听的是前半个问题。你们……现在到哪一步了？能跟在我们后面，在今年内办酒席吗？”

“我和他发展得没你们想的那么快。”

“为什么啊？阿洌明明还是很喜欢你。现在他沉冤得雪，你们还不赶紧‘火星撞地球’，把错过的时光补回来啊？”

许知颜笑严爱想得太简单，不过严爱就是这样一个简简单单的人。

两个人聊到很晚，许知颜告诉严爱：“一个人活着不可能只有情情爱爱。他失去了太多，和社会脱节了那么久，很多东西都得慢慢来。程洌只是看着淡然，其实对自己的要求很高，进取心也非常强。你也知道，他以前有多骄傲……”

严爱临睡前迷迷糊糊地说：“可他喜欢你，你对他而言应该比什么都重要……”

程洌和季毓天不如她们能聊。在饭桌上说了很多，他们回到季毓天的住所，反倒没话说了。两个人抽了几支烟，就洗洗睡了。

这房子是季毓天和严爱的婚房，东西塞得满满当当的。程洌一看就知道两个人共同生活很久了。

程洌睡在客房，看着这陌生的环境，觉得恍然如梦。

严爱这个大大咧咧的人也会把房子打理得井井有条。季毓天的脾气不怎么好，但到了职场上也会有所收敛。

程洌出来后见到的人好像都在往好的方向发展，逐渐地变成这个年龄段该有的样子。

明明许知颜也在往前走，但他对此感到很奇怪：只有她对他说一切还来得及，他才会真的觉得来得及，觉得自己没有落后太多。

可她实在是太耀眼了。

第二天上午，两个男人拎着早饭去敲酒店的门。许知颜起得早，给他们开了门。套间里卧房的门关着。

许知颜轻声说："严爱还在睡。让她多睡一会儿吧，这些天她太累了。"

季毓天把严爱要的气球、花瓣、喜被都带了过来，整整两箱。

他说："东西就这些，不过装饰酒店房间应该是个大工程。我叫了几个朋友过来一起弄，把这边弄完了，还得回去布置婚房。"

"行啊，我们应该花两三个小时就能布置完吧。"

程冽把早餐递给她，看着她刚洗完的湿漉漉的脸庞，眨了眨眼，说："你先吃饭，我们先来弄。"

许知颜笑着朝他点了点头，坐在一边看他们动手装饰。

她没参加过同学的婚礼。之前圈里朋友的婚礼，她也不过是去吃个饭，没有深度参与。她看着两个大男人对着一堆喜字和气球琢磨，觉得这幅画面挺有趣的。

季毓天数了数气球，嘟囔了一声："我的老婆疯了吧？买了十袋，她是想折腾我们，还是折腾酒店的清洁工啊？"

程冽没说什么，看了一会儿说明书，按照图纸动起手来。

严爱还买了三桶氦气，程冽试着打了一个气球。这活儿他干得还行，就是第一个气球气打少了，没办法飘到天花板上。

许知颜很快就吃完早餐，走到程冽身边蹲下，很感兴趣地说："让我来试试，我没打过氦气球。"

程冽说："气充得差不多的时候，你就按住这个口。"

气球是双层的，质量不太好，许知颜没想到自己打的第一个气球就这么炸了。

气球发出砰的一声，让三个人愣了一下。

许知颜后知后觉地抬起发红的手背看了一眼，很无奈地笑了笑。

程冽下意识地握住她的手，盯着她发红的皮肤，低声问："是不是很疼？你先用凉水冲一冲，楼下有药店，我去给你买药。”

季毓天显然没想到会发生这样的事，很不好意思地说：“我去买我去买！你们等着！”

说完，他拔腿跑了。

听到动静的严爱睡眼惺忪地起了床，刚打开房门，就看见程冽握着许知颜的手往卫生间里走。

他一句话都没说，仔细地给她冲着伤处。

看着徐徐的水流，许知颜想起很久以前的事，说：“现在这场景和那时候一样。”

“什么？”

“要不是严爱洒了我一身咖啡，我们也不会有交集。那时候你冲到我面前，也是这么紧张。”

“嗯……被气球炸到，比被咖啡烫到痛。等一会儿我来打气球，你去贴喜字吧。”

“没关系，我和你一起弄。”

“听话，我和季毓天来打气球，你们两个贴喜字，装饰一下就可以了。”

许知颜一顿，程冽叫她“听话”，那低沉的嗓音让她的心一颤。

她轻快地答应了。

严爱站在卫生间门口，挠了挠头，问：“知颜，你受伤了吗？”

许知颜扬起嘴角，说：“没有。”

布置婚房远比几个人想象的麻烦。严爱买的饰品组装方式很复杂，东西在地上摊了一堆，他们不是找不到这个，就是少了那个。

季毓天拉来的两位“苦力”到的时候，许知颜正蹲在地上组合气球彩条。她穿了一条素色连衣裙，清新素雅，皮肤雪白，如落了一层霜。其中一位“苦力”的注意力一下子被她吸引了。

严爱认识这两个人，是季毓天去卢州读书前的朋友。严爱和他们一起吃过几次饭，两个人都算得上风趣幽默。但她和他们始终算不上太熟，不过成年人之间打交道，没那么拘谨、尴尬。

季毓天介绍了一番，大家找了个话题随意地聊起来。

那位男士叫董淏，戴着眼镜，看起来斯斯文文，一开口就不停地讲幽默的段子。

许知颜听完，也跟着笑了笑，不过还是把重点放在了组合彩条上。程冽不觉得段子好笑，反倒被许知颜认真的模样吸引了。

许知颜是个很较真儿的人，干什么都不服输，就连现在布置房间也是这样。

都说女人敏感，其实男人也敏感。程冽正在看许知颜，突然有个人闯进他的视线，是董淏。

董淏推了推眼镜，问许知颜："你的手怎么了？换我来吧。"

许知颜客气地说："没事，我快弄好了。"

董淏笑了一下，回头看了一眼在主卧的季毓天和严爱，对许知颜说："我觉得你挺面熟的。之前我跟老季吃饭，他没带你参加过吧？"

"没有。"

"我就知道，但还是觉得你很面熟。"

许知颜对这句话习以为常，贺勤第一次见她时似乎也这么说过。很多人第一次和她见面时对她说过这句话，因为他们看过她拍的一些平面广告。但她的知名度始终不如演员、歌手那么高，大家叫不出她的名字。所以，她没过度解读董淏的这句话。

许知颜依旧很客气地对董淏笑了笑。

近距离地看许知颜，董淏才发现她有一双琥珀色的眼眸，晶莹剔透。

许知颜扎上最后一个气球，抬头看向程冽，说："数量差不多了吧？如果够了，我们就别打这种普通的气球了。"

程冽从董淏身上收回视线，对她点了点头。

"我来挂吧。"程冽说。

两个人抬着彩条走进主卧，董淏趁机把季毓天拉到了套房外面。

董淏先是用手拍了一下季毓天的胸膛，然后笑着说："你可真不够意思，你老婆身边有女孩子，也不给我介绍。我是长得丑，还是人品不行？”

季毓天一开始没反应过来，看了董淏好几秒，才意识到他说的是许知颜。

季毓天笑了一声，逗他：“你看上知颜了？”

“她挺有气质的。”

“人家是靠脸吃饭的，能没有气质？”

“‘网红’？”

“差不多吧，不过她不是那种‘网红’。”

“我懂了，你让你老婆帮我牵个线吧。”

这下轮到季毓天拍他了，说：“我刚刚是不是忘记给你们介绍在场人物的关系了？她叫许知颜，另外那位伴郎叫程洌，他们是一对。”

董淏：“我……没看出来。”

“他们在暧昧期，能让人轻易地看出来吗？开玩笑归开玩笑，阿淏，你看上别人，我可以帮你牵线搭桥，知颜不行。我不是说你不好，她真的不会对你动心。你要‘挖墙脚’，也挖不动。”

“这个姑娘这么倔？你这么一说，我倒想挑战一下了。”

季毓天沉默了一会儿，说：“不是吧？你别搞事情，你和阿洌都是我的兄弟，兄弟妻不可欺。你有这心思，还不如问问知颜有什么单身的朋友可以介绍给你。”

董淏挑挑眉：“我考虑考虑，进去了。”

季毓天担忧了一阵子，但觉得董淏也不是个不明事理的人。

整个上午季毓天都在明里暗里地观察着董淏，见董淏没什么异常的举动就放下心来，转头打量程洌。忽然，季毓天很想抽根烟。

那时候他们读高中，也不是没其他人喜欢许知颜，只不过男生要面子，知道没戏就不想贸然表白，更何况对手是程洌。

可现在不一样了，董淏的条件比现在的程洌要好一百倍。许知颜这些年从来不缺追求者，程洌现在的压力应该很大。

昨晚抽烟的时候，程洌没跟他提感情问题，断断续续地说了一会儿关于做电商的想法。他看得出来，程洌想做出点儿成绩，不仅仅为了自己。

晚上，季毓天订了酒店请帮忙的人吃饭。

气球爆了许多，看来质量参差不齐，程洌的手也被炸了好几次。后来大家轮流打气球，挨个儿抹药。在这大喜的日子里，这件事看起来有点儿好笑。

许知颜在这顿饭上察觉到董淏对她的态度不一样。

他给她剥虾，说女孩吃虾不能自己动手，得让男人来。

他给她叫热饮，说看她的脸色有点儿白，让她喝点儿热的暖胃。

他还不让在场的男士抽烟，说有女生在，都忍一忍。

董淏的示好过于明显。有那么几分钟，饭桌上是寂静的，除了神色如常的程洌，其他人面面相觑。

许知颜没吃董淏剥的虾。为了缓和气氛，她挽着程洌的手，开玩笑似的对董淏说："谢谢，但你把我男朋友要做的事情都做了，我回去了怎么向他解释？"

程洌正在给她夹蔬菜，闻言手一顿，没反驳，看了一眼董淏，神情很温和。

董淏是个识趣的人，也不喜欢遮遮掩掩，觉得许知颜都把话说开了，就不用藏着了。

他笑着连连摇头，道："老季和我说你们俩快在一起了，我还想再试试呢，这年头女朋友难找啊！没想到，我一点儿机会也没有。那算了，我估计下次得喝你们的喜酒了。老季，要不明天把捧花给我吧？我太想结婚了。"

季毓天说："你想得美。"

在几个男人的插科打诨中，许知颜缓缓地松开了程洌的手臂，一口接一口地吃他夹的菜，仿佛刚刚什么都没发生过。

过了一会儿，她靠近程洌，说："饮料凉了，我想喝杯温的白开水，你能帮我问服务员要一杯吗？桌上的是茶水，我怕喝了睡不好。"

程洌说："等我一会儿。"

“嗯。”

董淏说：“果然，男朋友的白开水也比别人的饮料好喝。”

许知颜在这些年里遇见过很多像董淏这样的男生。他们很好，只是她喜欢不起来。

她笑着说：“他知道我现在不喝饮料。”

季毓天还在酒店顶楼的KTV订了包厢，说唱两个小时就散场。大家早点儿回去，早点儿休息。

也许KTV的装潢大同小异，但这条冗长的走廊和贴满玻璃水晶的墙壁跟他们当年高考完去放纵的那家KTV很像。

几个人坐一个小包厢正好。季毓天只叫了一些饮料和水果，一向爱热闹的他第一次下令说：“今晚不许再喝酒了！明天我们要是醉得爬不起来，我的这层皮就要被我爸妈剥了。”

严爱很担心自己的脸明天会水肿，八点一过就什么都不吃了，歌也不唱，安安静静地坐在沙发上打游戏，美其名曰保护嗓子。她明天要在婚礼上唱歌。

程冽听到这里，惊愕了一下，问许知颜：“在婚礼上，新娘需要唱歌？”

许知颜回想了一下自己之前参加过的婚礼。在震耳欲聋的背景音乐中，她贴到程冽的耳畔说：“现在的婚礼比以前新潮许多，跳舞的、唱歌的都有，都是些年轻人的玩法。”

程冽还是难以想象。他只听说过婚礼上可能会请专业的人来唱歌祝福新人，没听过新郎新娘要亲自上阵唱歌。

这个时代，确实发生了翻天覆地的变化。

程冽说：“那你们想回去休息吗？我可以先送你们回去。”

他知道今天大家应该挺累的，干了那么多体力活，特别是绑气球。他看见许知颜的指甲断了一小块，食指被勒得很红，但她什么都没说。

许知颜说：“不了，就两个小时而已，我坐一会儿就过去了。”

“嗯。”

两个话筒被季毓天和董淏霸占着。他们唱了一首《情歌王》，唱得深情款款。

许知颜想起那时程洌唱歌的情景，他的声音低沉、有磁性。后来她参加过很多这样的聚会，也没听过谁比程洌唱得更动听。别人唱歌要么太注重技巧，要么声音太洪亮，除了一些专业歌手，她始终觉得程洌的嗓音听起来最舒适。

只是这次她没让程洌唱歌给她听。不知道为什么，她觉得他们还没到这种程度。虽然如果她提出要求，他一定会去做。

最后程洌还是被董淏硬拉着唱了一首歌——陈奕迅的《十年》。

董淏很会活跃气氛，对着话筒惊叹地道："兄弟，明天她们有什么才艺表演的环节，我们就靠你了！"他又看向许知颜说，"知颜，看在你男朋友的分上，明天一定要早点儿给我们开门。"

许知颜说："那就得看看明天你们有什么办法了。"

程洌唱完，把话筒一放，转头对上许知颜明亮的目光。

头顶的彩灯流转着，怀旧的音符落在空气里，他出了一会儿神，说："我出去抽根烟。"

季毓天把话筒往董淏身上一扔，跟上程洌："我也去抽一根，阿洌，等等我。"

今天早上进门后，程洌一根烟都没抽过，这大概是他今天抽的第一根。

过了大约半首歌的时间，茶几上的一部手机忽然振动起来。屏幕在幽暗的环境里亮了起来，是程洌的手机。

许知颜拿过来看了一眼，是贺勤打来的电话。

她走出包厢，接了起来。贺勤和做包装的厂家谈妥了，要再跟程洌核对一次运输包装的样式。

许知颜说："你等等，我等会儿让他给你回电话。"

"好好好。"

挂了电话，许知颜去找程洌。KTV 不大，许知颜很快就找到了在抽烟的两个人。

他们站在 KTV 外的电梯间，那里有扇窗户，烟雾顺着 KTV 里的歌声飘散出去，这里清静得如世外桃源。

他们的声音也清晰地传入许知颜的耳朵。

程冽说：“其实知颜可以选择更好的。”

这句话让许知颜顿住了脚步。她没有往前走，反倒后退了一步，将自己隐藏在推拉门后头。

香烟的味道若有似无地飘过来，许知颜从对面墙上一道极其狭窄的长条装饰玻璃反光里看见程冽抽的还是那个牌子的烟——红塔山。

他说完这句话，神情跟着声音一起沉下来。

窗外的灯海流光溢彩，偶尔有几道探照灯的光在程冽漆黑的眸子里一晃而过，却掀不起任何波澜。

季毓天一时语塞，不知道该如何接话。

他本来不想过多地参与程冽和许知颜之间的事情。这两个人的心像明镜一样，他们用不着外人指点、督促，所以他只在刚见面的时候提过一下。

但是今天董淏整了这么一出戏，他在饭桌上看着程冽，总觉得不对劲，即使后来董淏把话说开了。

趁着抽烟的机会，他忍不住问程冽到底是怎么想的。明明知颜已经朝程冽走了这么多步，两个人还僵在那里，算怎么回事？

这对程冽而言似乎是个很难回答的问题，隔了半晌，程冽才开了口。

程冽的意思是许知颜很好，这些年她很辛苦，紧接着就是他刚刚那句话——其实她可以选择更好的。

季毓天不知道怎么接话，是因为觉得这话从程冽嘴里说出来太不可思议了。但过了这么多年，他这么说好像又合情合理。

他们读书时，程冽和许知颜的座位被班主任分开了。后来许知颜和他讲过，说那会儿她天不怕地不怕，家长再怎么发脾气也无所谓，老师给她做思想工作她也不想和程冽分开。哪怕程冽进去了，她也不会和他分开。

季毓天也记得他们在一起后的样子。那是他第一次看见如沐春风的程洌。

喜欢一个人，怎么舍得真的放手？

他和严爱磕磕绊绊地走过了这些年。之前他们吵得剑拔弩张，几天没见又很想对方。现在就算严爱最喜欢的偶像要来娶她，他都不会放手。

可是程洌和他不一样。男人的自尊心有时会来捣乱，程洌自卑起来比女人还难想通。

两个人没再说话，各自抽着烟，心思沉重。

站在那边的许知颜望着长条装饰镜里程洌的侧影等了许久，见他和季毓天快要抽完这支烟了，回过神来，比他们先一步折回包厢。

程洌没发现许知颜来过。

走到包厢门口，他看见许知颜站在那里。从她的神情里他看不出什么破绽。她微笑着把手机递给他，告诉他贺勤打来了电话，想和他聊聊有关包装的事情。

程洌走到了另一边给贺勤回电话，许知颜看了几眼他的背影，随季毓天回了包厢。

其他人在唱什么，许知颜听不进去了，程洌的那句话回荡在她的脑海中。

她可以选择更好的，更好的什么？比他更好的人吗？

她坐在沙发上剥薄皮核桃，心不在焉的。灯光很暗，核桃尖利的壳刮到了她发红的食指。她没出声，下意识地吸了吸手指来缓解疼痛。

程洌推门进来，正好看见这一幕。他穿过董淏他们，来到她身边，十分自然地接过她手里的核桃，说："我来。"

许知颜看着他熟练又自然的动作，慢慢地把视线落到他棱角分明的侧脸上。

她轻轻地笑了笑，带着几分自嘲，说："我不吃了，你别剥。"

程洌没注意到她的异样，说："坚果是健康的食物，吃一点儿没关系，我把这枚给你剥完。"

许知颜觉得心里有点儿堵，又有点儿发酸。

她比谁都了解程冽，也知道他为什么那样说。

她在生气的同时又忍不住心疼，看到他的样子，她的情绪越发浓烈。

许知颜没再说什么，把核桃肉一瓣一瓣地放进嘴里，甘甜后是微苦的余味。

这晚许知颜没睡好，她想起程冽出事的那阵子，自己也像今天这样辗转反侧。随着时间的流逝，她回想起那些日子已经不会再有窒息感。

她和程冽一路走来，顺，又不顺。

顺的是，她和他几乎没有吵过架，不像季毓天和严爱时不时就拌嘴。她和他契合得像两块能拼到一起的拼图，有时通过一个眼神就能懂对方在想什么，想法也是出奇的一致。

不顺的是，发生了这些不好的事情，差一点儿他们的关系就结束了。过了这么多年，谁敢说一切都没变？

她对程冽怨恨过，谅解过，努力过，绝望过。在漫长的时光里，她滋生出无数情绪，可那天在公路上遇见他的时候，全释怀了。

她什么都不想了，什么都不要了，只想永远留住这一刻，只要自己能在他的身边。

这种想法是卑微的，但她不觉得，因为知道程冽值得她这么做。

对她而言，世界上谁都可能会出轨、会变心，但程冽绝对不会。就算有一天他们一刀两断，那么也一定会堂堂正正地分手。

可他居然想推开她。她想笑，却又觉得鼻子发酸。

她印象里的程冽，虽然温柔，但骨子里是个坚定、占有欲强的人。

那时他说，自己将目不斜视，而且永远如此。

现在就算她不管不顾、坚定不移地朝他走去，也不行吗？

他在自卑什么，又在彰显什么温柔、大度？他明明也知道她的想法。

许知颜刚迷迷糊糊地睡着就被严爱的闹钟叫醒了，摸出手机一看，已经早上六点多了。

严爱约了化妆师七点来化妆，她要帮严爱稍微整理一下套间。那些氦气球飘浮的时间太短，它们陆陆续续地掉了下来，她得花点儿时间再打一些。

许知颜的沉默让严爱觉得有点儿奇怪。换中式喜服时，严爱打量了她几眼，惊讶地叫出声。

“知颜，你的眼睛怎么有点儿红啊，昨晚没睡好？”

许知颜意识到自己的状态不好，立刻笑了笑，说：“我第一次当伴娘，紧张。”

“我第一次当新娘都没紧张，你怎么紧张起来了？你平时看着挺稳的……知颜，换成你结婚，不得几天几夜睡不好？”

“我结婚？和谁结？”

严爱一听这话就发现不对了，小声地问：“怎么了？你和阿洌吵架了？”

许知颜摇头：“没有，只是我有点儿生他的气。”

“你也会生他的气呀？我还以为你们是那种模范情侣，从不吵架呢。他做了什么啊，让你这么不开心？可……阿洌不会吧……你吃个核桃，他都要抢着帮你剥。”

“对啊，一个核桃都要抢着剥的人，别的事却不敢抢着上。”

严爱听出什么来了：“是不是你嫌他不够主动啊？你之前不是说能理解他，要慢慢来吗？现在着急了？”

许知颜说：“有点儿吧。你们都结婚了，我不羡慕是不可能的。”

严爱的礼服已经穿好了，许知颜帮她正了正裙摆。

严爱看着镜子里的自己，深深地吸了口气，说：“我也不知道婚姻是殿堂还是坟墓，不过……就算是坟墓，我也要和他一起躺。”

“你别说这些不吉利的话了。这话被季毓天听见，大概你们又要拌嘴。”

“我和他吵习惯了，不吵反而不习惯。”

“你们这些年过得也不容易，不过他真的非常爱你。”

严爱的眼眶发热，她做了个停止的手势：“你上次还说我煽情呢，这会儿自己怎么也煽情起来了？别让我哭啊，我的眼睛不能肿。”

门铃正好响了，许知颜说：“化妆师来了，我去开门，你去梳妆台前坐着吧。”

上午九点五十八分，季毓天携着他的伴郎团来接亲。在酒店的除了许知颜还有很多长辈，气氛被这些长辈炒得很热。

许知颜按照原先制定的流程给新郎出难题，到最后一关——踩指压板时，有人说话了。

说话的是个已婚但十分会玩的男人。他替那些伴郎说：“鸡蛋砸了，芥末饼干我们吃了，伴娘哪有只看戏的道理？这个指压板，伴娘得一起参与。”

许知颜没什么经验，挺无奈地笑着。

旁边的人撺掇着让伴郎抱着许知颜做深蹲。

董淏和另一个伴郎对视了一眼，没有上去的意思。

旁边的人还在起哄，程冽拿湿纸巾擦了一下脸，看了几眼许知颜，说：“我抱你。”

他的潜台词是：早点儿做完早点儿完事。

许知颜脸红了。这是她第一次在公共场合、在那么多人的注视下被程冽抱着，做这种亲密的游戏。

季毓天在旁边笑开了花。气氛到了，又是他大喜的日子，他非常兴奋，没管住嘴。

他起哄道：“阿冽，你昨晚是怎么说的？你真的舍得换人吗？”

旁边的人不知道，只顾制造气氛。

许知颜搂着程冽的脖颈，和他对视了一眼，假装不知道季毓天在说什么。但这句话着实给她泼了一盆冷水，脸上的热度也逐渐消退。她沉默了。

新郎接完亲，婚礼的流程继续往下走。许知颜几乎没有休息过，和程冽的交集也很少。他们都很忙，现场也出现了一些问题。

直到仪式正式结束，陪新郎新娘敬完酒，许知颜才有时间吃上一口菜。

主桌旁坐的都是未婚的年轻男女。在新人敬酒的工夫，他们把菜吃得差不多了。许知颜本来就胃口不好，随便夹了几块白灼菜心。

婚宴结束后，严爱瘫在椅子上。刚才她微笑着送宾客离开，已经用尽了最后的力气。

严爱故意说："阿洌，对不起，我忘记给你和知颜订房间了，也不知道酒店现在还有没有房间。要不你就去知颜那边住吧，她的公寓离这里不远。"

严爱的话说得很刻意，程洌察觉到了。

许知颜早就知道了严爱的想法，不想配合她演戏，笑着说："那你们今晚好好休息，我们先走了，明天再见。"

"好啊，你们也好好休息。"严爱挽着许知颜的胳膊，小声道："他不主动，你就再主动点儿嘛！他真的很爱你，我能看出来。"

许知颜还要多主动？

回去的路上，许知颜在想这个问题。

程洌开着许知颜的车送她回公寓。她的公寓距离严爱办婚礼的酒店不远，开车二十来分钟就能到。

今晚程洌没喝酒，怕都喝醉了无法顾全大局，没人开车。

但许知颜喝了几杯白葡萄酒，度数不算高。这会儿，她放松了紧绷的神经，窝在软软的皮椅里。她莫名地觉得有点儿发热，看着窗外灯红酒绿的景色，感觉到轻微的眩晕。

严爱结婚了。在高兴之余，她还有几分惆怅和茫然。

以前和程洌在一起时，她对未来没什么明确的计划，想着先考上大学，走一步算一步。她也知道进入社会后书读得再好也不一定有用。她做好了打算，未来再艰难也要和程洌一起扛。

如今她阴错阳差地进入这行，这些年混得还不错，有一笔存款，对未来有明确的发展方向，事业还算蒸蒸日上。但程洌不能和她分享这份荣耀。

他甚至想把她往外推。

她想，也许这就是男人的自尊心作祟吧。要强的男人可以和心爱的女人同甘，遇到挫折却不太愿意共苦。强烈的自尊心让他们看不起无能的自己。

他虽然这样说，可如果她立刻答应一个追求者呢？他还会沉默着放任不管吗？

许知颜闭上眼，揉着额头想，如果他沉默，她一定要给他一巴掌。但她转念一想，这不是她的行事作风。今晚她想了这么多莫须有的事情，一定是喝多了。

程洌用余光看她，见她一直在揉额头，还皱着眉头，猜想她可能身体不舒服。

晚上许知颜几乎没吃东西。严爱他们敬完酒和主桌旁坐的年轻人一起喝了一杯。程洌喝的矿泉水，怕晚上要开车，所以没喝酒。他亲眼看着许知颜喝了好几杯酒，大概她很高兴吧。

他见识过她的酒量。

当初，她喝一点儿啤酒就走不稳路，脸泛红。他知道酒量可以锻炼出来，可下意识地觉得许知颜的酒量依旧不好。所以他一边开车一边留意着她，怕她反胃。

一路上，两个人几乎没怎么说话。七月底的城市，夜晚依然闷热难耐，星光被灯光掩盖。鳞次栉比的高楼，玻璃窗中反射着这座城市车水马龙的景象。

车拐进公寓的地下车库。程洌看得出来，这个小区的住户收入应该不错，车库里的车价值从几十万到上百万不等，许知颜的这辆车和其他的车比起来实在是太普通了。

两人下了车，程洌送她上楼。

公寓的电梯间装潢得富丽堂皇，瓷砖亮得像镜子。

现在已是深夜，没什么人要坐电梯。电梯很快就停在负一楼。

许知颜按下二十楼的按键，程洌终于开口了："等会儿我在附近找一间宾馆。明天严爱要回门，之后会和我们一起吃饭，是吧？"

许知颜听得出来，程洌的后一句话是为前一句做装饰。严爱要和他们一起吃饭这件事，不是早就说得清清楚楚的吗？

程洌要去附近的宾馆住。

许知颜的语气一如往常。她平静地说："你可以住我这里。现在是暑假期间，附近的宾馆也不一定有房。"

程洌沉默了一会儿，说："没关系。"

"上次我们都住在一起了，今天为什么不可以？你在担心什么？"

"这是你的家。你的身份特殊，上次和你一起住是我没考虑周全。"

"我的合约里没那些限制条款，而且……"许知颜顿了一下，说，"我这些年没什么绯闻。就算我们被拍到，那又怎么样？当年我们分手了吗？"

两个人并排站着，面朝电梯门，目光闪烁，却谁也没看谁。

他们重逢以来，这是许知颜第一次正面提出这个问题。前两次她害怕给他压力，怕他多想，今晚她却有些不一样。

在他准备回答的时候，二十层到了，电梯叮的一声划破寂静。

许知颜率先走出电梯，来到右手边的房门前，用指纹解锁。但她打开门后，只是握着门把手，没有要进去的意思。

走廊上，白色小顶灯的光安静地流淌下来。在她身后是一棵龙血树盆栽，叶片如散开的烟花一般自然地垂下，有细微的风从顶上的中央空调里流出来，吹得叶子晃了晃。

许知颜看着比她差不多高一个头的程洌，心也跟着晃了晃。

她说："你觉得我们当年分手了吗？"

她今晚像是一定要得到一个答案。

程洌看着她，觉得心像被刀扎了一下。他沉沉地反问她："你觉得我们分了吗？"

"是我在问你，我要听你的回答。"

两个人对视着，一个人的眼神沉着温柔，一个人的眼神清澈倔强。显然，许知颜在程洌面前永远气势很足，他可以给她无限的温柔。

程洌的喉结动了动，他始终沉默着。

他要怎么回答？

他要怎么告诉她，这些年他每天都在想念她？每一天，他在那个死气沉沉的地方想她想到胸口发闷。他要怎么告诉她，自己出狱后对她有多愧疚、有多心疼？他要怎么解释他的那些愚蠢又无法克制的想法？

那天在下着大雨的公路上，她说自己是他的女朋友。他知道她放下一切回来的目的，也知道她每一分每一秒都考虑着他的感受。她体谅着他，奋不顾身地来到他的身边。

那段时间他确实很迷茫，不自信，对这个世界感到陌生，也看不清未来。有那么几次，他觉得即使翻案了，但人生轨迹已经改变了，从前的努力没什么用，更没有未来，也许这辈子就这样了。

他早就在那个地方放弃了自己，认命了。

他怎么也没办法拼凑好这个世界。街道被翻新了，人们的生活方式改变了，他还遗忘了那么多知识。起初那两天，他去菜市场买菜都觉得陌生。他走在街上，发现头发花白的老人的神情都比他自然。他像常年居住在大山里的孩子，第一次来到繁华的城市，感到茫然、不知所措、拘谨、害怕。

他知道，如果她收到他出狱的消息，肯定会回来找他。但自己要怎么面对她？所以一开始他不愿意让程孟飞告诉她。

这八年来，每一年她都会来看他，每一次他都拒绝和她见面。他害怕看到双方的变化：他一点点地发狂，她一点点地失望。

他也怕她固执地等着他，毕竟女孩子最好的年华只有几年。他在监狱里彻夜难眠，一边思念她，一边希望她遇到更好的男生，好好地生活。

她在读大学时一定要结交很多朋友，要参加有趣的社团，要吃自己爱吃的美食，要和朋友一起旅行，然后找一份自己喜欢的工作。她一定要告别过往那段封闭又苦涩的日子，得到更多不同的人的情谊。

每一年程孟飞都会告诉他许知颜的情况，听起来她过得很顺利。

她进了娱乐圈，她拍了一些杂志封面，她带着东西去看了程孟飞，她胖了，她瘦了，她说了些什么话……程孟飞都会告诉他。

再见到许知颜，除了觉得许知颜的外貌有点儿陌生外，他知道她的一切。他买了手机后做的第一件事就是去网上搜索她，手机里仅有的几张照片也是他从网上保存下来的许知颜的精修照。

她很好，而他像被分成了两半，一半留在八年前，一半在阳光下接受凌迟。

和他接触久了，她就会发现她的感情也许只是对过去的一种执念。现在的程冽不是她想要的样子。

他现在要做的事情，成功的希望很渺茫。未来会怎么样，他不能给许知颜一个答案。

偶像组合的成员阿余，季毓天的朋友董淏……无论是谁都比他强，比他有能力给她稳定的未来。

因为她是他最心爱的女生，所以他舍不得让她跟着自己吃苦。但正因为她是他最心爱的女生，所以他又没法看着她跟别人走。

那时候，他觉得他们已经分手了。现在他觉得他们还没分手，但她应该有更好的选择。

许知颜觉得自己喝醉了，看着程冽沉默的样子，心中又闷又气。

她原本可以给他很多时间，让他慢慢来。八年都等了，她再等几个月又算什么？可是在严爱举办婚礼的这一天，他想放弃她。

当初，他们比严爱和季毓天先在一起。一转眼，严爱和季毓天步入婚姻的殿堂了，可他们呢？她坚持了这么多年，最后的结局却是竹篮打水一场空吗？

如果以后站在她身边的不是程冽……

一想到这里，许知颜就觉得心抽痛了一下。她知道自己的性格很固执，程冽是她的初恋，对她来说意义非凡。她认为他非常完美，别人比不上。

程冽让她选择更好的，她能选择谁？

没有人知道她对程冽的执念有多深，也没人知道这些年来她挣扎得有多疲惫。她靠着微弱的信念在支撑——程冽是清白的，一切还有希望。她会等到和程冽重逢的一天。

在绝望中，她滋生出这个想法，推着自己往前走。

她想，至少他们都活着，这也够了。

许知颜这两年很少哭，但今晚还是忍不住红了眼眶。

她极力地克制着自己，声音却仍有些颤抖。

她缓缓地说："你是不是觉得都过去了？程洌，如果你说是，那从今天开始我绝不会缠着你了。"

程洌依旧沉默着，眼神深沉。

许知颜握紧门把手，不动声色地咽了下口水，抬起细长的眼眸看着他，右眼角的一颗小痣让她看起来有些脆弱。

她知道自己口是心非。她怎么可能真的放弃他？她说这种决绝的话，只不过想逼程洌立刻给她一个答复。

她知道程洌对自己是还有感觉的。

只是她不想听到程洌说那样的话，有那样的想法。她朝他走了那么多步，他也该走一步了。

如果今晚没有得到想要的答案，她是不会甘心的。

今晚她有多羡慕严爱，现在就有多冲动。

许知颜十分坚定地再次问他："你回答我，是或不是？"

程洌深深地凝视着她，微抿着唇，眼中的情绪越发深沉。

走廊里一片寂静，他像含了一口烟一样，沙哑低沉地说："不是。"

他从来不觉得他们之间的感情已经过去了。

话音刚落，他忽然感到唇上一热。

许知颜上前一步，踮起脚钩住他的脖子，贴上了他的唇。

她给了他一个很短暂的吻。

她慢慢地站直，环着他脖子的手慢慢地移动。她把手搭在他的肩上，抬起眼眸，直视着他。

过了好一会儿，许知颜轻轻地笑了一下，让视线在他的眼睛和嘴唇之间移动。

她用只有两个人能听见的声音，低低地说："我们第一次接吻的时候，是我主动的。我们现在接吻，也是我主动的。你不想我吗？程洌……我很想你……"

两个人四目相对，程冽觉得嗓子发紧。

她今天化着很淡的伴娘妆，丝毫没有抢严爱的风头。柔顺的长发很随意地束着，那双如琥珀般剔透的眸子此刻发着光，在柔和的灯光下，她看起来楚楚动人。

她的笑容总是浅浅的、淡淡的。很多时候她看起来毫不在意、客气疏离，只有在他面前，她的笑容才带着几分娇羞。

他还能感觉到唇上的余温，闻到一丝白葡萄酒的香气，脑子里那根故作理智的弦在这一瞬间被剪断了。

几乎是下意识地，程冽伸手搂住她的腰，把她往自己的怀里带。突然的作用力让许知颜往他的身上贴，高跟鞋踩在瓷砖上，发出两声跌撞的声响。

她的腰被他的手搂住，她不得不一直抬着头和他对视。

她能在程冽的眼里看到自己清晰的影子。

程冽看了她几眼，低头吻了下去。

许知颜顺从地闭上眼，心里充满悸动。

这一刻仿佛隔了千百年，过去的画面和唇上温热的感觉让她微微颤抖，还好有程冽搂着她。

这个吻不怎么温柔。他不温柔，她也是。

这个吻像夏天午后的热浪，像台风季里最疯狂的风雨。

程冽感受得到她在颤抖。他又何尝不是？这是他想了整整八年的女人，这辈子唯一喜欢的女人。

她等了他八年，对他义无反顾，这世上还有第二个女生会这样对他吗？

所有的顾虑和卑怯都抛到了九霄云外，他给出了答案。

就像季毓天说的那样，他舍不得许知颜。

不论许知颜跟谁走，他都舍不得。男人的自尊心会作怪，占有欲也会作怪。谁都想给心爱的女人最好的生活，谁都看不起无能的自己。

他明知道她有多需要自己，明知道她这些年过得多不容易，还要这样让她难过。

他也知道自己离不开她。没有许知颜，他这一生再辉煌都没有意义。

所以这一刻他什么都不想管了，只想和她在一起。

吻了好一会儿，许知颜不轻不重地咬了一下他的唇瓣，说："进去啊……"

她推开门。

程冽没有放开她，低头吻着她，牵引着她往里面走。许知颜用一只手搭在他的肩上，用另一只手推开门，随着他的步子，一步步地往后退到屋里。

门锁落上，发出咔嚓一声，许知颜被程冽压在了墙上。

灯还没开，厚重的窗帘紧紧地合着，屋内黑得伸手不见五指。

许知颜失去了视觉，听觉和触觉格外敏锐。她的耳边尽是程冽沉重的呼吸声，他重重的吻能勾走她的灵魂。

许知颜仰头回应着他的吻，攀附在他肩头的手逐渐移向他的衬衫扣子。

今天是她第一次见到程冽穿西装的样子。他穿着一件黑色笔挺的西装外套，里面搭配着一件干净的白色衬衫。因为天气炎热，后来他和另外两个伴郎把外套脱了。

他卷着袖口，露出一截瘦而有力的小臂，青筋突起，看起来极富力量感。

现在，他正用那双手搂着她的腰，宽厚炙热的手掌贴在她的腰侧。隔着薄薄的伴娘礼服，热量传到她的心脏。

她在解他的扣子，一颗，两颗……程冽没有阻止她。

她解开了他衣服上所有的扣子，把衬衫从皮带里抽出来，用手贴着他的胸膛，不长不短的指甲轻轻地刮过他的腹肌。

他忽然停住了呼吸，缓缓地睁开双眼，暂停了这个吻，在黑暗中寻找她的眼眸。

两个人鼻尖对着鼻尖，急促的呼吸交缠在一起。

"知颜。"他沙哑地叫她的名字，带着浓浓的柔情。

许知颜急促地呼吸着："嗯？"

他抬起一侧的手去抚摸她的脸庞，停下动作，低声地说："我很想你。"

男人低沉的声音犹如在寂静的夜晚里拂过竹林的风。

他有必要告诉她，他从未忘记她。这八年来她有多想他，他就有多想念她。他在那个狭小的地方，想她想到彻夜难眠。

许知颜的眼眶在黑暗中湿了，她闭了闭眼，说："我知道……我知道你的……"

正因为她知道他的心里有自己，所以即使他想推开她，也没有真的生气。她只是感到心酸：他不再是那个傲气的少年了。她心疼他会产生这种想法，又怕越等希望越渺茫。

她想光明正大地和他在一起，想让两个人像严爱他们一样好好地谈恋爱。

现在他们已经不需要其他的言语，她的一句"我知道"，对程冽而言就够了。

程冽重新吻上她的唇，用手抚着她的脸庞。

他弯下腰，亲吻她的下巴、脖颈，又亲吻她的耳朵。他含住她的珍珠耳环，还有早就发烫、发红的耳垂。

绵延的吻让许知颜的心颤了一下："程冽……"

又过了一会儿，许知颜喘着粗气说："我们去卧室。"

她摸到墙上的灯，随手按了几下。电视柜那边的小顶灯亮了起来，发出淡淡的光。

程冽抱起她，边吻边走。

她含着他的唇瓣，腾出一只手去解自己的高跟鞋的扣子。鞋子掉在木地板上，仿佛午夜的两声钟响，敲在两个人的心上。

她被程冽放在床上。他压了上来。

房间没开空调，两个人都出了一层薄汗。被他灼热的身躯一压，许知颜浑身都烫了起来。

她轻轻地推了他一下，伸手去拿床头的空调遥控器，顺带打开了床头的小灯，暖黄色的光打在两个人的脸上。

他们把彼此眼里的渴望、珍惜看得清清楚楚。

许知颜伸手去抚摸他的脸庞，感受着时光在他脸上留下的痕迹和棱角分明的轮廓。他比以前更有男人味。

她用手指轻轻地摸着他的喉结，觉得身上热了起来。

她钩住程洌的脖子，继续刚才的亲吻。

凉风一阵阵地吹来，却怎么也吹不散他们身上那种持续涌出的热感。

过了一会儿，程洌问她："拉链在哪里？"

她说："这是绑带的……"

"在这里吗？"

"嗯。"

程洌没有见过这样的衣服，要解开带子很困难。但许知颜没有帮忙的打算，反而笑了起来。

程洌压在她身上，和她亲密地贴在一起，他的额头渗出了汗水，有几滴落在了她的胸口上。

看着许知颜笑，不知怎么回事，他也想笑了。

程洌妥协了，低声问："你不帮帮我？"

许知颜有些恍惚，仿佛看到了八年前的程洌。那时的程洌眼里有光，总是带着几分笑意讲话。

她也妥协了，抽出那根带子。

程洌仔细地吻着她的每一寸肌肤。

她把手插入他的短发间。

第十章

知白花艺风生水起

她的床单、被套是深红色的，他们的汗滴落在床上，布料就变成了黑色。她用手一抓，床单现出皱巴巴的纹路，像一朵盛开的重瓣的玛格丽特。

床是铁架床，款式复古，镶着金边。它和墙壁碰撞着，时不时地发出轻微的咯吱声。

那枚挂在她胸前的玉佛随着他们的动作跳跃着。

结束时已是凌晨，许知颜躺在床上休息了一会儿，听到程冽从浴室里出来才睁开眼。

她侧身躺着，没盖被子，满脸笑意地看着他。程冽身上围了一条粉色浴巾，看得她很想笑。

她没想到帮他准备一些生活用品，导致现在他只能用她的。

来随城参加严爱的婚礼，她没想和程冽有什么进展，只希望程冽能在季毓天的开导下想开一点儿。参加完婚礼，她就回卢州继续帮他做电商。

但她的心里有一杆秤。她向徐峻请了两个月的假，在这个夏天结束之前，希望自己和程洌的关系能回到以前。

现在发生的一切虽然很突然，但她终于圆梦了，心中的遗憾和忧虑随着他的动作消失了。

他就在她的身边，深爱着她。

程洌把擦头发的毛巾挂在一侧的椅子上。他在她那边坐下，床微微地塌陷下去。

他伸手摸了摸她的脸，拉过被子给她盖好："刚刚我不是给你盖好了吗？怎么掀开了？"

"很热，有汗。"

"我用热毛巾帮你擦一遍，好吗？"

"嗯……也好。"

许知颜躺在床上，任由他仔细地帮自己擦汗。

做完这一切，程洌才有空打量许知颜的这套公寓。

公寓的面积不算很大，但一个人在这里生活足够用了。公寓装修得十分简单，也没什么生活痕迹。

他在浴室洗漱的时候就发现了，洗漱台上的护肤品只有两三罐，沐浴露快用完了她也不知道买。

唯一有点儿生活气息的地方就是她的衣柜，里头挂满了琳琅满目的服装。

许知颜说："我的内衣在右边的第二个抽屉里，你再帮我拿条睡裙。"

程洌随手拿了一套内衣，随即迷失在密密麻麻的睡裙中。他翻了翻，问道："你要穿哪条睡裙？"

"你喜欢哪条？"她在开玩笑。

程洌终于翻到一件丝绸质地的吊带连衣裙："这件？"

这是许知颜认识的一位内衣模特送的，她只穿过一次，因为太暴露了。那个模特当时是这么说的："这个颜色是限量款，如果男朋友下手重点儿，就真的成限量款了。"

第一次穿它的原因，许知颜有些记不清了。总之她觉得这条睡裙不太正经，后来买了新睡衣就没再穿过它。

不过她很乐意穿给程冽看。

她说："就这条吧。"

她穿上睡裙后，程冽的喉结动了动。他想说点儿什么，但到底没说，只说："睡吧。"

关了灯两个人躺在床上，陷入黑暗中。这里的隔音效果很好，他们根本听不到外面车水马龙的声音。

许知颜在被窝里找到他的手，程冽紧紧地回握住她的手。

她靠过去，让自己的脸贴着他的手臂。程冽身上若有似无的味道让她觉得安心，大概是荷尔蒙的味道吧。

"程冽。"在黑暗中，她叫他的名字。

"嗯。"

许知颜忽然问道："你对我的感觉和以前一样吗？我现在还是你喜欢的样子吗？"

程冽睁开眼，转过头去看她，虽然看不太清。

他有点儿意外许知颜会问这个问题。他以为她了解他的想法和心意。不过也无可厚非，八年了，他自己不也那么想过吗？他会想，她还喜不喜欢现在的他？他怕执着的感情只是当年的一个心结而已。

今晚发生的事情太突然了，他没有给她足够的安全感和正式的回答。

他把她的手握得更紧了一些，低声道："我对你的感情从来没变过。"

许知颜也不知道自己怎么会问这个问题，只是安静下来，激情退去后，有些细微复杂的情绪涌上她的心头。

她害怕程冽再产生把她往外推的想法，所以明知故问，想确认一下她在他的心目中有多重要。

得到答案后，许知颜浅浅地吸了口气，觉得自己的问题有些多余。

她知道程冽也考虑过很多次。如果不喜欢她，他何必对她百依百顺，又怎么会在今晚失控？

她假装兴师问罪，说："你既然没变过，怎么老想把我往外推？你明知道我的心里只有你，明知道我有多需要你……"

许知颜一说完，程冽就有数了，那晚她应该听到了他和朋友的对话。

程洌："是我不好，我……"

许知颜也睁开了眼，在一片漆黑中借着外头的月光找到了程洌的眼睛。

"你什么？"

"我怕我这辈子就这样了，你明白吗？"

"绝大多数人过着普通的生活。我从事这个职业，就是吃'青春饭'。我已经二十六岁了，这个圈子的人员更替速度很快，新人不停地冒出来，没有人知道以后会怎样。当年我们准备考随大，难道那时就已经决定以后要做什么了吗？程洌……你知道我不在乎那些。更何况，我们现在找到了接下来的发展方向。我有资源，你有想法，你怎么知道我们一定做不好？"

她的声音轻柔而平稳，程洌听完，心软了。

他揽过她，紧紧地拥抱着。

他低低地道："我心里没底，有很多担心。这段时间我也想了很多，关于你、爸爸、小扬，还有我自己。"

"嗯，我知道。"

"这件事做起来需要很长的时间。我们投入的人力、财力，很有可能一分也捞不回来。可是我还是想试试，如果做得成功，一切顺利，爸爸下半辈子就可以享福了。"

他低缓的声音如流水一般。

许知颜把手搭在他的胸膛上。他说话时，胸腔会微微震动，她能清晰地感受到他有力的心跳。

她说："不论怎么样，我们一起面对。未来我们可以做的事业还有很多，不局限于这个。"

"知颜……"

"嗯？"

"曾经我以为再也见不到你了……或者说，我以为再也不能拥有你了。"

许知颜一顿，抬起头，对上程洌满是柔情的眼眸。

他低头吻了下来，动作温柔而缓慢。

吻了良久，他说："睡吧。"

许知颜在严爱的婚礼上耗费了很多体力，很累。但她睡着后总觉得心里不踏实，怕这是一场梦，第二天很早就醒了。

她看见身边程洌的睡颜，这才定下心来，但无法再度入睡。

她侧身躺着，看了好一会儿程洌的脸，用手指轻轻地抚着他的脸颊。

这些年程洌的睡眠很浅，回来后，睡眠质量依旧没改善，今天也是如此。

许知颜轻微的动作让他从梦中醒来了。

窗帘很难完全遮挡住白日的光。光亮从缝隙中照射进来，空气中悬浮的尘埃清晰可见。

他习惯性地捏了一下眉心，微微转头，看见许知颜平静地看着自己。她应该也没睡好，整张脸上写满疲倦。即便如此，她的眼睛依然明亮，如外面的晨曦。她的嘴角含着浅淡的笑意。

他停顿了一下捏眉的动作，一点点地回忆起昨晚发生的事情。

忽然，程洌笑了笑，那笑容极轻极淡，一晃而过。

他的笑容让许知颜感到眼睛灼热。她回来以后，还没见程洌笑过。

很多时候他都是沉默着，俊朗的面孔上很难浮现出一丝笑意。他心事重重，抽烟的时候更甚，拧着两道剑眉，漆黑的眼深如幽潭。

倒也谈不上多压抑，因为他始终满腹柔情地说着话、做着事。

以前程洌很爱笑，他的眼眸里满是阳光。和她说话时，他会把声音放低，富含磁性的声音让她听得耳朵发热。他逗她时，脸上的笑容有些不正经。他看她时，会笑得很宠溺。平时，他嘴角含笑，面部坚毅的线条都变得柔和了。

前段时间，她每晚躺在床上，回忆这一天程洌说了什么、做了什么，回味他的表情和眼神，想抽丝剥茧地找到这一天程洌心情不错的证据。

但她几乎找不到，唯一一次是她从随城回来，去花圃找他的那晚。他骑着自行车载她回去。两个人到了小区楼下，他看她时，眼神似乎有些炙热，虽然什么都没说。

她喜欢看他笑，不知道是不是小时候留下的习惯。那时候她习惯了通过讨好家人来获得疼爱，一看见父母笑，她就开心。像现在这样，只要程冽笑，她就有种如释重负的感觉，心情也会变得很愉悦。

她朝他笑了笑，声音有些沙哑："早啊。"

因为她侧躺在床上，所以睡裙的领口落得低，这幅画面有些诱人。

他第一眼看到的是她的脸，第二眼看到的便是两朵白色的、饱满的云。

程冽的喉咙像被最烈的白酒烫了一样，一瞬间烧了起来。

"早。"他的声音有些沙哑，又带着性感。

许知颜用手撑起身体，凑过去亲了亲他的唇，意味深长地看着他。

她用手撩起轻薄的被子。

过了一会儿，程冽才按住她的手，用另一只手安抚似的摸了摸她的后脑勺，低声问："不累吗？"

"累啊……但是……"她顿了顿，说，"但是有点儿意犹未尽。"

话音未落，她已经开始亲他。

她睁着双眼，眼神炽热，轻柔地含住他的唇瓣。

程冽扣着她的后脑勺，微微用了点儿力，把她搂进怀中，主动吻她。

没过一会儿，许知颜已经压在了他的身上。他抚着她纤细的腰肢，顺滑的睡裙手感极佳。

许知颜亲了亲他硬邦邦的下巴，一夜过去，已经有些胡楂冒了出来。但在她看来，这和他滚动的喉结一样，都属于他独特的性感。

她含住他的喉结，吮吸了一下，紧贴着他的脖颈，流连忘返地亲吻了很久。

她又闻到独属于程冽的味道，令人心情愉悦的味道。

程冽闭上了眼。

许知颜趴在他的肩上喘息的时候，九点的闹钟正好响起。突兀的铃声打乱了两个人的呼吸。

她没力气。程冽抱着她，伸手摸到她的手机，关了闹钟。

两个人汗涔涔的，皮肤贴着皮肤。她的长发沾了汗水，发尾贴到一起，脸上红红的，整个人像刚沐浴过一样。

程冽再一次抚慰她，一下又一下地摸着她的后脑勺。

他亲了亲她的脸颊，又撩起她的头发，亲她的耳朵。她的耳朵很烫、很红。

她全身的皮肤泛着一种很淡的粉色，细腻光滑，像剥了壳的鸡蛋。他稍微用点儿力就能留下印子。

许知颜是他见过的皮肤最白的女生。

他不舍得碰她，一碰就想摧毁她。

这是一种很奇怪的心理，他看着她咬着嘴唇沉沦的样子，感受着她在他的背上抓出一道道痕迹，既想弄哭她，又想让她不要再受任何委屈。

现在他稍微冷静下来了，只觉得这种心理有些幼稚、好笑。

程冽抱了她一会儿，问："你要不要再睡一会儿？我先起来整理一下，中午时叫你？"

"我睡了，那你呢？"

他对这里不熟，能去哪里，又能做什么？

程冽说："严爱回门还有很多事情。中午她会和亲戚一起吃饭，晚上才和我们一起吃饭。你昨天几乎没吃什么东西，我去给你买点儿午饭吧，点外卖也行。我还得把昨天的衣服洗一下，干净的衣服落在季毓天那边了，我没衣服换。"

"你昨天没拿衣服？"

"我早晨走得匆忙，想着晚上婚宴结束后再去拿就好。"

谁能想到事情会发展成这样？

许知颜看着他脖子上深深浅浅的吻痕，轻轻地笑了笑："那你去洗吧，今天天气不错，晾两三个小时衣服应该就干了，洗衣机的烘干功能坏了，不能用，不然干得更快。"

"没事，你先睡。我等会儿还要给贺勤回个电话，货物包装又出问题了。"

"嗯……"

他扶起许知颜，把她放在了床上，开始清理"战场"。

许知颜抱着被子，被子上有属于他的气味，一时散不去。

程洌围上浴巾，三两下捡起地上的纸团，收拾了一下卧室里的垃圾，给垃圾袋打了个死结，拎了出去。

许知颜看着那条粉色的浴巾，觉得又奇怪又可爱。

程洌洗漱时用的都是许知颜的东西。他冲完澡出来，她已经缩在被子里睡着了。

他本来想再帮她擦一擦汗，但不忍心弄醒她，轻轻地带上房门，走到客厅的阳台上给贺勤打电话。

他看见阳台上有十多盆花，泥土干了，花根烂了。

看起来，它们已经枯萎有一段时间了。他依稀能辨认出其中几盆花的品种。

他不由自主地笑了笑，她还是和当年一样，是个植物杀手。

贺勤很快接了电话，热火朝天地和程洌聊起遇到的问题。

其实贺勤遇到的也不是什么难题，只是他从来没做过生意，程洌又付出了很多，不得不谨慎再谨慎。

想把网上订花做成事业，商标和名字必不可少。他们之前商量了一下，继续使用程孟飞花圃的名字，商标是一株嫩芽。

他们联系了制造包装盒的厂家，要求厂家在包装盒上印上店名和商标，这本来是一件很简单的事情。

贺勤去看成品时，发现有其他店铺也来找这个厂家做包装。不关注不知道，一关注，他就觉得撞鬼了。

那家店铺订购的包装上印刷的店名、商标几乎跟程洌的一样。贺勤怀疑他们是不是遇到了故意捣乱的同行。

贺勤打听了一下，才知道人家是做茶叶的，店名叫“飞飞”，商标像一株幼芽。程孟飞的花圃，刚好叫“飞飞园艺”。

贺勤想让程洌尽快确定要不要换包装，因为现在是厂家生产的淡季，八月开始，厂家就会开始生产月饼礼盒，订单就多了。

程洌琢磨了一会儿，说：“把我们的商标改一下，用单瓣木春菊的外形，去掉一半的花瓣，保留圆形花蕊就好了。”

贺勤赶紧记下，问道："那店铺名呢？改成孟孟园艺？"

程冽想了一会儿，说："把店名改成知白花艺吧。"

"什么？"

"知道的知，白色的白。"

"哦……大嫂的'知'，那'白'是谁的'白'？哥，你不会骂自己是小白脸吧？"

程冽被他逗笑了，沉下脸说："白色的白。"

"行，那就这么定了啊，我去联系厂家。对了，哥，你刚刚为什么挂我电话？你可别再挂我的电话了，这边很容易发生紧急情况。"

刚才……

刚才她正好坐下。他想接电话，她却直接挂断了，把手机扔到一边。

程冽沉默了一会儿，说："包装的事就这么定了。我不确定明天能不能回去，样品出来了你拍照发给我，别搞错了尺寸。"

"放心！我办事靠谱！"

"嗯。"

这一点，程冽还是放心的，虽然贺勤看起来大大咧咧，但做事的时候很细致。

他和贺勤是在牢里下象棋时认识的。这个看似不学无术的人居然能沉下心来下象棋，水平还不错，让他感到很意外。

贺勤这个人其实不坏，只是早早地出来混社会，走错了路。

挂了电话，程冽坐在沙发上查看附近有哪些外卖商家。和卢州比起来，这里的物价高很多，店铺也多很多。

他看了几家轻食店，不是很满意。

时间还早，他找了一家蔬菜店，点了蔬菜和活虾。

许知颜这套公寓的厨房十分新，但锅碗瓢盆齐全。他猜许知颜没怎么用过厨房，因为一些餐具的标签还在。

她以前就不太会做饭，看来现在还是不会。

在卢州的这段时间，他每天去菜市时会顺路买早饭。午饭和晚饭是他做的，她几乎一直和他待在一起。

之前他听程孟飞说过，说她去做模特了，忙得很。程孟飞那个年纪的人不知道当模特具体要做些什么，只知道许知颜是个名人，会经常上电视，工作很忙。

程孟飞还说她漂亮是漂亮，就是太瘦了。程孟飞问她每天吃些什么，她说就吃些蔬菜。

程孟飞想劝她多吃点儿，又觉得自己不懂年轻人的想法，只好在她来看望他时多做一些菜，让她多吃几口。

程洌看得出来，许知颜真的吃得很少，大概习惯了，也不会觉得饿。她对自己的要求很高。

为了她，他特意去了解了减脂餐，学习怎么合理、健康地减肥。他不信她长期节食对身体没有影响。

如她所说，做模特是吃“青春饭”。他支持她做自己喜欢的事情，但不能拿身体健康开玩笑，况且她本来就很瘦。

程洌和大多长辈持同样的观点：外卖不健康，无法知道所用食材的好坏，只要有时间，还是自己做饭比较好。

许知颜醒来时觉得骨头都散了，扶着脖颈动了动，起身朝客厅走去。

厨房是开放式的。一打开卧室门，她就看到程洌围着那条粉色的浴巾在那边煎东西。他背脊宽阔，腰线流畅，只是背上的几道抓痕看起来很明显。

她倚在门框上不动声色地看他。

程洌做什么事情都很认真。他尝了好几遍食物的咸淡，然后洗干净盘子，把菜装进去。他怕菜很快就凉了，还在上面扣了个盘子，以保持温度。

他转身放菜的时候正好看见许知颜。

她穿的那条丝绸质地的睡裙已经没了型，领口松松垮垮的，有条边还被撕破了。

见他看见自己了，许知颜站直身体，慢悠悠地走了过去。

她掀开盘子，夹了一块西蓝花，一边尝，一边问程洌：“你不是说点外卖吗？怎么自己做饭了？你不累吗？”

“我不累，有时间还是自己做饭，比吃外卖健康。”

许知颜笑了笑，打趣道：“你的体力挺好的啊……我先去洗个澡。”

程冽嗯了一声，说：“你这件衣服……要拿去补一下吗？”

许知颜被他的用词逗乐了。她很难得笑得这么孩子气。

她摇着头说：“这件衣服是一次性的，等一会儿我扔了就行。”

程冽明白了，确实，这条睡裙很容易让人热血上涌。

许知颜泡了个澡，仔细地清理了一下身体。她照镜子的时候发现，程冽也在她的身上留下了很多痕迹，只不过那些痕迹在脖子以下。

他比以前“凶狠”。

她换上白色的浴袍，给自己敷了张面膜。昨晚是程冽帮她卸妆的，手法不到位，也没有保养，今天她的皮肤状态看起来有些欠佳。

程冽看到她的样子，淡淡地笑了笑，给她倒了杯温水，温柔地道：“你喝口水再吃饭。”

许知颜搓干手上的精华液，小心翼翼地对准水杯喝了几口。瞥见程冽在笑，她伸手在他的胸膛上轻轻地拍了几下。

“笑什么？”

“没什么。”

“我敷面膜的样子很好笑吗？”

“不是。”程冽把筷子递给她，说，“只是我觉得……”

他顿了一下，在想该怎么形容。

过了一会儿，他说：“我只是觉得你比以前有味道了。”

许知颜轻轻地笑了一声：“你也是啊。”

她钩了钩浴巾，意有所指。

程冽又笑了笑，把粗粮粥端到她面前，让她快吃东西。

许知颜慢条斯理地吃着菜，过了十分钟揭下面膜，开始喝粥。粥温温的，正好。

吃饭的时候她正好想起贺勤的那通电话，问道：“包装出什么问题了？”

“店名和商标的问题。”

“你换了？”

“嗯。”

“换成什么了？”

程冽觉得花店的名字有点儿肉麻，但有什么不能和她说的？他放低声音道：“知白花艺。”

“什么？”许知颜没听清。

“知白花艺。”

许知颜似笑非笑地看着他：“我的名字？”

“嗯。”

许知颜没再继续问，觉得这个名字和花店挺搭的。

他们铺的货针对消费水平中等偏上的客户，价格比一般的店铺要高。结合其他同类型店铺的运行模式来看，他们在找准市场定位后，要从各方面的细节下手，把品牌推广出去。

他们要做的第一步，就是做好属于自己的包装。

他们之前把花卉分为小苗、中苗、大苗三个规格，并分别定制包装。

她和贺勤都是门外汉，对这一行一窍不通。先前，他们在决定花店的名字和商标时确实很匆忙，但“飞飞园艺”是程孟飞一生的心血，用来当花店的名字很有意义。

虽然这几年程孟飞不怎么赚钱，但还是有些老客户。如果网店用“飞飞园艺”作为名字，老客户一定能记住。

现在的名字也不错，听起来多了几分文艺气息。爱花的人大部分很文艺，而网购的主力是女性，或许现在的名字比之前的名字更有市场影响力。

后来许知颜才知道程冽为什么要取这个名字。

他最喜欢的颜色是白色。白色象征着清白，和她一样。

晚上，季毓天和严爱请他们去婚房吃饭。这几年，严爱练了一手做饭的本事。

她靠着扔铅球的天赋，在随城的一所中学当体育老师。她原本就对美食感兴趣，又吃腻了外卖，就开始研究做菜。

季毓天会帮着她洗洗碗。至于做菜，他的水平还不如许知颜。

许知颜在去严爱家之前拉着程冽去了一趟附近的进口超市，买了两瓶红酒。

去严爱家的路上，程冽说：“你晚上少喝一点儿，要不喝饮料吧。”

“嗯？”她一时没听明白。

程冽说：“你酒量不好，喝了会不舒服的。”

许知颜愣了一下，看了一会儿程冽，说：“我现在能喝酒，一般不会醉。”

程冽握着方向盘的手僵了一下，但他很快就想明白了。

她在娱乐圈混，必然会参加饭局，不会喝酒的话，出去会吃亏的。只是她从前喝一点儿啤酒就会上脸，得练多久才能到现在这种程度啊？

许知颜知道他在想什么，说：“我要出去交际，没办法不喝酒，圈子里的风气就是这样，不会喝酒的人没法融入大环境。一开始我有些不适应，后来喝的次数多了，酒量就上来了。”

为了缓和气氛，许知颜逗他：“所以昨天……我不是酒后乱性。”

程冽用右手握了握她的手。

他说：“你喝多了总会不舒服的，适量就好。平时应该有人帮你调节饮食，对吗？”

“以前我请过营养师，不过实在太贵了，后来就没再请了。”

“嗯，你们上镜的要求很高吗？”

“高啊。这个圈子对女性的要求都很高，礼服实在太紧了，我稍微胖一点儿，上镜就丑了，一不小心，饭碗就没了。我知道你担心我的身体，我会好好想一下的。”

“想什么？”

“我和公司签的合同，服务期限还有半年。程冽，我在想要不要退出这个圈子。我工作起来实在很忙，可能一年也没法和你见几次面。”

程冽握着她的手，紧了紧：“可你喜欢这个工作，不是吗？”

许知颜：“也谈不上有多喜欢，当时只想赚快钱，后来习惯了，就一直做着了。虽然辛苦，但确实比一般工作能赚钱，这几年我连轴转，没什么自己的时间。现在你回来了，我想放慢脚步，好好生活。如果我不做这行了，就可以好好地调理一下身体。”

“如果你想休息一下，我觉得还可以，但是人不能太闲，闲久了就会觉得生活没意思。你在这个行业里已经很有成就了，想彻底摆脱也不太实际。如果你真的想放慢脚步，不如等合同到期后和老板商量一下，看能不能每年只接固定数量的活动？”

许知颜目视着前方，考虑着程冽的提议。

她不太想回到以前的生活状态，也不想一年只见程冽几次。她进入这行本来就是为了程冽，现在退出也没什么关系。

她的有些想法还是比较传统的。她算了一下自己的年龄，想着要和程冽结婚，要备孕。可以现在的身体条件，她不适合怀孕。

很多事情需要提前规划，她不太喜欢事到临头乱了阵脚的感觉。

严爱做了一桌菜等他们。有几道菜是专门为许知颜做的，她知道许知颜要保持身材。

这是许知颜第一次见到他们的婚房，三室两厅，位于随城较好的地段，售价七万元一平方米。

许知颜很喜欢婚房的装修风格，色调很温暖、明亮，就像这对新人的性格一样。

说起这个，严爱可骄傲了。当初她访遍随城的设计师，才定下了装修方案。

他们吃完饭，喝了几杯酒。两位男士收拾碗筷，严爱则拉着许知颜参观房间。看到婴儿房时，许知颜笑了出来。

严爱居然连婴儿房都准备好了，许知颜感到惊讶。

严爱摸着自己空荡荡的肚子说：“我想在二十八岁之前生孩子，怕年龄大了再生恢复起来很慢。季毓天那个浑蛋，居然想让我生一支足球队。他怎么不去娶一支足球队的老婆？”

“他肯定是逗你玩的。”

严爱知道这一点，但就是想抱怨一下季毓天。这个人实在太幼稚、太顽劣了，但她就是很喜欢。

严爱戳了戳挂着的小星星，说：“说真的，我想生个女儿，以后就可以给她穿好看的小裙子，买好多的洋娃娃了。你和阿洌呢？你们昨晚……”

她的眼神变得不怀好意起来。

程洌和许知颜一进门，严爱就看见程洌的脖子上有痕迹，想必昨晚“战况”激烈。

许知颜没回答这个问题，只说：“我们还有许多事情要做，需要仔细地规划一下。”

严爱想到他们目前的情况，点了一下头：“别担心，阿洌做事从来都很稳重，现在也一定行。知颜，到时候你们生个男孩吧，然后和我们定娃娃亲！”

许知颜用手握着婴儿床的栏杆，浅浅地笑了笑。

许知颜没想到，严爱竟然说中了。

程洌的赔偿金在八月初拨了下来，金额不小。

就算程洌读完大学出来工作，用八年的时间也未必能赚到这么多。

只是人生不能全部用金钱来衡量，程孟飞知道程洌收到了赔偿金，不但没笑，反倒在吃晚饭的时候多喝了两杯酒。

程洌神色自若，没特别开心，也没觉得惋惜，很坦然地接受了这笔钱。

许知颜没说什么。在散步的时候，程洌突然问她：“你以后想在随城定居还是在卢州定居？”

大概又要下雨了，西风阵阵，小路两侧的柳树扬起枝条，像被风吹起的少女的长发。

云散了又聚拢，月光时明时暗，照在路面上。

两个人从花圃往小区走。他牵着她的手，走得很慢。

程洌的问题和许知颜上次提出的问题是一样的：她要不要继续做模特的工作。

迎着凉风，许知颜缓缓地道：“我去哪里都行，你决定。你现在要做网店，应该不会离开卢州了吧？上次我和你说过，想退出模特的圈子，不是一时冲动，不知道你懂不懂？忙了这么久，现在，我忽然觉得很疲惫。”

“嗯，我懂。”

“你说的也不是没道理，真的退出圈子没这么容易，我也有很多牵绊。原本这两年我准备进入娱乐圈，公司也是这么计划的。现在很多公司在拍网络剧，演员的素质良莠不齐，我有意尝试，但戏哪是说演就能演的？所以目前我把重心放在了广告和综艺上。”

许知颜看着两个人映在青草地上的影子，继续道：“八月，国外有个时装展我要参加。其实我很意外，觉得自己的水平快到天花板了，不太可能再往上发展。这个圈子太复杂了，你的提议，我这几天一直在考虑。程冽，我现在更想稳定下来，过简单的生活。”

这一点她从来没变过。

从前，她的想法更简单：和程冽一起上大学，一起毕业找工作，然后两个人朝九晚五，做一对普通的小夫妻。

周末他们可以看电影，逛公园或者去野餐。他们也可以趁着假期去别的地方旅行。如果程冽像现在这样要创业，那她就跟他一起做。

她想拥有一个属于自己的家，和程冽一起生活，偶尔也会为工作感到烦恼。

程冽握紧了她的手，过了好一会儿，说：“我放不下我爸和小扬，就算没有发生这件事，大学毕业后也会回卢州。如果你觉得可以在这里发展，那我……”

许知颜说：“你什么？”

程冽停住脚步，低头看她：“收到的赔偿款，我会投一部分到生意里，再留一部分给我爸和小扬。剩下的钱，我想买房。”

那天在严爱和季毓天的婚房里，她看着婚房，目光是那么向往。

在洗碗、整理厨房的时候，季毓天问他准备什么时候领证。

他的第一反应是他还不够格。领证很简单，但需要承担很重的责任，他没把握接下来会发生什么，也想再等等，等自己真的有能力了再去领证。

但是季毓天的一句话让他重视起来了。

季毓天说："你们不是早晚会结婚吗？不如早点儿结吧，让她安心点儿。"

他快忘了，许知颜非常渴望结婚。她曾经不止一次憧憬大学的生活，她想要的非常明确：一个完完整整属于他们的地方，一个让她真的可以称之为家的地方。

即使上次许志标把自己的心路历程都告诉了程冽，但许知颜不知道许志标的想法，始终和许志标夫妻保持着很平淡的关系。

她仍然觉得她是一个人。

许知颜愣了一会儿，随即笑起来。她知道程冽想买婚房，但还是明知故问了。

她说："买房干什么？"

程冽浅浅地笑了笑，漆黑的眼里有光在流淌。

他说："家里的那套房子很旧了，翻新也很麻烦，贺勤得在那里住很久。我与其和你在旁边租房子，还不如买套新的，地段、格局由你挑。"

"你在……求婚？"

"算是吧。"

许知颜打量了几眼程冽，说："你以前挺浪漫的，现在就这样求婚啊？"

程冽摸了摸她的脸颊："我正好想和你说买房的事情，就顺口讲了。正式的求婚仪式我会好好准备的。"

许知颜也只是开个玩笑。她现在已经不在乎那些仪式了。

她把自己的脸贴在他的手掌上。

她说："买房的事情不急，等我和公司那边协商好，网店的生意做好一点儿再说。"

"嗯，我的购房预算在两百万左右，地点你来选。"

"我会好好看一下卢州的房市的。正好，杨倩芸的职业是房产销售，下次我们可以问一下她。”

她一说，程洌就想起来了，杨倩芸刚好是房产销售。

程洌在她的额头上落下一吻，说：“走吧，要下雨了。”

夏秋上市的花卉品种还是比较多的。盘算着花圃里的品种，程洌和许知颜列出一份网店第一批上架的花卉清单：多色千头菊、大花绣球与欧洲木绣球、文心兰室内盆栽、风车茉莉爬藤、雪蓝花盆栽苗、月季蔷薇苗、多色玛格丽特盆栽、铁线莲盆栽。

他们参考了同类型店铺的花卉品种，结合了网店的发展方向，选择了一批适合的盆栽。

这些品种算不上稀有，售价最贵的是欧洲木绣球，月季蔷薇苗的价格就要看根龄了。

程孟飞这几年做的生意偏向绿植，因为绿植便于栽培、好打理，市场需求量也比较大。

程洌要改经营方向，又列出了一张清单，写着他们要引进的花卉品种。

他弄清楚了店铺在市场上的定位，就要做出相应的风格。

他们确定好要上架的品种后，难题又来了：他们没有专业的摄影师和修图人员。

程洌看了十几家淘宝店铺，发现网店流行在首页发布短视频和动图。比起干巴巴的展示花卉的静态图片来，安排人员在视频里做相应的介绍要生动许多，特别是对那些重点推荐的花卉来说。

他们可以临时请专业的人拍摄一批图片和视频，但程洌更倾向于建设自己的团队，安排固定的人去完成这份工作。

虽然有这个计划，但程洌还是先请了外包的人做宣传方案。不久后，外包人员就把图文发给了程洌，但没有满足程洌的要求。

外包人员重做了两三次，程洌还是不满意。

许知颜有相机，见程洌对外包人员的工作不满意，便联系了童琪，让她把相机从随城寄过来。

摄影其实比较难上手，她不知道程洌能做到几分。但与其让外包人员反复修改，还不如自己尝试着做一做。

童琪一时好奇，多问了几句，许知颜就简单地解释了一下。结果童琪开玩笑般地说："知颜姐，要不我来试试？你和你的男朋友得另外给我付工资哦。"

童琪说的是玩笑话，但许知颜想起一件事。

童琪在做她的助理之前，自学过摄影和修图。她那些发表在公共平台用来增加人气的日常生活照都是童琪帮她拍的。

而且童琪是女生，对花卉的审美会不会更好？

于是许知颜问童琪："你忙不忙，要不要来趟卢州？拍摄的价格好说。"

童琪惊讶了好一会儿，但转念一想，自从许知颜休假后，自己一直很闲。于是，童琪又紧张又兴奋地答应许知颜去卢州。

童琪想赚一点儿外快，也很乐意帮许知颜的忙。

许知颜和程洌提了一下这件事，又给他看了一些童琪在个人社交账号上发布的一些摄影作品。程洌看完，觉得很不错，至少童琪的审美比他们找的那个外包人员要好。

他的要求其实也不高，摄影师能把画面拍得简洁干净，拍出不同花卉的特色就可以了。他希望顾客一看到图片就有点进网店看的欲望。

童琪来的那天下着瓢泼大雨，许知颜去机场接她。许知颜没急着让童琪去工作，而是说："你吃饭了吗？我们做了饭，等你一起吃。"

童琪受宠若惊："啊？你的男朋友在等我一起吃饭？"

许知颜说："是啊，晚上你住我那吧，我的公寓有客房。"

童琪咬了一下唇："知颜姐，一起吃饭的人很多吗？我有点儿不好意思。"

"不多，都是自己人，你不用太拘谨。"

这是一座很老的小区，老旧程度出乎童琪的预料。她以为许知颜的初恋会是个特别优秀的人，家境也很好，做淘宝店是出于爱好。

她跟着许知颜上楼。许知颜打开门，房间很亮，和漆黑的楼道形成了鲜明的对比。

这个地方的生活气息很浓重，让童琪想起了小时候。她顿时放松了一点儿，庆幸这里不是那种富丽堂皇的别墅，不然她一定会紧张，甚至变成个小结巴。

许知颜给她介绍了一遍网店的成员：贺勤，程洌的父亲程孟飞，正在厨房里忙活的男主人公。

程洌关了火，端上最后一盘炒菜，朝童琪点了点头，说："我是程洌。"

童琪伸出手，很官方地握了一下程洌的手。

她打量了程洌好一会儿，发现他确实长得很英俊，声音也很好听，看起来很可靠。

见菜上齐了，贺勤敲敲程扬的房门，说："小扬，吃饭了。"

童琪站在旁边，拘谨地等着入座，听到贺勤说的话，下意识地朝卧室那边看去。

门被打开，一个皮肤很白的高个子少年走了出来。他穿着黑色的T恤，黑色的休闲长裤，脸和程洌很像，但又有很明显的不同。

他的眼神有点儿冷，但很清澈。

程扬发现家里多了个人，就看了过去，正好和童琪对上视线。他那双沉静的眼眸微微一动。

童琪觉得这家人里就数程扬最特别。他没有说一句话，吃饭时很守规矩，吃完就回自己的房间了，不知道在里面做些什么。

他看起来年龄不是很大，说不定和童琪是同龄人。

童琪十七岁就出来打拼了，做过奶茶店服务员，发过传单，攒了点儿钱后，就跟着婚纱摄影师学拍摄、修图。接下来，她想体验生活，就进了娱乐圈做助理，跟了几个艺人，然后遇上了许知颜。

童琪的人生磕磕绊绊的，但她始终觉得自己还算幸运，遇到的摄影师风趣幽默，许知颜平易近人，跟着许知颜工作了两年，生活很稳定。

自从许知颜休假后，她就没有方向了。公司偶尔会安排她去给一些新人模特当临时助理，就这么有一搭没一搭地工作着。

她的工作很忙，薪资却不高。

她想赚外快，却没什么途径。听许知颜说要开花店，她就半开玩笑地提出做网店的摄影师，没想到许知颜真的把她叫来了，还报销机票费和车费。

童琪和大家接触了一会儿，对每个人都有了一些了解。

最让她感到吃惊的是许知颜的这位初恋，他讲话非常温和，声音低沉，还烧得一手好菜。

她有点儿好奇程冽的职业是什么，当初他为什么要和许知颜分开，现在怎么又在一起了？

在回许知颜家的路上，童琪没忍住，问出了口。

以前她始终不敢和许知颜走得太近，助理和艺人之间保持距离比较好。可现在童琪觉得自己真的走进了许知颜的生活，两个人更像朋友了。

外面下着大雨，许知颜的声音听起来很空灵。

许知颜没敷衍她，简单地介绍了一下程冽现在要做的事业，也介绍了一下自己和程冽的过往。

许知颜说到程冽入狱时，童琪正在泡脚。她用双手捂住了嘴巴，好半天讲不出话来。

她不敢想象世上真的会发生这样的事情，也不敢想象被冤枉的这几年程冽是怎么度过的。

于是她仔细地回想了一番程冽在饭桌上的状态。他和她说了一下拍摄的要求，又介绍了一会儿花卉的特性。他看起来不像饱经风霜的人，清晰地知道自己要做什么，眉眼十分有神采。

许知颜告诉她："他刚开始不是这样的，刚回来时他的状态很糟糕，不过生活总会一点点地好起来，对不对？"

童琪体验过很多生活的辛酸，但依旧对未来充满向往。

她笑着说："对啊，生活糟糕到一定程度，往后就只能前进了。"

又和许知颜聊了几句关于程冽的事情，童琪敷上面膜，钻进软软的被窝，说："那个男孩子是他的亲弟弟吗？他们五官很像，但又不像双胞胎，完全是两种类型。知颜姐，你的男朋友可以去演军警题材的电影，那个男孩子则适合演青春校园题材的电视剧。"

大概是患了职业病，童琪见到长得好看的人就想分析一下他能参演什么电视或电影。

许知颜也上了床，说："他是程冽的亲弟弟，今年二十岁，在读大学。对了，他和你正好同年出生。你是三月生的吧？他比你小半年，是十月生的。"

"他是天蝎座啊？怪不得看起来有点儿冷。"

"你信星座？他……"许知颜顿了一下，"他的性格就是这样的。他不太爱说话，不过很聪明，最近在准备参加大学生物理竞赛。对了，我们花圃的花卉简介都是他写的。你拍完照，修完图，在撰写文案时如果遇到问题可以去问他。"

童琪点了点头，想起他冷冷的脸，不知道要怎么和他沟通。

到时候再说吧。童琪想。

童琪揭下面膜准备睡了，随意问了一句："知颜姐，他叫程扬吗？是'扬帆启航'的'扬'吗？"

"嗯，'扬帆启航'的'扬'。"

第二天依然下着暴雨。吃过早饭，一伙人开车去了花圃。

这些天来，他们整理出了一个最干净的室内棚，用来拍摄花卉、做直播。为此，他们还购置了一些背景板，参照别人的装饰布置了一番。

原木色的长桌上摆着盆向日葵，背景板上挂着"知白花艺"的横幅，右边是会自动旋转的展示台，台上摆满了盆栽。

童琪来到棚子里，看到那些好看的盆栽，眼睛一下子亮了。有好些花是她没见过的。

经过这段时间的接触，许知颜算是入门了，能分清各种菊科植物，只是还记不住花的习性，不像程冽，张口就来。

童琪指着几盆单瓣的玛格丽特说："我认识这个，还知道花语呢。我在知颜家的阳台上见过它，还照料了它一段时间，可惜不知道为什么它还是枯死了，长了很多虫。"

程冽拨了拨那盆花的花骨朵儿，说："这种花其实很好养活。你要注意通风，长虫的话，多半是潜叶蝇和蚜虫，用吡虫啉喷一下就好。”

“还得打药水啊？看来养花也没有那么容易。”童琪说。

大家笑了。

许知颜拿过花卉名单递给童琪，说：“这是我们要拍的品种。绣球刚开败一批，新的一批得明天才到。明天花开得最好，所以你得在这里耽搁几天，行吗？”

童琪：“行啊，最近公司安排给我的工作不多，其实修图很需要时间。”

贺勤领着童琪往里走。他们把用于拍摄的花卉放在一起了。

等贺勤和童琪走了，许知颜看向程洌，只见他的眼里有血丝，看来昨晚没休息好。

她问：“昨晚没睡？”

程洌点了一下头。

“在烦什么？”

“推广的问题。”

“季毓天那天说的话挺有道理。我认识几个运营商，虽然运营的内容不同，但方式应该差不多。”

程洌往后靠，半倚在长桌上，牵起许知颜的手。

他低声问道：“你的朋友怎么说？”

许知颜说：“她说我们得请专人来做，单靠自己想做好运营很难。”

程洌笑了笑：“网店运营吗？我要仔细地想一下。”

“我也问了几个做主播的朋友。你知道现在卖货的热门方式吧？就是直播。现在直播的带货能力很强，特别是一些有口碑的主播。”

“知道，淘宝不是也有直播间吗？”

“嗯，但在淘宝做直播，网店要有一定的知名度，除非买推荐位，当然，直播肯定是一种推广手段，但我们缺少做直播的人。”

程洌抬起有些疲惫的眼眸，思忖了半晌，说：“其实我昨晚在想，是不是应该成立一个团队，让大家各司其职？但我很不喜欢人员变动大，这会让我觉得团队不够稳定。团队成员一开始就不稳定，我们还怎么做好事情？”

许知颜走到他面前，用双手钩着他的脖子，直视着他。

她说：“我和贺勤不是专业的，这里就数你和叔叔最了解花卉绿植，可把线下的店铺做到线上，就是另一种模式了。除了模仿别的网店，我们要有一套自己的运营模式。我们需要一个固定的美工摄影师、一位主播、若干名负责打包运送的主管，还有解决一系列售后问题的客服。”

“我知道，最近就是在考虑这些问题。”

“嗯……我们的进度已经很快了，至少我们有现成的花圃和植物，不用再联系场地、包租、培育花苗。这件事不能急，我们有很多的时间，可以慢慢来，争取把每一步都做好，就像现在我们要拍的封面图。”

狂风骤雨拍打在半透明的棚子上，发出噼里啪啦的声响，犹如音符在欢快地跳舞。

程冽伸出手轻轻地揽住她的腰，紧绷的眉眼渐渐地柔和下来。他嗯了一声。

与许知颜对视着，程冽笑了。

他话锋一转：“你去参加时装秀，订的是下周一晚上十点的机票，是吗？”

“嗯……过两三天我就回来了。”

“童琪跟你一起去吗？”

“看情况吧，这边的事要紧，经纪人会跟我一起去。”

“让童琪和你一起去吧，她是你的助理。”

许知颜笑了笑：“看情况。”

两个人快吻上的时候，贺勤的声音传了过来：“哥！你过来看看，这个花在雨中拍摄，效果一定很好！”

程冽停住动作，两个人的鼻尖差一点儿就碰到一起了。

他低低地笑了一声，轻轻地道：“我去看看。”

许知颜没让他立刻走，钩着他的脖子，强行在他的唇上印了一个吻。

然后，她轻轻地说："去吧，我再打个电话问问我的朋友。"

许知颜磨不过程冽的千叮咛万嘱咐，还是带童琪去国外参加时装秀了。其实，这不是她第一次到国外参加活动。

但看到程冽无法放心，她想：那就当是自己第一次去国外吧。

她第一次出国的时候，心情很忐忑，但不知道和谁说。她不知道自己能否适应长途飞行，不知道万一在国外和工作人员走散该怎么办，不知道要怎么倒时差。

不过那时许志标给她打过电话，叮嘱了几句。

对她而言，所谓的时装秀只是一群有头有脸的人举办的一场服装聚会。能看懂那些秀的有几个？明星来参加活动，多半是为了蹭名气，她这种十八线开外的模特，蹭得就更厉害了。

出席活动要穿什么衣服，才是她们关注的重点。

比如徐峻，就想借这次的时装秀帮她开拓日本市场，毕竟日本在美妆这一块一直走在前沿。

但许知颜现在不能确定以后是不是还继续混娱乐圈。

她还没和徐峻提自己想退出的想法。

看时装秀那天许知颜撞上了江黛琳，颇感意外。两个人坐在一起，还撞衫了，穿的都是香槟色的单肩抹胸礼裙。

许知颜知道，这次避免不了上"热搜"了。

她和江黛琳这几年看起来井水不犯河水，但背地里有不少次交锋。

许知颜当初报考的是随大的经济学专业，以较好的名次被录取。江黛琳则进了随大最好考的专业——媒体。

其实论外形，江黛琳可清纯可妖艳，具有很强的可塑性，比许知颜更令人惊艳。

许知颜记得很清楚，在大学的元旦晚会上，江黛琳作为压轴人员出场。江黛琳会跳古典舞，会吹笛子、弹古筝，在新生中的名气很高。

而许知颜一开学就休了两个月假。那天她坐在礼堂里，看着翩翩起舞的江黛琳，想起高中时的元旦晚会。

高三的课程很紧，一般而言学校不会给他们组织活动。但那年校长破格让高三学生参加元旦晚会，每个年级都要选一些学生在晚会上表演。

蒋飞带的这个班女生人数少，于是准备让男生去表演小品，但排练小品太耗时间了，而且班里的男生只有几个人放得开。

于是蒋飞开始打女生的主意。不知道蒋飞从哪里来的偏见，总觉得女生唱歌比男生好听。

蒋飞在学生里询问了一圈，许知颜被严爱出卖了。严爱告诉蒋飞，许知颜学过民族舞，小时候还得过奖。

当时许知颜很惊讶，不明白严爱是怎么知道这件事的。严爱眨着眼说："阿冽向我们炫耀过。"

许知颜一边为如何推掉表演而苦恼，一边又为程冽在朋友面前炫耀自己感到温暖。那时候她太缺别人的肯定，毕竟学了那么多东西也没能取得养父母的欢心。到了卢州，许志标和于艳梅还是对她无所谓。

冬天天黑得早，程冽送她回家。但那天是周五，他带她绕道去吃了一份关东煮。

临近过年，街上的年味已经很浓厚了，许多小摊在卖火红的冰糖葫芦和香喷喷的糖炒栗子了。关东煮冒着热气，将两个人置于冬日的烟火气中。

她问程冽："想看我跳舞吗？"

那时程冽的表情很精彩。他不敢相信，又隐隐地期待着，却怕她感到抗拒。

她说："你想看的话，我试一试……"

他围着咖啡色的厚围巾，笑起来很帅气，说："你愿意的话，就跳一段吧。"

于是在那个晚会上，她和江黛琳都跳了舞。江黛琳跳的是自创的古典舞，而她跳的是传统的民族舞。

校园本就是个小社会，学生们在私底下讨论着晚会上许知颜的表演。可能因为她是高三才转来的学生，大家会多关注她一点儿。

关于她跳的舞，有人说好，有人说不好。许知颜认识的人不多，严爱只会挑好话讲，那些不好的言论自然不会被她听到。

她本就对旁人的评价无所谓，只是单纯地想借这个机会跳给程洌看罢了，因为他好像真的很喜欢她小时候跳舞的那张照片。

但后来许知颜想，大概江黛琳很在意评论吧。一个长得很好看、拥有众多追捧者、性格高傲的女生，在遇到可能动摇自己地位的人时，应该会感到介意吧。

那时候她和程洌已经在一起了。虽然两个人并不张扬，但如果旁观者留心一点儿，就能发现他们的关系了。

她能感觉到，江黛琳也对程洌有意思。

许知颜在 2013 年正式进入这个圈子，后来江黛琳也入行了。那时候的网络不如现在发达，也不如现在能捧红艺人。她们想获得名气，都得靠公司包装。

她们进的是两家不同的公司。

江黛琳的简历看起来比她的精彩很多。江黛琳得过校园歌手奖，参加过淘宝模特的拍摄活动，在自己的社交账号上有一定的粉丝，还有大学文凭，算得上高学历人才了。

在同一个年级出了两个和经纪公司签约的女学生，免不了引起别人的关注。大学和高中不同，大学里的声音更杂、更多。

有人把她们放在一起比较，有人觉得她们都红不了，也有人开始散布谣言。

许知颜原本想走正规的途径赚一点儿快钱。这家公司是季毓天介绍的，她比较放心。

她一边继续学业，一边在公司团队的安排下拍照片，打着随大校花的名号在一些知名的平台上发布图片，虽然一开始换来的是陌生人的嘲讽，但慢慢地有了效果。

那时候徐峻怕她承受不住这些风言风语，还特意开导过她。他说网络世界就是这样的，有形形色色的人，就会有形形色色的言论。你的脸好看，他们说是整的；你的脸不好看，他们劝你去整。这些人专爱挑刺，你不必理会。

许知颜想着徐峻是老板，他说什么，她都点头答应。

其实她早就见识过更恶毒的言论了。即使没有网络，生活中的恶言恶语也绝不会少。

没过多久，她的一组照片在网上红了。她成了人们熟知的“随大校花”。

与此同时，江黛琳也跟了上来，发展得不错。

当时，她们签约的两家公司用的推广模式差不多，所以她们一开始就被网友拿来进行比较。

不同的是，许知颜的目标很明确，她做这个只是为了赚钱，再认识一些有名的律师。江黛琳则想在这一行站稳脚跟，所以在网络上十分活跃，努力地吸引粉丝。

在许知颜准备往综艺方向发展的时候，江黛琳已经做起了网店生意，还拍了几部网剧。

那时网剧刚流行起来，拉来的投资小，只请得起不知名的演员。因为市场不够成熟，早期网剧的盈利情况不太好。

但现在江黛琳发展得还不错，去年有一部她参演的网剧火了一阵子。

上次有人在网上爆出许知颜的“黑料”，徐峻猜这件事大概是江黛琳的团队做的。虽然许知颜和江黛琳的发展方向不同，但在资源方面一直有竞争。

许知颜的工作主要包括代言美妆产品，拍广告和杂志封面。江黛琳转行做了演员，却还想抓住模特的业务。她们年龄相仿，“咖位”也差不多，资源有限，必须靠抢。

现在许知颜有意转型，要演戏，江黛琳就更在意了。

要说徐峻没发过通稿“黑”江黛琳，许知颜是不信的。只不过她不太关注徐峻的举动。

她对江黛琳始终保持着一种态度——大家都是艺人，不必互相抹黑。

这场时装秀举行得很顺利，她和江黛琳紧挨着坐，但自始至终没和对方说过一句话，只有过一次眼神交流。

许知颜在国外待了几天，团队给她拍摄了一组异域风情的照片发到微博上作为宣传。

在回国的飞机上，许知颜戴着眼罩睡不着。见经纪人黄耀在看杂志，她思忖了半晌，说："我的合同在明年年初就到期了吧？"

这话一听就不对劲，黄耀抬起头，神色严肃地说："你别告诉我你不想续约了。"

"我有这个想法。"

"你最近怎么了，做事这么冲动？老板对你是什么样的，你心里没数吗？你这两年确实辛苦，但老板给了你整整两个月的假期，其他公司有这种魄力吗？是不是有别的公司想挖你？"

黄耀很疑惑。他从许知颜还是新人的时候就开始带她，认为她绝对是一个合格的艺人，服从安排、敬业、肯吃苦。

她绝不是其他公司一挖就走的那种人。

他盯了她半晌，合上杂志，皱着眉道："我听徐总说你谈恋爱了。虽然合同没有限制你谈恋爱的条款，但你知道我们未来的发展计划吗？如果你进不了日本的市场，拍影视剧就是最好的选择，不过那样一来，你的工作性质就变了。"

"嗯，我知道，所以想趁还没到那一步的时候及时停住。"

"你不想做这份工作了？"

"黄耀，我觉得有点儿累。"

黄耀张了张嘴想说什么。他知道她累，可是为了谈恋爱，连事业都不要了，是小孩子才会做的事情吧？

他说："我知道你喜欢那个人，但这行不是想退出就可以退出的。你出名了，就得一辈子活在聚光灯下，被人议论、被人记住。"

许知颜笑了笑："所以我在和你商量。我始终欠缺点儿经验，不是吗？"

黄耀："你的决定太突然了，回头我和老板商量商量，你自己也好好地想一想，别冲动。”

“嗯。”

飞机落地时已是深夜，许知颜看着黄耀，说：“今晚你要不要住我那边？”

黄耀最近在带公司的新人，到处奔波。他今晚要在卢州歇一晚，明天又得急匆匆地赶去另外一个城市。

黄耀看着许知颜，说：“你放假了，就以为我也放假了？你和童琪怎么走，要不要我叫车送你们？”

“我们有人接。”

黄耀心里有数了，挥挥手：“行，那我先走了，你到家后给我发条短信。”

“好，你路上小心。”

和黄耀告别后，许知颜和童琪往地下停车场走去，绕了几圈，终于找到了程冽。

程冽开的是她的车，红色的，比较显眼。

许知颜快速坐进副驾驶座，摘下墨镜，看向几天未见的程冽，心里的那个想法忽然又冒了出来。

她不想续约了。不管之后她能不能彻底回归平静的生活，不管徐峻怎么想，大不了接下来的半年里她不要薪酬。

刚刚分别了几天，她再见到程冽，又有种恍如隔世的感觉。

那八年对她来说到底是道阴影。

一个星期后，童琪把要上架的花卉的图片和文案都编辑好了。托那场暴雨的福，雨中的花朵拍出来别有一番味道。

文案是程扬写的，他的文字干净简洁，虽然少了些美感，但就目前来说完全够了。

贺勤全程负责货物上架的工作。对他来说这没什么难度，所以他老是惋惜自己大材小用。

童琪和大家混熟了，多问了几句才知道原来贺勤还会“黑”别人的电脑，有几把刷子。

程冽也忙得焦头烂额。他面试了几个运营人员，但感觉这些运营人员还不够资深。可是，好一点儿的运营人员不愿意来这里工作。

他们是公司，还是工作室？显然都不是。他们只是一群没什么经验的人，一腔热血地想做电商，说不定有一天连工资都发不出来，更别说五险一金了。

想了一个晚上，程冽决定自己先试试。许知颜给了他几个知名主播的联系方式。

程冽去沟通了一下，这些主播大多和许知颜有交情，报价很合理，只是他觉得效果不一定好。

术业有专攻，有的人想买衣服，就会去关注时常推荐衣服的博主；有的人喜欢看段子，就会去关注搞笑博主。程冽卖的是花卉，这些主打美食的博主能给他带来多少客户？

那些主播大部分推销美妆，让她们卖植物，效果估计不会好。

不过圈子里的人彼此认识，很快就有人给程冽推荐了一个做花卉营销的博主，只是那位博主营销的主要是切花，和盆栽有一定出入。

程冽把那个人的微博和短视频内容看了一遍，感觉希望不大，但他想试试。

那位博主的报价偏高，但程冽答应了。那位博主答应会在晚上的直播节目中推荐程冽的花，再给程冽做一个短视频，写一篇博文。

和博主谈好后，程冽把目光放在了淘宝直播上。

他看过一些店铺的数据，很多店铺的粉丝只有几千，但某款主推商品的销量能达到几万。除去一些虚假数据，淘宝的直播、关键词的推荐位对销量至关重要。

如许知颜所说，他们缺一位主播。这位主播要对花卉有一定了解，能言善道，长相过关。

童琪拍完花卉，要回随城了，有新艺人需要她照顾。

程冽为了表示感谢，想请她去吃饭。童琪婉言谢绝，说在家里随便吃一点儿就好了。

这阵子程孟飞腰疼，休息不好。大家考虑到这一点，就把给童琪送行的那顿饭安排在许知颜租的房子里，依旧由程冽掌勺。

这天正好是七夕，白天晴空万里，晚上满天繁星。

连着下了几天雨，暑气逐渐散去。处暑已经过去，马上就要迎来白露了。

贺勤第一次走进许知颜的这间房子，不由自主地感慨了几句。他对程冽说："哥，不如你直接买下来好了，当婚房正好。"

这话让许知颜和程冽对视了一眼。

虽然两个人正式在一起后也讨论过类似的话题，但还没真正着手看房。许知颜不知道公司的工作能不能顺利收尾，程冽的网店也才开始运营，两个人还没计划结婚。

许知颜知道贺勤是开玩笑的，就没想回答，没想到程冽说："我们不买这里的房子，这个小区太旧了，安全性不好。"

"那买哪里的房子啊？"

"还没定，过段时间再说。"

贺勤哦了一声。他就是随口一说，转头看起了电视。

童琪喝着橙汁，悄悄地问许知颜："知颜姐，你们已经打算结婚了吗？公司那边……"

童琪知道公司接下来会给许知颜安排什么工作。如果许知颜要进影视圈拍戏，对她而言已婚身份就非常不利，就算是接广告，已婚和未婚的报酬也不一样。

许知颜想起上一次程冽向自己提过要买房。

他拿到赔偿金后，率先想到的就是给她买房。

这样一个人，值得她放弃一切。

许知颜弯着嘴角说："暂时还没有，等我们这件事正式走上轨道再说吧。不过我不想续约了，也和黄耀提过。"

"啊？你不想做这行了吗？"

"我想在卢州发展。"

童琪感到震惊，觉得自己的下巴快掉了。她上回这么惊讶，还是许知颜突然说要回卢州的时候。

童琪默默地望向在厨房里忙活的程洌，想：爱情的力量果然伟大。

许知颜收拾了一下餐桌，就去厨房帮程洌的忙了。

两个人在厨房里干活，这幅画面十分安静、和谐。

贺勤看了童琪一眼，说："小琪，别看了，看多了心里会发酸的，这里只有你是单身。"

"嗯？什么？"

贺勤看了一眼时间，说："我的女朋友要到了，我下楼去接她。"

"你有女朋友？"

"是啊！"

童琪苦恼地窝在沙发上。七夕，大家都是成双成对的，就她没对象，太惨了吧。

没过一会儿，贺勤带着杨倩芸上来了。他们大概在楼下亲过，他的嘴角有没擦干净的口红印。

因为今天是七夕，贺勤抽不出空去陪杨倩芸，只好千哄万哄地叫她来一起吃饭。

贺勤给她们做了个简单的介绍，童琪和杨倩芸熟络起来。

杨倩芸说："你做助理拿的工资高吗？我有个朋友就是做助理的，工资好像很高。"

童琪连忙摆手："看公司吧，在大公司做事，工资自然要高一点儿。其实我的工资水平很一般。"

"那你是不是能见到很多明星啊？"

"会见到一些明星，不过我们也不是谁都能见到的。"

"我真羡慕你们。"

童琪笑笑。

饭快做好的时候，程洌对许知颜说："你给小扬打个电话，让他过来。学校快开学了，他明天就得返校，今天正好在一起吃个饭。"

"你爸呢？"

"他吃了饭了，说想早点儿睡。"

还没等许知颜打电话过去，门铃就被人按响了。童琪主动去开门，只见高高瘦瘦的程扬就站在门口。

童琪笑了起来。她长着一张娃娃脸，笑起来的样子特别稚气、可爱。她露出两颗小虎牙，说：“你来啦！”

程扬看着她，慢慢地移开视线，嗯了一声。

饭桌旁，许知颜和童琪坐在一起，程洌和程扬坐在一起。贺勤则和杨倩芸腻在一起，你喂我吃一只虾，我喂你喝一口汤。

许知颜笑着说：“你们打算什么时候结婚？”

说到这个，杨倩芸收敛起笑容，似乎不知道怎么回答。

贺勤看起来大大咧咧的，其实心里什么都懂。他说：“我们还年轻，不着急。等哥带领我走向人生巅峰了，我再买一枚五十克拉的钻戒，把我的漂亮姐姐娶进门。”

许知颜说：“你别让倩芸等得太久。”

“一定。”

贺勤是个很会找话题的人，有他在的地方就不会冷场。

贺勤啃着油焖大虾，抬头瞟了一眼程扬，感慨道：“小扬，你明天就回学校了吧？”

“嗯。”

“真好，我没上过大学，也不知道上大学是什么滋味。你也老大不小的了，记得找个女朋友呀，别让哥哥操心。”

程扬的情绪没什么起伏，一张白净的脸上不带表情。

倒是程洌不知道想到什么，笑了出来。

许知颜朝他投去询问的目光。

程洌从来没在谁面前打趣过程扬，今晚却有些忍不住了。

程扬不再是那个十一岁的小男孩了。他的双肩和程洌的一样宽阔，也能担起一些责任了。

程洌说：“我们小扬的性子冷，估计那些女孩不敢找上门。”

贺勤：“瞎说，我们小扬只是……那个词是怎么说的？外冷内热，对，外冷内热！”

童琪也笑了，打量了程扬几眼。

他长得非常养眼，在学校里怎么会没有女孩喜欢呢？哪怕他进娱乐圈，也一定能火。

童琪觉得贺勤说得对。她和程扬接触了一阵子，发现程扬的性格就是外冷内热。

他虽然不太爱说话，但其实是个很温暖的人。他会给大家送伞，会提前煮好米饭，会在给她的文档上细心地写下注释。

他看起来难沟通，其实和程洌一样，是很好亲近的人。

程扬感受到童琪的注视，背脊僵了一瞬。他吃完饭，很快就走了。

童琪已经习惯他这样了。许知颜告诉过童琪，程扬是个专注于自己爱好的男孩，有自己的世界。

吃完饭，杨倩芸让贺勤去洗碗。

然后，杨倩芸满腹心事地发了一会儿呆。许知颜倒完垃圾回来，见她心不在焉的，随口问了句怎么了。

杨倩芸憋了一会儿，把许知颜拉到卧室里，说出了内心的想法。

她发呆的原因就是许知颜吃饭时提到的结婚的问题。

她不知道和贺勤能不能走到最后。一是因为他们的年龄差距大。二是贺勤有一段不好的历史，她的父母很介意。三是贺勤还年轻，以后有很多选择。但是青春不等女人，她和贺勤过了激情期，有些患得患失。

许知颜问："你喜欢贺勤什么？"其实贺勤有案底，很多女孩都不敢和他接触，就算是许知颜也不得不好好地审视他一番。

杨倩芸说："我做销售压力很大，也没什么个人时间。我年纪大了，不再喜欢那些触摸不到的偶像，也不再只看外表。现在我只想和有趣的人在一起，每天在烦恼中找快乐。"

她说，贺勤的眼睛亮晶晶的。看得出来，她真的很欣赏贺勤的优点。

许知颜看了她一会儿，说："不如你再给他一点儿时间？其实，你可以把心里的想法如实地告诉他，他是个很靠谱的人，有什么问题，最好两个人一起解决。”

“我知道这个道理，但是还是忍不住苦恼……”

“倩芸，做房产销售压力大的话，你要不要试试加入我们的团队？”

杨倩芸不明所以：“嗯？你们要做房地产吗？”

许知颜说：“你口才好，长得也漂亮，要不要试试和我们一起做生意？我们打算做淘宝直播卖花卉，工资可能比房产销售低一些，因为没有提成。但你加入我们的团队，就可以和贺勤一起成长，也算是一起创业了。”

许知颜的这个提议让杨倩芸愣了好一会儿，她从未想过和贺勤一起工作。

当初她得知他们要做淘宝店，只想让贺勤好好地干活，这个生意做得好的话，很赚钱。到时候，她就能在父母面前抬起头来介绍贺勤了。如果她也加入他们的团队，能做什么？

许知颜建议她做主播，她行吗？那可是直播啊！

让杨倩芸做主播，许知颜是随口说的。他们要找个靠谱、稳定的主播很难，与其招一些新人干几天就跑，还不如让熟悉的人一试，成与不成都行。

这年头，做房产销售确实能赚钱，但卢州是个小城市，房子应该不太好卖。

杨倩芸口才肯定不错，不然怎么做销售？介绍产品是她擅长的业务，而且她长得不差，虽然不算惊艳，但是很耐看，化了妆很有韵味。

见杨倩芸的兴趣不浓，许知颜便没再多说。

她不想勉强杨倩芸，也知道杨倩芸辞去原有的工作，损失肯定很大。

她拍了拍杨倩芸的肩膀，说：“两个人好好商量，感情问题肯定能得到解决。”

第二天一早，许知颜送童琪去机场。临别时，童琪对许知颜说了很多话。她回去后，会帮许知颜联系保洁阿姨定时打扫公寓，会在第一时间把国外拍的照片返给许知颜确认，还会把合作方的赠品转寄到卢州。

说到合作方，许知颜清点了一下自己签的产品代言合同。其实她代言的产品不多，其中几份合同的合作期限在今年的六月份已经到期，有两份合同因为她在七月时出现绯闻，品牌方当时就发来了解约通知。其余的合同与她跟公司签的经纪合同一样，都是年底到期。

送走了童琪，她回到花圃。

为了便于以后的直播工作，程洌请人在花圃里搭了个三十平方米的工作室。工作室外形简单，但内部装修得十分精致。工作室是用木头搭的，看起来很有原生态的感觉，也与店铺的定位相符。

他让工人隔了一个小房间出来，放了一张1.2米宽的单人床供平日休息用。

许知颜到的时候，切割机正嗡嗡作响，木屑飘了一屋子，木头的清香扑面而来。

许知颜喊了一声程洌。程洌回过头看到她，快步朝她走去。

下午一点，太阳有些毒，程洌把她带去了隔壁的棚里，那边至少有个小空调。

他问："童琪上飞机了？"

"嗯，现在飞机应该已经起飞了。"

"让她到了给你发个短信。"

"我知道……对了，我想问你，你之前联系的博主安排的直播时间是今天几点？"

程洌看了一眼时间，说："下午四点到晚上十点直播，一共六个小时。我已经把花卉名单给她了，她会依次做介绍。为了增强直播效果，每种花卉我都给那位博主寄了一份样品。这样她介绍起来更有直观性。"

"每种都寄了？"许知颜拨了一下额角被汗水贴住的细发，问，"那位博主收到了吗？快递路上花了两三天，花还好吗？"

"她拍照给我看过，花没什么大问题，就是有点儿缺水，但放一晚上基本缓过来了。我借这个机会顺便试了试我们的包装。”

说完，程冽从桌底拎出一箱空盒子。

一切都很巧，他正准备给博主寄花卉样品，就收到包装盒工厂那边传来的消息，说提前两天把他们的订单做完了。

程冽拿起一个长条形的包装盒说：“这款包装盒主要用于小苗，我们在盒子上印了商标和店名。我试过，可以放两株带藤条的小苗。只要裹上填充袋，不管怎么扔、怎么抛，都不会漏泥，也不会撞坏。”

这是许知颜第一次看到成品包装盒。说实话，她觉得这只是一个快递盒而已，不需要花太多心思，又不是做高档礼盒。

只要商标和店名印得清晰就好。

她盯着“知白花艺”几个字看了好一会儿。

看完后她放下盒子，抬头看向程冽，问：“那等会儿回去，我们一起看直播？也得让贺勤准备一下，我觉得这次直播应该能成交十笔左右。”

程冽点了点头：“今天升温了，这里热，你先回去，我和装修师傅沟通一下就来。”

“没事，我等你，我的车就在外面。”

程冽伸出手摸了摸她的脸，低声道：“那你现在在这里吹一会儿空调，我等一会儿就来。”

她笑了笑：“不急。”

两个人回到许知颜的住处。他们简单地洗了把脸，坐在沙发上准备用手机投屏看直播。

许知颜点开链接，发现这位博主同时在两个平台直播。其中一个平台是程冽前段时间了解过的，另一个是他从未听说过的。

许知颜对他说：“这是个年轻人居多的直播平台，平台上的内容除娱乐外，还有很多科普。”

“那她在两个平台同时直播不会发生冲突吗？”

“应该不会，现在一些公司为了卖货，架了上百个手机同时直播。多一个平台，多一份流量。”

程冽搜索了一下，问："如果要采用这种模式，我们除了要在淘宝平台注册官方账号外，是不是也要在其他平台注册账号？比如这个平台，主要播放创意短视频。如果我们自己也剪辑短视频，是不是更能吸引客户？"

"我觉得后期必然要走上这条路，但运营短视频账号和运营淘宝店铺的道理是一样的，需要投入很多钱和人力，毕竟现在是'流量变现'的时代。"

程冽笑了一下，明白了。

不知从何时开始，程冽的笑好像多了起来，许知颜也不自觉地笑了笑。

四点一到，直播正式开始。那位博主拍的切花拆箱视频，画面唯美又真实，有种童话般的感觉。

她平时在这个平台上给大家推荐好看的花，分享日常生活，偶尔也会接广告，但接之前会认真地挑选。

她愿意接程冽的推广，原因有两个：一是程冽是朋友介绍的；二是程冽承诺过，她可以等看到实物再决定要不要接这份推广工作。

直播间的博主穿着一身橘色的夏装，热情地和粉丝们打招呼，先聊了一会儿自己最近的生活。二十分钟过去了，直播间的粉丝数量渐渐地多了起来，她切入了正题。

程冽把她的直播录了下来。

这个博主没有隐瞒粉丝。她说自己从朋友那里认识了一个卖花卉的店主，检验过实物后，觉得花卉的品质很好，所以想分享给大家。

程冽看见粉丝在"弹幕"里不停地发言："是哪家店啊？价格便宜吗？"

主播不紧不慢地讲述着，又把程冽寄过去的花卉样品都搬了出来，一个品种接一个品种地介绍。

在直播镜头里，无论是雪柳还是绣球花，看起来都枝繁叶茂、长势喜人，和某地批发的花卉明显不一样。

主播是爱花之人。她在直播间滔滔不绝地介绍着花卉。

她报价的时候，大家觉得有些贵，想要优惠。

主播说："宝贝们别急，这家淘宝店是新开的，所以有很多优惠，我来给大家介绍一下。从我的直播间购买花卉，满一百减四十，再赠送三包花籽，两个七加仑花盆，一株雪蓝花特小苗。另外，园艺小铲子、肥料之类的，直播间都有！这家店还有个活动，我觉得非常划算。如果购买绣球花两株及以上，他们会赠送两百克的调蓝剂。"

许知颜看着直播，对程洌说："这样卖，我们是不是没有利润空间了？"

程洌说："接下来的两个月，我没打算盈利。我研究了很多直播，大多数会给顾客优惠，送赠品。但顾客不好哄，搞不真实的优惠、送不实用的赠品还不如不做。我们现在刚刚开始，一定要先用口碑稳住顾客，毕竟花卉不像其他的产品。"

"那如果我们自己做直播，要给顾客什么样的优惠？和今天这次一样吗？"

"差不多吧。明天我列一张表格，把接下来要做的活动和利润、亏损算一算。等进入秋冬季节，花市会降温，我准备在今年冬天之前把口碑做起来。"

"有些店不是可以做室内盆栽生意吗？进入冬季，我们也可以做。"

"那些盆栽的平均定价在十块到二十块之间，客户群体和我们的不一样。我不打算做这一块生意，很多室内盆栽活不久。除了绿萝，我还没见过哪个小型盆栽可以顽强地活过冬天。即便是仙人掌，能撑个一年左右已经很好了，植物还是需要阳光和水。"

许知颜点点头："你了解就好，我只是担心进入冬季后，花卉市场的热度会降下来。"

程洌："不会的，我们要在这半年把口碑立起来，开春后，想购买花卉的人会来找我们。我们只需要把质量保持住。"

这是他过去跟着程孟飞学到的东西。要想长期做买卖，就得把重点放在质量上，产品的质量好，就不缺买家。

他们要保持初心，生意会好的。

这一晚，大家都有些忙。当贺勤看到第一笔订单的时候，爆发出一声野兽般的叫声。

他赶紧给程洌打了电话。紧接着，第二单、第三单成交了。成交量达到五十多单的时候，贺勤仿佛已经看见了自己开着玛莎拉蒂的情景。

程洌和许知颜简单地吃了一点儿东西，匆匆赶去花圃。

他们还没请财务，也没请仓库主管。目前的财务工作是程洌在做，其他的大事小事由贺勤操办。

程孟飞看着大家在花圃进进出出，小心翼翼地打包盆栽，突然觉得腰不疼了，腿也不疼了。

他知道这几年流行网购，老陈的孙子要买什么都通过网购解决，原来网购真的这么容易挣钱啊。

这位博主带来的客户远远超出程洌的预想。

他们忙到深夜，程孟飞手下的老工人都喊着吃不消了。程洌这才发觉已经半夜了，叫那些叔叔婶婶赶快回去休息。

程孟飞朝老工人们打招呼，说以后要给他们加工资。

这些工人都跟着程孟飞干了十几年了，笑着说："看来以后有的忙了，阿洌得招一些年轻人呀！我们老了，办事效率不高。"

程洌应了下来。

程洌去花棚接许知颜时，看到她正在当客服，和上百个人进行沟通。

她一会儿笑，一会儿皱眉。

他走到她面前，打断了她的工作，说："很晚了，你明天再回复吧，其他店铺的客服也不会通宵工作。"

许知颜回复完最后一个客户，合上电脑，开玩笑说："我要是不做模特了，你招我做客服吧。"

程洌捏着她的手，给她按摩，说："随你。"

话虽这么说，程洌透露出来的意思却是不舍得她太辛苦。

走到小区楼底下，许知颜拉住了他："童琪已经回去了，你要不要住我那里？"

第十一章

属于她的童话世界

程冽没有回自己的家。比他们早一步回家的程孟飞和贺勤收拾完就睡了，没有刻意等程冽。

程冽和许知颜刚进屋，钥匙一甩，灯都没来得及开，就拥在一起，深深地亲吻着。

许知颜悄无声息地脱了平底凉鞋，赤脚踩在木地板上，钩着程冽的脖子和他接吻。

她今天穿着一件普通的 T 恤和一条牛仔短裤，身上有股若有若无的香气。

T 恤的下摆随着她钩程冽脖子的动作漾开来，像白色的桔梗花。

程冽用宽大的手掌握住桔梗的花蕊，点缀它的是深夜里凝结成的一滴饱满的露珠。

许知颜的气息不均匀了。吻了好一会儿，她睁开眼看他。

天热，刚刚还爬了五层楼，两个人都出了一层薄汗，他的手掌心很烫。

她的胸口仿佛有团火在烧。

程洌搂住她的腰，亲了亲她的额头说：“没东西，我去买，你先去洗澡。”

许知颜笑盈盈地看着他：“你要去哪里买？”

“应该有便利店。”

“这附近有二十四小时营业的便利店吗？”

程洌回忆了一下，说：“我开车去看看。”

这里实在太偏了，虽然有很多便利店，但不知道有没有二十四小时营业的。

“等你回来，我可能都睡着了。”

程洌也笑了，低声道：“那就明天吧。你今天不累吗？”

“还好。”

许知颜松开了他，摸到大灯的开关按下去，整个屋子亮堂起来。

她打开客厅和卧室的空调，说：“我不太累，就是天气闷热，有些乏力。”

程洌点了点头，换上她给他准备的拖鞋。

两个人对视了一眼，许知颜说：“你不去买了？”

程洌笑了，走进厨房倒了两杯水，递给她一杯，说：“下次我会准备好的，今天你先好好地休息吧，明天可能更忙。”

许知颜一边喝水一边打量他。

过了半晌，她说：“那你去洗澡吧，我去换被套。”

“好……我先看一下店铺后台。”

许知颜放下水杯，拿着手机打开购物小程序，买了几盒东西。不到十秒，已经有骑手接单了。

然后她从柜子里拿出一套新的四件套，把童琪睡过的换掉了。

程洌在客厅里看后台的订单，可能因为今天是周末，在九点到十二点之间订单量的涨幅最大。

现在他们已经有了一百多个订单。

虽然比起付给博主的推广费，订单能赚的这点儿钱根本算不了什么，但至少证明他这一步走对了。

放下手机，他拿起衣服进了浴室。

忙活了一晚，他出了一身的汗。她刚刚抱着他，不嫌他身上有味道吗？

脱了衣服，他站在莲蓬头底下淋浴。

这个卫生间比较小，卫浴是连在一起的。

不一会儿，许知颜的电话响了。她让骑手把东西放在门口就好。

比起自己开车去外面找，还是直接点外卖更方便。附近确实没有二十四小时经营的便利店，但是小街上有一家自助选购的店铺。

拿到东西，许知颜进了浴室。

程冽没锁门。许知颜一推开门，满室热气像云雾般扑面而来，程冽的身材若隐若现。

许知颜把东西放在洗漱台上，开始洗脸。

程冽没想到她会进来，抹了一把脸，说："你要用卫生间吗？我快好了，你等我一下。"

许知颜抬起头，拿过毛巾慢慢地擦脸。

她似笑非笑地说："我不用卫生间，你慢慢地洗。"

程冽以为她只是随便说说，怕她急着用卫生间，快速地冲洗着头发上的泡沫。他用余光一瞟，看见许知颜在脱衣服。

程冽一怔。

下一秒，他收回视线，无声地笑了笑，用骨节分明的手指拨着短发。清水将那些泡沫带走了，露出他那头短而清爽的黑发。

许知颜朝他走了几步。他把她拉了过去，紧紧地圈在怀里。

水柱从莲蓬头流下来，打湿了她垂着的长发。

程冽低头吻她，但点到为止。他说："我把持不住怎么办？"

他低沉的声音混着水声，听起来性感无比。

她说："我买好东西了。"

程冽更想笑了。

他深深地凝视着她，眼光里充满温柔。

他觉得她一如既往的可爱，又觉得八年后的她充满了女人味，随便讲一句话，抛一个眼神，都叫他情难自禁。

此刻，他的大男子主义又在隐隐作祟。

他不舍得每次让她主动。这种事，他应该更主动一些。

程冽把她湿漉漉的头发往后拨，问道："你叫骑手送的吗？他看到你的脸了吗？"

"没，我让他把东西放门口了。"

"嗯……"

许知颜的眼睫毛上挂着水珠，她只觉得眼前的程冽变得有些模糊，待看清时，程冽的脸已经凑得很近。

她仰起头，迎上他的吻。

从随城回来后，他们就没有亲密过。程冽先是忙着申请补偿金，再是忙着做网店，紧接着，许知颜就把童琪请来拍花卉照片了。

童琪在她这里一住就是一个多星期。其间，许知颜还出了一次国，算起来他们已经大半个月没亲热了。

程冽一心忙着搞店铺，没想到这一点，只是今晚他的激情被她的一句话点燃了。

她问他要不要去她家住。他们都是成年人了，有些话不用说得太明白。

他倒也没有那么迫不及待，因为今晚两个人忙了一晚上没休息，有些疲惫，但精神高度亢奋，就连接吻都带着几分兴奋。

他们想感受彼此的爱意，想用最缠绵的吻和比月光还纯净的心为今晚庆贺。

两个人亲热完回到卧室，已经深夜一点了。

程冽给她吹头发，动作轻柔缓慢，怕烫到她。

许知颜坐在床上给自己抹身体乳。

她屈起小腿，有种酸痛的感觉，看来身体还没缓过来。

许知颜从梳妆台的镜子里看程冽，只看得到他小半张侧脸，但依然能看出他那沉着温柔的神色。

看着看着，她轻轻地笑了一声，程冽没察觉。

吹完头发，许知颜掀开薄被躺了进去。程洌关上灯搂着她，思考着今天的订单要怎么处理，下一步要做些什么。

许知颜靠在他的怀里，听着他的心跳声，觉得安心极了。

她放低声音说："现在是八月底了，九月初我要回随城，两个月的假期结束了。"

程洌回过神，说："那你……"

"我之前和经纪人提过不再续约一事，回去后再和老板好好地商量一下。你别担心，他们都是很好的人。"

"嗯。知颜……"

"嗯？"

"假如你回卢州，想做什么？"

"我想拥有一个属于我的童话世界。"她的声音很放松，在夜色中营造出一种童话般的氛围。

程洌没听明白，温柔地问："什么？"

许知颜说："我想买一块地皮，找一个设计师设计房屋。如果公司肯安排我做非全职的工作，我也愿意。如果他们想正式解约，那我就自由了，以后可以做你店铺的模特。"

她在这行里混了七年，有了一些名气、经历、金钱，一切刚刚好。

她不想再在各个城市之间辗转，不想再回到公寓里一个人发呆，也不想再和程洌分开。

程洌面带微笑，心里一震。

她的描述听起来确实像个童话，那是很多人向往的生活：有一栋充满诗意的房子，有一份轻松却赚钱的工作，在空闲之余能喝口茶，做顿饭。

他准备给自己半年时间。半年后，他就知道自己可不可以给她这样的生活了。

第二天程洌醒得很早。如他所料，直播给网店带来的购买量集中在昨天晚上，今天上午只有零零散散的几笔订单，到下午就没有人购买花卉了。

几个人在花圃打包、发货，忙了一上午。

程孟飞每年要往外地寄很多苗木，和快递公司有长期合作，所以快递费便宜，否则光是发完这批货，店铺就要亏本了。

贺勤咬着老冰棍吹着空调，给杨倩芸打了个电话，兴冲冲地说昨天他们卖了很多花卉，以后要带她去巴厘岛拍婚纱照。

贺勤说起那些不着调的话时，流畅得不得了。

杨倩芸不停地确认："真的？"

兴奋劲过了，杨倩芸在电话那头试探着问："贺勤，我也来加入你们的团队，好不好？"

贺勤一向嬉皮笑脸，现在难得地严肃起来。

他沉着地道："你别开玩笑，这个生意……我暂时没底。你要是辞职了，我怎么向你爸妈交代？你别闹，我会努力，以后和你结婚。我吃了很多苦，折腾了很久，不想再那样过日子了，你知道我的想法吧？"

"我知道，只是……"

"只是什么？"

"我想和你在一起！"

贺勤的心随着老冰棍一起化了。大热天的，他觉得眼睛有点儿酸。

杨倩芸的加入让程洌有些意外。起初他担心杨倩芸不能适应，毕竟面对镜头推销和面对客户推销是不一样的。

如果让许知颜做主播，她面对镜头时应该比较自在。可许知颜的口才不如杨倩芸好，按照许知颜和公司签的合同的约定，她也不能在直播里露面。

杨倩芸看过不少直播，但自己坐在镜头前的感觉和看直播的感觉很不一样，虽然有"弹幕"，可还是觉得自己在对着空气讲话，很容易冷场。

不过贺勤很有耐心，陪着她演练了好几天。两个人翻了很多遍介绍花卉的小册子，书都快被翻烂了。

程冽买了直播推荐位。他们正式直播那天，连陈伯都来了，大家围着杨倩芸给她加油。

许知颜给杨倩芸补了一下妆，抚慰着说："别紧张，我们是新店，看直播的人也不会很多，你照着之前排练的说就好了，'弹幕'上那些不雅的问题直接忽略就行。"

杨倩芸深深地吸了几口气，握着拳给自己打气。

下午两点，网店直播正式开始。很快，他们在淘宝首页的直播推荐栏里看到了店铺的链接，封面图是美丽的花卉，标题是《新店花卉大优惠》，风格朴实无华。

直播间的人数慢慢地上涨，杨倩芸一个一口"欢迎宝宝们"。

虽然杨倩芸直播时笑眯眯的，但在心里不由自主地猜想：这些观众不会是机器人吧？浏览量会不会是假的？

直到"弹幕"上有人问："怎么没链接啊？有什么优惠？"

杨倩芸强忍住兴奋，给大家使了个眼色，照着稿子开始介绍店铺里的花卉。

介绍完雪柳，她让贺勤赶紧上链接，对着镜头说："我们家的优惠力度堪比双十一，满一百减四十，哪家店的优惠力度比我们强？花籽、小铲子、花盆……我们都送！另外，今天前一百名在我们直播间下单的顾客，我们会多送一袋营养土、一把喷水壶！"

一个小时过去，杨倩芸讲得口干舌燥，但已经有十几笔订单了。

"弹幕"里各式各样的问题都有：

"不会是激素苗吧？"

"花的价格比别家贵啊，能不能再便宜点儿？"

"主播是在花棚里吗？可以带大家参观下吗？"

"快秋天了，蔷薇栽下去能开多久？"

杨倩芸很庆幸店铺里上架的花卉不是很多，不然肯定记不住。

杨倩芸的介绍范围从花的养护到杀虫，从花卉盛开的季节到栽种的方法。除此之外，她还要记住它们的名字、花语、历史由来。

他们把所有产品的链接放出来后，直播间又涌进来一批观众，提出了很多重复性的问题。

不过杨倩芸一点儿也不觉得厌烦，乐呵呵地讲了一遍又一遍。

到晚上六点，她已经直播四个小时了，嗓子有点儿哑，换贺勤继续直播。

贺勤等了许久，终于轮到自己上场了。结果他刚替代杨倩芸，观众纷纷发“弹幕”，要刚才的美女主播回来。

贺勤：“我不美吗？我当然不美。因为——我们的花比人美！”

观众纷纷在“弹幕”里发表意见：

“小胖，你们的苗靠谱吗？可别是宿芊批发的。”

“你们的种类好像有点儿少，哪种最好养活啊？”

“你是在大棚里吧？我们能不能看看你们的基地？”

贺勤眉飞色舞地回答着。

许知颜递给杨倩芸一盒润喉糖，让她先去休息、吃饭。

程洌一直在旁边看着弹幕里的问题，神色淡淡的，似乎在思考什么。

最后他在纸上写了几行字，递给贺勤看。

贺勤看了一眼，拍拍手，说：“这样吧朋友们，现在天快黑了，看不清基地的样子，咱们每天下午两点到晚上十点都有直播。明天下午，我让美女主播带你们看基地，行不行？”

“好。”

“行吧。”

“你们的基地有多大啊？”

贺勤：“有一座迪士尼乐园那么大。”

弹幕：“哈哈哈哈哈哈哈哈哈哈哈哈。”

许知颜也轻轻地笑了笑。

杨倩芸是很认真的那种人，在直播间认真地回答问题，认真地介绍产品，说话的语气比较俏皮，而贺勤的直播风格和杨倩芸完全相反，风趣幽默，非常热情。

程洌看向许知颜。因为她笑了，所以他也笑了笑。

晚上十点多，直播结束。贺勤热情地朝观众朋友挥手再见，还特意提醒说：“明天你们一定要来看直播啊，有帅哥出镜！”

他在直播间一番挤眉弄眼，然后无情地关掉了直播镜头。

直播结束的一刹那，大家终于敢畅快地呼吸了。

贺勤兴奋地喊道：“有没有成交一百单？”

程洌说：“有。”

贺勤：“这次直播真的太成功了，我和倩芸就应该去报名参选央视主持人。”

程孟飞看了一下午加一晚上直播，很佩服这些年轻人。

平时，他自己也会看看短视频和直播节目，没想到有一天自家的生意也会搞直播。

他点了支烟，问程洌：“直播真的那么好赚钱吗？没有风险吗？”

程洌如实地道：“现在我们不挣钱，在亏损。等店铺有了名气，以后我们一定能挣钱。”

程孟飞明白这一点。他笑了两声，拍拍腰说：“我回去了，你们折腾吧，年轻时不折腾，啥时候折腾？”

杨倩芸和贺勤开心地抱在一起，蹦蹦跳跳。

贺勤和杨倩芸的对话传到众人的耳中。

“我棒不棒？”

“好棒！我是不是也很棒？”

“你也好棒！”

许知颜和程洌对视了一眼，默默地走出了花棚。夜有些凉，空气里已经隐约有了秋意。

程洌拿了支烟，许知颜想到自己未来的打算，轻轻地握住他的手。

她说：“你最近不怎么抽烟，今晚也别抽了，可以吗？”

程洌笑了笑，把烟收了起来。

两个人站在一棵生长了几十年的柳树下。程洌牵起她的手，低声道：“你之前也抽烟？小扬说，你抽了好几年了。”

“嗯。”

"你少抽烟，对身体不好。"

他知道这句话有些好笑。明明他的烟瘾更重，但他就是不想让她碰烟草。

许知颜说："好啊，那你也别抽……"

他笑了笑，算是回答。

许知颜："今天的直播效果比我预期的要好很多。明天我们在直播里带观众参观基地，会不会没什么效果？我感觉直播带来的客流量可能不稳定。"

程洌收敛起笑意，沉思了一会儿，说："现在我们没有粉丝基础，搞什么直播都差不多，前期不可能回本。我们现在的主要目的不是卖花，而是增加名气，要让看直播的人深深地记住我们。我希望我们的直播内容更随意，更亲民。"

许知颜懂了："你准备走'国民路线'啊？"

"什么'国民'？"

"嗯……是亲民的意思。"

"差不多。我研究了一些在视频网站上火起来的视频，我们的目标顾客主要是年轻人。现在的年轻人思想独立，想法多样。比起规规矩矩的宣传节目，他们更重视节目的真实度。我希望我们的花卉能让他们觉得实在，我们的直播团队能让他们觉得踏实、真挚。"

"也是，现在网购的套路太多，我都掉过几次陷阱。还是真实的网店直播更吸引人。"

"等一会儿我会好好地规划一下参观基地的流程。我认为不需要给参观基地留太长的时间，让一些观众了解一下我们的背景就可以了。就像某些工厂对外公开生产流程一样，我们要从这个举动中得到消费者的信赖。"

他们正说着话，贺勤和杨倩芸从棚里出来，朝他们挥挥手，问："你们不回去？"

程洌："我们在等你们。"

"别等我，哥，我送倩芸回去。"

“那好，你们路上小心。”

许知颜看着他们的背影消失在夜色里，对程洌说：“这段时间大概要辛苦一下他们了，等网店有了一定的粉丝基础，就不用这么累了。”

“嗯，我们先看看直播效果如何，之后有需要可以再招人。”

“对了，客服人选你确定了吗？陆婶不是说她的儿子和儿媳想试试吗？”

程洌揽过她走向汽车：“他们已经上手了，做起来像模像样的，毕竟脾气好。”

许知颜笑了笑，用手指挠了一下他的掌心，问：“今晚你睡哪边？”

程洌握了握她的手，上了车，发动车子时回答道：“去你那边。”

从上次后，他们又有很久没亲热了。因为杨倩芸过来了，住在许知颜家没日没夜地排练。

他记得许知颜后天就要去随城了。

他不知道杨倩芸为什么今晚突然要回家，可能因为直播比较顺利，想回去放松一下。

他没有多想，今晚只想抱着许知颜好好地睡一觉。

等许知颜回了随城，下一次见面就不知道在什么时候了。

她说过，上次参加时装展的效果不错，有一些新的客户想和她合作，公司确实对她也很好。

他们回到家，躺在床上吻了一会儿。他让她早些睡。

许知颜抱着他，心中的想法越发坚定。

显然，徐峻再好，面对巨大利益的时候也不是个好商量的人。

第二天，许知颜回到随城就立刻去了公司，正巧徐峻出差刚回来，于是两个风尘仆仆的人凑在一起喝了一壶茶。

许知颜不想续约这件事，徐峻早猜到了，也听黄耀说了。

他和季毓天是关系不错的朋友，所以当初竭尽全力捧许知颜，她要请假也一口答应。

在季毓天的婚礼上他见过程洌，也认为程洌确实是个人才。

年底，她和公司签的合同就到期了，她不续约，他也没办法。可是许知颜进了这个圈子，也有了一些名气，说退就退哪有这么容易？

他还是舍不得放许知颜走。

聊了一会儿，他对许知颜说："你的男朋友同意你做这个决定吗？"

"他同意一半。"

"什么叫同意一半？"

许知颜把程洌的想法讲给徐峻听。

徐峻笑着点头，问她："知颜，我跟你说实话，我们公司是个小公司，很大一部分收入是靠你挣来的。你要解约，我没办法，但就算你走了，也会有其他公司邀请你签约。接下来的几十年，你做任何工作都会受到模特职业的影响。你男朋友的想法和我的想法差不多，我们可以签一份兼职合同，你愿意吗？"

许知颜没立刻答应，说要回去想一想。

徐峻一直非常爽快，表示明天就让人把合同拟出来给她看。

晚上许知颜回到公寓，算好时间给程洌打了个视频电话。

程洌刚到家，正拿钥匙开门，背后是楼道里淡淡的光。

许知颜问："今天直播的效果怎么样？"

程洌开门进屋，跟在他后头的贺勤听到许知颜的问题，抢先回答道："非常顺利！订单量比较稳定，观看人数在平均数之上！"

许知颜说："之前合作的那位博主今天是不是要发布宣传视频？那边的情况怎么样？"

程洌在沙发上坐下，把摄像头对准自己，微微俯下身体。

他说："她发的视频给网店带来了新顾客，今天的订单数量还可以。我也去看了网店的评论，大家对收到的花苗都比较满意。"

"之前下单的顾客都收到货了？"

"他们陆陆续续地收到货了，店铺已经有评价了。"

"他们给好评的话，我们就返十元？"

“嗯。”

许知颜半靠在床头上，床头灯的暖光让素颜的她看上去非常淡雅。她在笑，笑这个“好评返十元”的优惠力度。

赠品、满减活动、快递费、包装费、好评返现费、直播间的优惠……这些成本加起来费用不小，更别提育苗的人工费和其他员工的付出了。

但程洌不愿意做虚假的数据，只想一步一个脚印地走。前期网店“大出血”是不能避免的。

不过好在反响不错，当初他们最怕砸下大笔的钱却激不起水花。

程洌看着她，说：“你呢，接下来忙吗？”

“有点儿忙。我要拍几个小广告，之前合作的杂志也在找我拍秋冬特辑。”

“那合同——”

“合同——”

两个人几乎是同时开口的。

程洌点了点头，说：“你说。”

许知颜换了个姿势，侧身躺着，说：“他愿意和我签兼职合同。”

“像我说的那样吗？”

“嗯。”

“你怎么想？”

“我明天先看看合同条款。”许知颜顿了顿，说，“我原本不准备续约了，完完全全地退出这个圈子，回卢州。但徐峻愿意退一步，我今天一时不知道该怎么回答。”

程洌：“你可以先好好地看看合同，不管做什么决定，我都在这里等你。”

她弯了一下嘴角：“嗯，我知道……”

接下来两个人突然不知道要说什么，就这么静静地看着对方。

过了好一会儿，许知颜说：“等我把手头上堆积的工作处理完就回来。”

“你要好好地照顾自己，别吃太少。”

两个人打算挂电话，夜深了，他们考虑到对方要早点儿休息。然而在厨房一边喝水一边玩手机的贺勤突然发出扑哧一声，把水喷得满地都是。

贺勤拿着手机飞奔过来，在程冽旁边坐下。

“哥，你看这条评论，笑死我了。”

用户 7e79e6872：“我想薅一次羊毛，所以点进直播间买花，谁知道老板这么帅，完全是我的‘菜’。趁着这家店还没火，请客服告诉我，老板结婚了吗？有意网恋吗？”

这个用户还附上了一张直播时的截图。图没截好，但依稀能看出图片上男人的五官轮廓。

底下有人回复这个用户：“图太模糊了，这个男人哪里帅？是商家的‘炒作’手段吧？”

程冽没说话。

许知颜问：“怎么了？”

贺勤把评论给许知颜读了一遍，哈哈大笑着道：“现在颜值即正义。网店什么时候没订单了，就把冽哥推出去，卖个‘高富帅人设’，粉丝肯定舍得为他大把掏钱。”

许知颜在视频里说：“贺勤，你的这个想法有点儿危险。”

贺勤以为许知颜吃醋了，赶忙解释道：“嫂子放心，这两天我们做参观基地的直播，冽哥只出镜了几次，我不会让那些莺莺燕燕打扰到他。”

许知颜笑着说：“随你们，但是不要给程冽立‘人设’。”

“为啥不行啊？我看现在做视频的都有‘人设’，这样更容易‘吸粉’。”

“你问程冽。”

贺勤看向程冽：“哥，行不行啊？”

程冽温和地说：“我听知颜的。”

程冽不在意这些。贺勤直播起来放得开，也够随和，这两天拿程洌打趣几句，给程洌几个镜头，程洌觉得无所谓。

程洌不是明星，也不是知名人士，直播间的观众不过几千人，能起到什么效果？

程洌想，观众看到自己，可能会对他们的店铺多一些信任。

但要他立“人设”，拿他做宣传就免了吧。

三个人又笑着聊了几句后，挂了电话。许知颜窝进被子里，抬手关了灯，一时睡不着，便开始看朋友圈。

她不经常发朋友圈，但她的微信列表里有上千人，看了很久也没看完。

她给其中一条动态点了赞，是杨倩芸发的。

杨倩芸发了一张许知颜的照片，照片里还有贺勤和程洌忙碌的背影照，配文是：“完美，今天可以收工了！”

许知颜没想到，就是这条朋友圈让她和程洌陷入网络的舆论中心。

事情发生在一个月之后。

那是九月底，秋意正浓。她刚给杂志拍完一组照片，收工的时候童琪慌慌张张地把手机拿给她。

她点开微博，看到有三条关于自己的“热搜”。

不给钱，微博“热搜”就上不去，她对自己的定位一直很清楚。她就是一个很平凡的模特，或者说网络红人。

她的知名度怎么可能比得上明星的一根手指头？

那次有消息称她和富商深夜相拥，虽然前缀多了个“爆”字，但热度很快就冷了下去。

“爆”是因为富商已婚，她也刚和人气偶像搭档参加完节目，大家刚认识了她，就传出她是“小三”的消息，清冷的“人设”瞬间崩塌了。

她上过几次“热搜”，除了合作的杂志、综艺买的之外，没一次是好事。

当初她因为一组校园照意外走红的时候，“黑料”瞬间满天飞。后来她参加的第一档综艺节目播出的时候，又有人说她在现场总摆着一张“扑克脸”，给主持人脸色看。

这些年她尽量不去关注这些，反正有专业的团队去处理。

这个圈子里那些真真假假的信息，谁能分得清？人们上一秒是朋友，下一秒可能就是敌人。

可是现在和以前不一样了，因为她的“热搜”词条带上了程冽。

娱乐新闻说她和富商分道扬镳，转头便和圈外的某男子深夜拥吻。照片是娱乐记者在季毓天婚礼结束的那天晚上两个人在公寓门口拥抱时拍的。

无论是什么样的评论，许知颜都可以接受。因为他们没有做错什么，一切都可以给观众解释。她甚至可以大大方方地承认程冽是她的男朋友。

但这次的“热搜”让许知颜无法冷静。

程冽当年入狱的事情被挖了出来，带出无数话题：“许知颜男友与十岁女孩”“2012 年卢州高考状元”“知白花艺老板”。

网络可以成就一个人，也可以杀死一个人。

所有人都当了侦探，顺着线索一点点地把当年的事情拼凑起来。还有些人开始爆料程冽现在的生活状态。

大家讨论着许知颜，说她是个“网红”，能有多干净？在各个大佬的床上滚够了，她就跑去祸害老实人。呸，程冽还不是个老实人，他和许知颜简直是蛇鼠一窝。

人们翻出她早年的“黑料”，说她装模作样的，谁也看不起。她在高中时就和混混一起玩，还把妈妈气得住了几个月医院呢！

人们说她大学时就夜不归宿，不知道认了多少“爸爸”，才靠那组校园照片走红。那组照片有多清纯，她这个人就有多世故。

人们说她现在能得到这些好资源，和那么多人气偶像合作，给杂志拍封面图，背后怎么可能没有资本？

人们说她看起来挺正常的，没想到口味那么独特。她交往的对象不是中年啤酒肚富商，就是有过前科的男人，真奇特。

可是也有人说：“不是这样的，我和她是一届的，根本就没听说过这些事情。”

大家纷纷回复：

“滚开。”

“你发这条评论多少钱？有钱一起赚。”

“这是谁啊？不认识。”

许知颜不管别人怎么看她，继续往下翻，看到了关于程冽的“热搜”。

橙子娱乐：“据知情人爆料，和人气模特许知颜深夜拥吻的男人曾是2012年卢州市的高考状元，但因为涉嫌杀害未成年人入狱了，前几天才出来。”

橙子娱乐发的配图是程冽高中的证件照和那起新闻的照片。

人们纷纷评论：

“天啊！”

“高考状元是杀人犯？这还能放出来？他背后有势力吧！”

“别说，这张证件照绝了，程冽看起来就是个‘学霸’。”

“你们看清楚好不好？人家是被冤枉的。小编懂不懂法律？媒体不要脸了吗？上面的某条评论真的好弱智。”

再往下，是关于“知白花艺”的新闻。大家表示，不会是花店在利用这个“炒作”吧？说花苗质量不错的，是真的吗？

很快，程冽的那桩案子成了“热搜”榜第一名。

人们看够了娱乐圈的花边新闻，转而关注起那年的案件来。这是真实的新闻，又贴近生活，人人都能评论，都能激起共情。

有人说：“程冽确实被放出来了，但这么多年过去才突然翻案，我总觉得难以置信，高智商的人犯罪真的很恐怖。”

还没等真相出来，网络群众的“热情”已经到了顶峰。他们无处发泄，只好朝程冽的店铺下手。

许知颜收起手机，一时站不稳。

一开始，她没有手机，不懂网络世界。后来，她亲眼看着网络信息一年比一年发达，也一年比一年不纯粹。

她看得出来，程洌这件事，有人在背后刻意引导舆论的方向。

没有一个账号讲述程洌翻案的细节。他们很聪明，只是侧重披露程洌曾经涉嫌杀害未成年人还坐过牢。再加上许知颜前段时间的绯闻，让许多人看完新闻后情绪激动。

许多普通人见多了生活里的苦难和黑暗，渴望世界上有真正的公平，所以愿意用正义、用微弱的力量去帮助一些寻求帮助的人，并站出来斥责对社会造成恶劣影响的人。

一如当年为那个小女孩打抱不平的人们。

可是真相真的是这样的吗？

那些人给程孟飞寄过恐怖快递，还当面辱骂过程孟飞。程洌翻案后，有谁来道过歉？

为什么别人用三两句话就能轻易地煽动大众的情绪？为什么他们以为自己看到的就是全部的真相？为什么世界上会有那么多利用别人的好心的人？

童琪看着脸色极差的许知颜，小心翼翼地叫她的名字。

许知颜深吸了一口气，冷静了一会儿，问童琪："徐峻知道了吗？"

"知道了，他正在处理，但这件事涉及程洌哥哥，所以让你回公司一趟。"

"嗯，你去把车开来。"

许知颜想给程洌打电话，但有些踌躇，觉得难以面对程洌。

她坐在车上接到了程洌的电话。

许知颜转过脸望向窗外的景色，接起电话。

她的声音很低，听起来心事重重。程洌想，她应该知道这件事了。

程洌在电话那头沉默了一会儿，放缓声音，轻柔地道："我们的恋情会对你产生什么影响吗？公司会不会采取什么措施？"

有一些娱乐公司不允许签约的艺人谈恋爱，这一点他是知道的。如今他们的恋情被公布，许知颜否认不了。之前她不想和公司续约，和公司的关系比较紧张，这件事情处理起来可能有些棘手。

许知颜定了定神，说："我的合同里没有限制谈恋爱的条约，公司那边你不用担心。"

"没关系就好，网上那些信息都是假的，你比我懂，别太往心里去。"

"我会和公司处理好的，店铺那边……"

"店铺这边没什么。等我们做出澄清后，就没事了。"程冽顿了顿，又说，"天凉了，你别感冒，今天的拍摄工作完成了吗？"

许知颜："我刚结束拍摄，在回公司的路上。"

"嗯，那等你们商量好了再说这件事，我现在要去发一批货，晚上给你打电话，好吗？"

"好，你去忙吧。"

挂了电话，许知颜抬起手抵在下巴上，又低下头瞥了几眼手机。

听程冽的语气，他没受到多大影响，还在顾虑她的感受。

她回到公司，推开办公室的门，只见徐峻正在打电话，神色凝重。徐峻瞥见许知颜，松了一口气，和对方敲定后挂断了电话。

徐峻对她说："我已经让人开始写通稿了，等一会儿就发声明，你记得转发一下。"

"我知道。"

"你的男朋友是什么情况？我看网上众说纷纭。"

"那些信息是假的，他没有做过犯罪的事情。"

徐峻打量着她，顿时明白了她的心结。怪不得早些年她拼命地请他帮忙介绍律师，说要打官司。

他说："他那边最好能亲自发表一份声明，这样对你们都好。他现在想白手起家，对吧？其实，如果他回应得好，反而可以给自己的店造势。"

许知颜想了一会儿，说："我不是很想让他露面。"

"为什么？"

"如果他露面了，就意味着以后不得不身处于大众的视野中。名声大噪也好，为店铺铺路也好，他一辈子都要活在别人的舆论里，没有什么人可以永远只听到好声音，也不是所有人都能承受来自各方的批判。”

所以她不希望贺勤把程洌拍进视频，也不希望给程洌立“人设”。因为她职业的关系，总有一部分人会认识程洌，她不想给程洌带来压力和困扰。

就像现在，因为她，程洌的伤疤被猝不及防地撕开了。

徐峻挑挑眉，说：“随便你们，但我希望你的男朋友把这件事澄清一下，借你的微博澄清也行。最好让警方那边协助一下，平息舆论。”

“等一会儿发完声明，我会联系律师准备一下。”许知颜想伸手去拿桌上的茶，但忽然想到什么，停住动作，抬眸看向徐峻。

她淡淡地说：“我已经让童琪去整理和收集发不实信息的营销号了，准备发律师函，随后起诉他们。”

徐峻：“你这样做耗时长，还不一定有结果。”

“但程洌是我的底线。”

公司发布了声明，许知颜转发了，并承认了自己和程洌的关系。

大家对她和程洌恋情的真假不是很在意，都把关注点放在程洌涉嫌的那起案子上。

许知颜转发声明后，立刻收到了过万条评论。

“真的假的？我已经不信你们的这些声明了，不知道是不是批发的。”

“如果真正的罪犯已经抓到了，为什么警方不通报啊？”

“如果这个男的当初是被冤枉的，也太可惜了吧！”

“我保持中立，现在的悬案那么多，指不定……你们懂的。”

“是炒作吧？我看那个店铺最近发了很多广告。”

旧的“热搜”被压下去，新的“热搜”又涌了上来。关于当年那桩案件的报道虽然有，但数量很少。

紧跟热点的媒体很快就发布了相关的新闻，已经有媒体赶往程洌家了。

由于“热搜”涉及的内容比较敏感，警方怕引起不好的风气，就在傍晚时分发布了通报。

警方完整、清楚地阐述了事情的经过。

警方的权威发布让“吃瓜群众”不吱声了。与此同时，有新的声音冒了出来。

“散了散了……不过那个女的在照片里接吻的样子好骚啊。”

“她在圈子里被睡遍了，最后找这种老实人接盘吧。”

“女模特主动勾搭你，你不心动？”

“前面的评论太恶心了。”

“本来就是，混娱乐圈的有几个是干净的？”

“我觉得这张照片很正常啊，男的帅女的美，有问题吗？”

不一会儿，关于程冽坐了八年冤狱，错过上大学的消息上了“热搜”。

这次，众人发布的评论比较友善：

“唉！”

“他能拿到补偿金吧？国家得多给他一点儿啊！他可是人才啊！”

“现在他也可以重新去考大学啊！别放弃啊！”

“他比我高两届，当年是我们学校的风云人物，人很不错。”

“我也是他的校友，当年还暗恋过他！他真的是个‘学霸’！”

“我收藏了他的网店，他真不容易。”

“真的不是‘炒作’吗？我总感觉是‘炒作’。”

舆论战持续到夜晚。

傍晚起了风，下了一场萧瑟的秋雨。

许知颜回到公寓，在门口看见一个熟悉的身影。

那个人穿着深蓝色的牛仔外套和干净的白色T恤，身姿挺拔伟岸，背对着她在打电话。

是程冽。

她错愕了好一会儿。

她回过神来朝他走去，高跟鞋踩在瓷砖上发出声响。

程洌听到声音望向她，对贺勤说："我知道了。你先别回复，正常处理订单，晚上我和你细说。"

许知颜看起来很疲惫，程洌收起手机朝她笑了笑。

许知颜走上前，踮起脚抱住了他。

就算现在还有人偷拍他们，她也无所谓。明天媒体上会出现什么样的报道，人们会怎么评价她，她都无所谓。

程洌弯下腰，把头埋在她的颈窝里，闻到她的洗发水香味。

他轻轻地拍着她的背，低声道："你是不是累了？"

"嗯……你怎么突然来了？"她的声音带着鼻音。

"我在这里待两天，陪陪你。"

她终于笑了笑，松开他，说："我们进去说。"

有雨从阳台飘进来，许知颜洗完澡后关上了门窗，程洌给她倒了杯热水。

两个人窝在沙发上。电视里正播放着一部喜剧电影，里头的演员乐得哈哈大笑，但电视机前的两个人异常平静。

许知颜靠在他的怀里喝水。

她说："你忽然来了随城，花店的事情贺勤一个人忙得过来吗？"

"我都交代好了，等两天就回去，没事。"

"你投出去的广告效果还好吗？"

"顾客的回头率很高，总体来说还不错。前两天网店上架了一批新的品种，每种两百盆，我估计能卖出五分之二。"

"嗯，今天的事情……"

程洌用毯子裹住她，说："贺勤给我看了一下警方的通报，我没事。"

许知颜沉默了。

过了良久，她轻轻地说："对不起。"

程洌就这么凝视着她，眼神充满温柔。他捧住她的脸，吻了一下她的额头。

"我们之间不说这些。"他说。

程洌没有微博账号，所以当微博世界狂风大作的时候，他一点儿也没受到影响。

他察觉到有异样是因为看到店铺的顾客提出了很多与花卉无关的问题。

最过分的一个问题是："听说这家店的老板杀过人，过了几年就被放出来了？真厉害。"

负责店铺评论的员工看到后立刻给程洌打了电话，当时他正在清算这个月的账。

他看了一圈淘宝店的评论，知道许知颜那边出事了。

正在直播的贺勤和杨倩芸依然强颜欢笑，回答着与店铺有关的问题，但脸色不是很好。

程洌把贺勤叫了出来，问了一下情况。贺勤把自己的微博拿给程洌看了一下。

他不怎么了解微博的"热搜"。贺勤告诉他，现在大多数人靠微博获取信息，特别是年轻人，所以"热搜"的力量可想而知。

他下载了微博，注册了一个账号，把关于他和许知颜的"热搜"都看了。

那些人对许知颜和他的恶意评论，他一字不漏地看了。

随后他翻了翻许知颜的微博。她的微博和微信一样，几乎没有私人内容。她有几百万粉丝，但看起来热度没有普通明星的大。

他在微博上一搜许知颜，就看到许多"热搜"词条，比如她和富商醉酒后相拥，比如她在学校的"黑历史"……他很难看到她的正面信息。

他知道娱乐圈是个是非之地，许知颜站在高处难免会被人议论，可是现在的网络怎么这么随意？难道因为她是公众人物，其他人就能发布这些不堪入目的评论吗？

他就这样看着那些"热搜"，一个人坐了很久。许知颜没给他打电话，他就主动打了过去。

他终于明白为什么她不太喜欢在社交平台上发布自己的个人生活，又为什么觉得累。

他想起很久很久以前许知颜对他说过的话。她说，只要自己不去在意，那么就不会产生很多感触，也不会因此崩溃。

如何处理这些“热搜”，她应该比他懂。

可是他太了解她了，她一定会觉得自己连累了他。

从回卢州见他开始，她就一直小心翼翼又热情奔放地对他。她小心翼翼地照顾着他刚出狱时的心情，又热情奔放地对他表露爱意。

即使他在电话里说自己没事，但许知颜还是会担心。

所以他交代好一切，买好票直接来了随城。

她需要他。

但这晚许知颜还是没睡好，做了很多梦。

她梦到当年程洌被判刑时，天下起了雨，法院门口站满了人，每个人都用一种批判的眼神看着她和程孟飞，并用快速张合的嘴显示着他们的慷慨激昂。

渐渐地，网络上的声音和那些人的嘴型对上了。

她又梦到程洌再也摘不下“杀人犯”的标签。每当她出现负面新闻，他就被拉出来遭受众人的嘲笑。

她醒来时正好看见程洌的睡颜，那颗提到嗓子眼的心便渐渐地沉了下来。

程洌感觉到了什么，也醒了，把许知颜揽进了怀里。

两具滚烫的身体贴在一起，初秋的凉意散去了。

程洌哑着嗓子问她：“下午你是不是要去拍代言照？”

“嗯。”

“我给你做午饭，等你吃完再送你过去？”

“好。”

程洌吻她，许知颜回应得不是很积极。但他很有耐心，懂得怎么让她投入。

昨晚他们聊了很多，关于她这几年在圈子里遇到的人、听到的言论，关于那些“黑料”的出处。

她说初入这一行，第一次面对嘲讽和质疑时，感觉非常不舒服。

她知道这世上有很多听风就是雨的人，也见识过一些人莫名其妙的歹意。

她小时候总以为一个人再坏也坏不到哪里去。稍微长大一点儿后，她发现养父母不爱自己，朋友也因为一点儿小事对自己产生了排斥心理。她本以为小孩的世界都是天真烂漫的，却忽略了小孩在成长，世界也在改变。

那时候她看着满屏的嘲笑，想到的是程洌。

原来，被别人曲解误会，自己却无从辩驳是这种感受。

就是这种感受，程洌独自承受了八年。

现在谣言已经传了出来，即使真相最终会被公布，但有多少人关注呢？若干年后谈起这桩事，人们能记得的恐怕只有谣言吧？

网络上的种种是非她见得太多了。

她不想让程洌被打上任何一个不好的标签，被媒体用作吸引流量的人物。她一边希望大家能知道他是清白的，一边又希望他不要受到过度关注。

程洌是怎么回答她的？

他说：“你和我跟其他的公众人物一样，没法得到所有人的喜爱。但总有一部分人无条件地相信我们，你看你的粉丝，还是在竭力为你声援。我和你，还有爸爸和小扬，还有一些始终记挂着我的朋友，有这些就够了。知颜，你知道我为什么把店铺的名字改成‘知白花艺’吗？因为我爱你，我想为你做些什么，想给你一些浪漫的感觉。我也知道，就算别人都不信我，你还是会信我。你知道我是堂堂正正、清清白白的。”

这番话有安慰到她，至少让她好受了一些。

但她不知道这件事情能不能顺利解决，未来还会不会继续发酵，所以很难打起精神来。

程洌抚着她的后脑勺，温柔地、一遍遍地吻着她。

最后他握着她的手往自己的腰上搭，用低沉的声音问她：“一个多月没见，你有没有想我？”

许知颜看着他，主动地贴了上去，咬了一下他的唇。

天一点点地亮了起来，她的眼里多了几分神采。

深红色的被褥被卷到一边，床单的褶皱像被风吹起的水波纹。

他不像上一次那样被激情冲昏了头。今天他带着绝对的理智，始终注视着她。

在他那双漆黑的眼眸里，只有她的身影。

下午程冽送许知颜去摄影棚。许知颜在路上看着微博“热搜”。

关于程冽的“热搜”已经消失了，但关于她的“热搜”还在榜上。

那些人说的还是老一套，说她从前有很多“黑料”，现在找到程冽想让程冽“接盘”，整个人特别不堪。

这套营销做得多完美啊！

他们把程冽塑造成老实人，又把她形容成一个找老实人“接盘”的放荡女人。

无论她怎么解释，多数人还是不会相信。

就算她说程冽是自己的初恋，别人也会说她玩够了才想到回来找初恋。

那些人总能找到一道裂缝，然后让她的心四分五裂。

她又看了一下店铺，那个说程冽杀人的顾客已经挨了很多骂了。

他们投入了这么多，网店刚起步，她很怕生意被这些事情搅坏了。

许知颜问他：“你和贺勤联系过了吗？今天的情况怎么样？”

“下午倩芸要直播，贺勤要去发货，客服那边没什么大问题。你别担心，我会处理好的。”

许知颜盯着“知白花艺”四个字，点了点头。

她还不知道程冽说的“会处理好”是什么意思。

他们来到摄影棚的地下停车场。程冽不想让别人过多地议论许知颜，就没送她进去。在停车场分别后，他去了附近的商场。

怕有记者跟拍，程冽很谨慎，虽然他不知道怎么分辨记者。

他在商场的书店里待了两三个小时，准备回停车场的时候，手机响了。

屏幕上显示的是一个陌生的座机号码。他以为打电话来的是之前谈过合作的人，走出书店找了个安静的地方接了电话。

电话那头的女人客气地询问："喂，你好，请问是程冽先生吗？"

程冽迟疑了一下，生怕对方是记者，也怕自己说错话给许知颜添麻烦。

那边的女人又开口了："我是随城大学的副校长，李书丽。"

在短短几秒之内，程冽就猜到了对方的来意。

他说："我是程冽，你有什么事情吗？"

那边的女人笑了，说："很抱歉，我们学校近期才了解到你的事情。听说你当年是卢州高考的第一名，报考了我们学校，我们希望你能回来读书，你有这方面的计划吗？"

程冽忽然觉得喉咙有点儿发干。

随大是他梦寐以求的学校，那年夏天收到录取通知书的欣喜此刻他还能回想起来。可是看着眼前繁华的商场，他知道，就算能回去读书也已经不一样了。

副校长在电话里循循善诱。她联系过恒康高中的校长，了解了关于程冽的详细情况。学校愿意给他特殊的待遇，如果他回去上学，可以不必像其他学生一样按规定每天报到，参与面授课程，只需要正常地修完学分、完成考试就行了。当然，如果他愿意像其他学生一样正常上课，最好不过了。

程冽说："我考虑考虑，会尽快给你答复的。"

挂了电话，程冽在原地站了一会儿，手机振动起来。许知颜说她结束工作了，他才回过神来，匆匆赶去停车场。

许知颜代言的是某品牌的眼镜。她拍了几组海报，给公司的产品做宣传。

合作的眼镜公司送了她一对情侣镜框，真巧。

许知颜坐在车里摆弄着眼镜框，开玩笑地说道："这副镜框好像挺适合你的，和你以前戴的很像。"

程冽听了她的话笑了笑，再次想起那遥远的从前。

开到半路，程冽腾出一只手去握她的手，问她："如果我现在去读书，你会怎么想？"

他的问话很微妙。

许知颜想到网络上的言论。看完事情的经过，网友们纷纷发表评论，希望程冽能继续念书，让随大赶紧录取程冽。

她想，程冽大概也看到了。

当年程冽没读大学确实很可惜，她知道读随大也是程冽的梦想，虽然现在他年纪大了，经历了很多波折，但如果想去读书，无论何时都不晚。

之前她不是没考虑过这一点，只是程冽从未提过。一晃八年过去，他当年的成绩可能作不得数了，再让他去读书、考试，需要很多时间做准备。

更何况那时候她关心的主要是他的心态，读书和创业都可以往后放一放。

现在他的心态稳定下来了。虽然店铺还不算完全走上轨道，但如果他想兼顾读书和事业，也不是不行。

所以她反问道："你想读吗？"

程冽就知道她会这么问。如果他要读，她肯定没意见。他不读，她也不会说什么。

只是他真的有点儿茫然，拿不定主意。

他把前因后果和许知颜说了一遍，许知颜才发觉自己猜错了。

她震惊了好一会儿，问程冽是不是真的。

程冽把通话记录翻出来给她看，许知颜盯着那个号码看了好一会儿。

她说："别人都向你抛出橄榄枝了，你还问我？"

她的意思是这么好的机会，程冽不能放过。

车子正好驶入公寓的车库。把车停稳后，程冽看向她，俯下身帮她解安全带。

程冽温热的气息洒在她的脸上，眼带笑意。

他说："你是我的伴侣，这种事情我要和你商量。如果我去读书了，我们的相处时间就会变少。虽然公司和你签了兼职合同，但如果我太忙，我们还是很难见面。"

许知颜凝视着他，很坚定地说："那我来找你。"

在她眼里，这些都不是问题。

不管程冽选择寄宿还是走读，等今年过去，兼职合同生效，她会有很多空闲时间。

以前都是他挤出时间来找她，现在她也可以去找他。

程冽一时不知该说些什么。他忽然觉得自己这辈子一点儿也不亏，一点儿也不苦，有种满足感。

晚上，程冽给程孟飞打了个电话。程孟飞不知道网络上发生的事情，还以为学校的老师终于想起了程冽，所以让程冽去读书。

他的热泪滚滚而下。他满怀感恩，不停地说现在的社会就是好，现在的老师就是好。

他说："阿冽，你得去读书，不管怎么样，你也要把这个书读完。"

当年他催着程冽好好读书、考上大学，一是为了让程冽以后有个好工作；二是对没什么家底的孩子来说，读书是最好的选择。

现在他只想让程冽读完书，多认识几个朋友，多经历一些生活，并通过读书提升自己。

只有见识过、拥有过，程冽才有资格说那些东西不足为奇。

挂了电话，程冽一个人在许知颜公寓的客厅里坐了很久。他的脸上带着浅浅的笑容，月光拨开云雾，温柔地照进他的眼里。

许知颜站在卧房门口看了他一会儿，没有打扰他，躺到床上。

过了一会儿，她听到一阵窸窸窣窣的声音，原来他也上床了，带来了一些早秋的凉意。

许知颜放下手机，转过身去抱住他。

她说：“明天你给那个校长回电话？”

“嗯，我问一问具体情况。我比较担心店铺的事情，不知道到时候贺勤能不能把生意撑起来。”

“今年高校已经开学了，我猜你要入学最早也得等到明年九月。还有一年时间，我们把店铺做好，到时候即便你去读书也不会有太大的问题。”

“对……你说得对。”程冽抱紧她，把视线落在她亮着的手机屏幕上。

她在看网上的评论。

吃晚饭的时候他上微博看了看。关于他的这件事已经平息，很多人替他感到惋惜，和之前充满戾气质疑他的那些人看起来完全不一样。

因为他的旧事，大家开始讨论到底该怎么解决未成年犯罪的问题，一时议论纷纷。

其实就算回到八年前，他依旧不会怀疑程凯杰。

他和许多长辈一样，始终觉得程凯杰不过是个十几岁的孩子，或许会吵会闹，但应该有一颗纯真的心。

小孩就像一张白纸，为什么会产生畸形的想法，又为什么会走向犯罪？责任大多在家长身上。

可那位聋哑婶婶又是一个命苦的人。

网友神通广大，找出了程凯杰的种种信息。也有认识程凯杰的人，匿名发布消息。不一会儿，对程凯杰的声讨铺天盖地地袭来。

许知颜依然不断地受到网友的谩骂。

她刚才在看那些评论。

那些人反复说着她的“黑历史”，用的词语连他看了都忍不住想反击。

她说不在意，是真的不在意吗？

虽然从明年开始她会减少活动，但身处这个圈子，怎么可能彻底摆脱别人的目光和声音？

睡觉的时间到了，手机屏幕暗了下去，两个人陷入夜色里。

程洌安抚她说："明天晚上我回卢州，后天准备做一场直播。"

现在他们正站在风口浪尖上。即使程洌是清白的，但她还是不想让他露面，不想让他招惹上什么非议。而且，她起诉营销号的司法程序也还没启动。

她知道这些通稿大多是江黛琳那边出的，原因可想而知。

徐峻有意把许知颜推向日本市场，又想让许知颜转型去演网络剧，这些举动会影响江黛琳的资源。每当她和江黛琳分同一块"蛋糕"时，她的"黑料"就会被发布到各种社交平台上。

江黛琳此举当然是有效果的。就像上回许知颜被爆料和富商约会，就有好几个公司要和她解约。

现在的公司十分看重艺人的口碑。

她没和程洌提过江黛琳，想了想，还是没开口，毕竟她没有确切的证据。

她说："你别开直播，这件事的热度会慢慢下去的。你没错，不用过多地解释什么。"

"我不是为了自己。"程洌在黑暗中找到她的唇，吻了一下，轻轻地说，"我想告诉他们你不是那样的人，我们也不是他们想的那种关系。"

"可是……"

"我知道你否认过很多次，解释过很多次，他们不信。但是我不想让你永远背负着那些谣言生活，你明明没有错，不是吗？"

他舍不得她受苦。

她是他万般珍惜的人。他怎么舍得看着她被人误会，让别人那样议论她？

这个决定会影响到许知颜的形象，程洌没有贸然行动。临走前他跟着许知颜去了一趟她的公司，见到了她的老板。

他们花了一些时间商议这件事，毕竟公司才是专业的。

其实徐峻对娱乐圈的这些事见怪不怪。这些年来，无论是许知颜还是其他艺人，多少都有负面的新闻，公司帮忙压一下热度就行了，要做到完全没有“黑料”几乎不可能。

许知颜对那些“黑料”一直表现出无所谓的态度，似乎觉得“黑料”不算什么。

之前许知颜还不想让程洌露面，怕他以后和她一样遭受非议。这才多久，她就变卦了。

聊到最后，徐峻打趣道：“我和知颜认识六七年了，她的脾气挺倔的。不过我现在看出来了，大概只有你压得住她。”

许知颜在一旁笑了笑。

程洌看了她两眼，脸上也泛起了笑意。

许知颜确实是个很倔的人，倔得令程洌着迷。

对徐峻而言，程洌愿意出面解释最好不过了。现在网友对程洌抱有同情心，他说的话更有感染力。

程洌再说一下他和许知颜的往事，绝大部分网友会信。如果能借这个机会给许知颜树立一个正面的形象，对接下来巩固她在模特圈的地位很有利。即使以后许知颜减少活动，也能维持一段时间的热度。

趁着这个机会，说不定许知颜能找到更好的发展方向。

程洌要讲的那些事都是真的，也不算欺骗群众。

站在资本方的角度，徐峻认为程洌出面完全是好事一桩。

第十二章

成为他的程夫人

贺勤用店铺微博发了条动态，许知颜没转发，但点了个赞。有心人留意到了这一点，等着看程冽要怎么解释。

程冽直播那天，观看的人数还是没有疯涨。

但程冽知道，自己说的每一句话都会被录下来，还可能被传上网络，所以非常谨慎。

来直播间“薅羊毛”的观众不明所以，直到有位观众说：“哇，居然有无码高清的真人直播！”

其他人不知道这位观众为什么要说“虎狼之词”。

这位观众回复道：“我惦记这个老板好久了。”

程冽忽略了这些看起来有些搞笑的评论，和大家聊了一会儿花卉养护的问题，又说了一些自己创业的过程。

他发现做直播真不是件容易的事情，堪比发表一场演讲。

从微博过来的一些人忍不住了，问道：“你不是说要做一些澄清吗？”

“我是来看热闹的。”

“老板要澄清什么？”

“许知颜啊。”

“许知颜是谁？”

“你不会上百度搜索一下吗？”

过了一会儿。

“呜呜，果然好看的人都谈恋爱了。”

“老板太厉害了，居然和明星谈恋爱。”

“话说，老板到底要澄清什么？”

程冽看了一会儿“弹幕”，拨了拨眼前的玛格丽特花，缓缓地开了口。

他的声音低沉，具有磁性。

他穿着灰色的衬衫外套，纯白的T恤，看起来干净而沉稳。

这个五官俊朗的男人四周放着各种花卉。他的面部线条是硬朗的，花的弧度是柔软的，这幅画面有种莫名的美感。

他简洁地说明了今天开直播的原因。他觉得比起用文字来说明，做个直播更有诚意、更有说服力。

今天他想给他的女朋友正名。

“老板真的好耐看啊，越看越有味道。”

“正什么名？”

“网上传的那些‘黑料’，大部分是假的吧？”

“我喜欢的明星也被‘黑’过。”

“许知颜上次和富商的合照不像假的，老板别被骗了啊。”

程冽愿意花时间慢慢地解释这些事情。他顺着大家的话，从富商事件说了起来。

他说，新闻出来的那天她接到了他的父亲发来的消息。那天下午下着暴雨，他们在公路上偶遇。

回忆起那天，程冽觉得仿佛就是昨天。

他记得时隔八年再见到她时，自己那难以言表的心情。她从头到脚都洋溢着自信，眼神温柔。

而他，从头到脚布满了尘埃。

程冽没有说她在圈子里听到的消息，比如这件事可能有人在背后煽风点火，可能“狗仔”为了博眼球所以把新闻乱写一通。他不想在无意间让她得罪谁。

他从八年后他们的第一次见面说到学生时代，再说到他的家庭情况，用语言把那些“黑料”粉碎。

得到了她和公司的允许，所以程洌在说起有些事的时候没有保留，只是说得十分委婉。

他说起于艳梅和许志标，想起上次在医院许志标对他讲的那些话。

高三那年他陪着许知颜，知道许志标夫妻对她有多冷漠，对她造成了多大伤害。也许，她不会原谅许志标夫妻。但如果他可以让这段亲子关系缓和一点儿，等她回到许家的时候，心情会不会轻松一点儿？

思忖了一会儿，程洌补充了一句：“她的养父母遭受过丧女的悲痛，但她因为我出了事，心理状态也不太好，她的养父母很怕重蹈覆辙，所以这些年很小心地对待着她……”

他的话给大家留了思考的余地，引人深思。

世界上最复杂的就是感情了，有人又爱又恨，有人因爱生恨。他们起初对她不够负责，但八年来一直在小心翼翼地维护着这段关系。

他知道许知颜看到这一段后会去思考。也许她明白于艳梅和许志标比起过去有所改变，只是不想再去深究了。

他不想逼她去原谅、接受许志标夫妇，只希望她可以开心一点儿，不要有那么大的负担。如果她不想和许家保持联系，那么他就是她的依靠。

如果她愿意试着改善和许家的关系，那他陪着她一起面对。

因为程洌呼吁大家理性发言，“弹幕”还算和气，观众没有过多地抨击许知颜的养父母。

程洌补充说：“我知道有个词语叫‘卖惨’，但我不会这么做。我们现在挺好的，也渐渐地放下了这些过去。我要说的重点不在这里。”

“对对对，你能不能说说你们是怎么学习的？我的孩子正好读高三。”

“你们高中的老师不管学生谈恋爱吗？”

“她不是高中时就和学校外面的混混一起玩吗？”

“楼上的，你亲眼见过吗？”

程冽从头到尾都没有正面承认他们在高中时就谈恋爱了。他知道这是学校禁止的，不能向大众宣传这一点。

他说了一会儿学习的方法后，说："我们学校的校训很严格，班主任也非常尽责，但在那个年纪喜欢一个人是非常正常的事情。她是个话不多的人，在那时候带给我很多正面的想法和力量。我想，她的粉丝应该能感受到这一点。她对很多事保持着淡淡的态度，但是对喜欢的人又非常执着、认真。那个时候我很少社交，生活很枯燥。我觉得她……嗯……怎么说，她其实是个很有趣、可爱的人。我们经常会在一起讨论习题，并互相分享考试的重点。和有好感的人一起冲刺高考是件非常幸福的事情。所以我想，如果喜欢的那个人能给你带来好的影响，可以彼此鼓励，那么老师也不会管得太多。"

观众们纷纷回复。

"可是怎么可能有人真的好几年不谈恋爱啊？"

"我不太信这种感情，感觉不真实。"

"我是知颜的粉丝。我信她，也信主播。"

"那张照片上的她看起来挺主动的。"

"主播还有什么学习方法可以分享给大家啊？"

"她是随大的啊？真厉害。"

"我妈妈问我为什么哭，我说吃了个柠檬。"

程冽说："不真实的事情有很多。我之前也想不通为什么自己的命运会拐个大弯，但她真的一直在等我。我对她……挺愧疚的。我见过她为我掉眼泪的样子。可能是男人的自尊心在作祟，我很心疼。我想，任何一个男人都会尽自己所能去保护好家人。我对网络还不是很熟悉，但看了很多网友的评价，我要告诉大家，那些'黑料'都不是真的。如果她真的做过'黑料'里的任何一件事，那么我应该没有机会和她重新走到一起。八年挺长的，又好像很短，她的性格一点儿都没变，只不过她比以前更漂亮、更成熟了。"

"我懂了，还是要漂亮！"

"我喜欢了她好几年，她其实很少有绯闻。"

“很早之前她在采访上说过，有个很喜欢的人。”

“那个人就是老板吧？”

“呜呜呜，我是被证件照吸引过来的，来晚了吗？”

“好奇妙的一个故事！”

“你们什么时候去民政局？我出九块钱。”

程冽看着“民政局”三个字，愣了一会儿，然后继续讲述。

一旁的贺勤和杨倩芸听得直笑。

贺勤悄悄地和杨倩芸说：“我第一次听他说这么多话，真稀奇。”

杨倩芸笑了一会儿，说：“这件事让我两天没睡好，总感觉哪里怪怪的。知道程冽开店的人有很多吗？那些网友真的这么神通广大吗？只用了这么短的时间，就把程冽开店的事和那起案件全‘扒’出来了。你可能不知道，江黛琳也在娱乐圈里混。”

“江黛琳是谁？”

“看来你是真的不知道。”杨倩芸回想了一下，道，“江黛琳以前和程冽在一个高中读书，是许知颜的大学同学，和许知颜在同一时间进了娱乐圈。我这两天看了一些帖子，据说她们一直是竞争对手。”

“那些‘黑料’是她爆的？她叫什么琳？老子要收拾她！”

杨倩芸扑哧一声笑出来：“收拾她什么？我只是随便说说。你别管，回头我问问知颜再说。”

许知颜在公司帮徐峻给几个新人上课，休息的时候看了一会儿程冽的直播，他刚好说到许志标。她猜到了，那天在医院，许志标应该和他说了很多。

紧接着，他说起了高中时代的事情。

她这才知道原来程冽那时候如此喜欢她。回忆起来，她总觉得程冽给了她很多，自己却什么也没做。

明明是他温柔地闯进了她的生活，帮她选择了未来的路。

许知颜捧着手机笑。那几个涉世未深的新人对视一眼，壮着胆子上去和她闲聊。

和许知颜聊天时，她们才发现她只是上课时比较严肃，私下里总是那么和善、温柔，不像网上传的那样。

大家忍不住在心里感慨：现在的网络环境真坏，说不定她们以后也要遭遇这些非难。

傍晚程冽结束了直播，他的喉咙有些发干了。他把直播间交给贺勤和杨倩芸，回到工作室给许知颜发了一条消息。

直播间里的观众还在闹腾。

“老板回来！我买九百九十九朵玫瑰！”

“我觉得老板说得挺有道理，不愧是‘学霸’。”

“的确，每个人都要为自己说的话负责。”

“他说话的声音听起来好舒服。”

“明天他还来吗？”

贺勤：“嘿，小伙伴们，我来啦！我们老板还有很多事情要忙，就让他去休息一会儿吧！下次有机会我给你们拍他！”

程冽直播时的视频很快被一些媒体剪辑出来，微博上又出现了关于程冽和许知颜的“热搜”。

因为程冽的回答滴水不漏，没什么“黑料”，网友唯一能攻击的点就是“卖惨”。

这个世界上除了不好的声音，还有很多理性的声音。当真相摆在面前，理性的声音就会被放大。

大家说：

“这叫卖惨？他们遇到的这些是他们自己能选择的吗？程冽能做理科状元，能考上随大，真的很有本事。难道我们不应该向他学习，不应该鼓励他吗？”

“我终于不用担心挨骂了。再说一遍，我是许知颜的校友。她高中时是个安静的女孩，哪有这么多乱七八糟的事情？为什么大家宁愿相信那些谣言，也不愿意相信她是个好女孩？”

“这是什么绝美爱情？好羡慕！”

“那些追着许知颜骂的，敢出来道歉吗？”

“大家要时刻谨记，微博用户的本科率不足百分之四。”

“只有我一个人觉得这个男的很帅吗？他的手指好好看啊！”

“哈哈哈哈哈哈哈哈哈，我就知道有人要这么说。”

“现在的女生都这么直接吗？”

“我看了直播，程洌真的好温柔，不论从哪个角度看都很完美！支持他！”

“我是程洌的朋友，名叫赵诚。他和许知颜的事就是这样，那些恶意谩骂的人敢出来道歉吗？”

“我是恒康高中的毕业生，和程洌一起主持过活动。他真的是个很有教养的人。许知颜是转学来的，年级排名前十，她的实力摆在那里，有什么好‘黑’的？”

李晁芮（飞寻乐队主唱）转发了微博：“知颜是我的大学室友。我早就解释过，‘吃瓜群众’在私信里骂了我多少次了？睁大你们的眼睛好好看看，收起你们的恶意和揣测，娱乐圈再脏也脏不过你们的心。”

李晁芮微博底下的评论是这样的：

用户 2375372：“你想蹭许知颜的热度？活该没名气。”

李晁芮回复@用户 2375372：“来我这里找存在感？你是孤儿吗？”

其他人：“哈哈哈哈，我们就喜欢看李姐反驳这些不讲道理的人。”

阿余转发了微博：“祝福姐姐。我也见过程洌哥哥，他们俩都是很好的人。”

粉丝：“啊啊啊！阿余哥哥终于发微博啦！我们也祝福他们！”

许知颜在扭转口碑的同时，也让程洌的店铺火了一把。虽然不少人只是围观一下网店，但花卉的销量真的多了起来。

所以难免还是有人质疑，觉得这是一场“炒作”，一种营销手段。

程洌在直播过后再也没在视频里露过面。他很忙，也不想给自己立什么“人设”。

但因为这件事很有热度，一些节目的制作方找上了门。

许知颜接的综艺节目不再那么局限。从前她顶多参加一些美妆类的综艺节目，但这次有好几个比较火的综艺节目的策划找上了她。

徐峻挑了几个综艺节目的策划书给她看，类型很统一——情侣真人秀。

一档是湖蓝卫视的《初恋日记》，一档是飞鹰卫视的《女朋友的浪漫旅行》，还有一档是网络综艺《结婚吧》。

徐峻分析了一遍，认为这三个综艺节目都不错，类型属于比较热门的，而且录制的时间都安排在明年。

他们的兼职合约明年就生效了。如果她接受这几个综艺节目的邀请，把合同上约定的业务量一口气做完，其他时间，徐峻就不会再干涉她。

许知颜看过这种节目，不是很想接，因为涉及程冽。

现在的网络风气还是差，有时节目剪辑得不好，就容易出负面评价。

程冽越来越忙了，那些评价只会给他带去额外的困扰。再者，他本来就不混这个圈子，让他录节目，效果恐怕不佳。

徐峻知道她会这么说，又给她做了一通思想工作。

“你总得赚一点儿奶粉钱吧？你在录节目的时候还能和他见面，这不是一举两得吗？你怎么知道他一定不愿意参加呢？”

许知颜从心底不想参加此类综艺节目，但晚上和程冽视频的时候还是提了一下。

已经冬天了，2020年快结束了。

最近卢州一直在下雨，程冽晚上经常睡在工作室里，窗户外面滴落着雨水。

程冽听到有情侣类的综艺节目给许知颜发去了邀约，稍微愣了一下。看许知颜的意思，她不想接。

原因他能猜得到。

如果她接了这几个综艺节目的话，明年大部分时间就可以安心地在卢州休息了。这段时间他们聚少离多，他很想她。

许知颜盘算着接下来的工作安排，想抽空回来一趟，和他一起跨年。

程冽也想和她一起跨年，因为今年太忙，连她的生日都没有陪她一起度过。

前几天，他本来想去随城，但临时有事，只好取消了行程。

程冽看着视频里她沉静温柔的脸庞，问："三个综艺里，哪个比较好？"

许知颜正坐在床上涂指甲油，听到他的问话，手一抖，涂歪了，抽了几张纸擦。

随后她抬起头看向他，问道："你愿意参加？"

"是生活化的综艺节目吧？我觉得可以接受，既可以见你，又不会耽误各自的事情。等录完节目，你也能回卢州了。"

"可是……"

"知颜，你不能总担心别人对我的评价不好，店铺做了几个月了，我们也收到过一些差评。有些人收到货发现苗有枯死的迹象，有些人觉得苗太小，有些人纯粹是无理取闹。我们不能左右别人的想法，做好自己就好了。"程冽低声道，"就参加这一次，让镜头记录下我们的生活，等将来作为一段回忆也不错。"

许知颜沉默了好一会儿，说："我再想想吧。"

对她来说，录制综艺节目是没什么问题的。她怕到时候出现不好的言论，无法克制自己。

可是程冽说的话打动了她——留下回忆。

她和程冽谈恋爱没有拍一张合照，没有录一段视频。他留给她的只有一枚玉佛，一株她养不活的花，一本有他字迹的习题册，这些都不够生动。

他们可以借此机会留一段回忆，老了以后再看，会另有一番感触。

考虑了一个星期，许知颜选了《初恋日记》这档节目，因为节目的制作人是国内顶尖的，不会恶意剪辑。《初恋日记》的往期内容做得很好，获得的评价很高，被观众誉为"治愈系"恋爱节目，真实而轻松。

许知颜和节目组签完合同，双方定下的录制时间是 2021 年的一月上旬。

与此同时，许知颜起诉营销账号的案件也在一步步地推进。

许知颜在拍摄一组杂志内页照片的时候再次遇到了江黛琳。

拍摄地点在海边。冬天，两个人都被风吹得有些冷。

江黛琳以为她们这次相遇也会像之前一样，互不搭讪，但休息的时候许知颜主动给她递了杯热咖啡。这不是什么示好的动作，因为许知颜的眼神十分冷漠。

许知颜拢了拢长发，羽绒外套上的软毛顺着海风飘来飘去。

许知颜抿了一口咖啡，冷冷地开口："我知道是你干的。"

江黛琳环视一周，皮笑肉不笑地说："什么？"

"那些'料'都是你放的吧？"

"不是我。"

许知颜望着远处的礁石，问："你还喜欢程冽吗？"

江黛琳仿佛听了个大笑话："我为什么还要喜欢他？"

"所以，你就要揭他的伤疤吗？"

"我不知道你在说什么。"

江黛琳想离开这里，许知颜说："我请人查过在网上散布谣言的账号。"

江黛琳停住了脚步。

许知颜："陈玫帮了你很多吧？"

江黛琳转过头，冷笑了一声："那又怎么样？你现在不是被洗得很干净吗？通过这次'炒作'，你和程冽可谓是名利双收。"

许知颜很平静地放下咖啡，问江黛琳："你为什么这么恨我？是因为程冽，还是因为我抢了你的资源？"

这是她俩六七年来第一次正面交锋。

江黛琳捏了捏手里的咖啡杯柄，直言不讳地道："你来恒康中学之前，我一直在女生里排名第一。我承认，程冽人不错，是个不错的朋友。我只是不明白，自己哪里比不上你？这些就算了，在高三的元旦晚会上，我们的表演节目不是也撞到一起了吗？还有大学……你为什么要和我挤在同一条路上？之前好几个代言应该是我的，但最后莫名其妙地变成了你的。我不明白。许知颜，我觉得你在针对我。"

"但我从来没有在背地里散布过你的谣言。"

江黛琳一愣，忽然笑了几声："你保持良心有什么用？就算不是我，别人也会'黑'你，在这个圈子里混，不就是这样吗？"

许知颜也笑了，缓缓地道："因为我没有做那些事情，所以不管是谁站出来爆料，我都问心无愧。你呢？等到你大红大紫的那一天，真的能在圈子里站得住脚吗？这几年，因为私事被曝光而掉下神坛的艺人，你数了吗？"

"我做什么了吗？你有证据吗？"

"今年年初，你刚和港都某位导演分手吧？是因为他的老婆发现了，还是因为……你们感情不和？去年你酒驾被查，当时那位富二代花了多少钱帮你把这条新闻压了下来？还有……"

"你是怎么知道的？你……"

江黛琳的身体晃了晃，这些消息除了她的公司，不可能有其他人知道。

许知颜收敛起笑容，朝远处要她开工的导演点了一下头，对江黛琳说："我不是在威胁你，也不会把这些消息泄露出去，只希望你别再做那些幼稚的事情了。我不打算接戏，也不打算在这个圈子里长期发展。"

说完，许知颜站起身往前走。走了两步，她回过头说："对了，陈玫应该马上会收到法院的传票，你记得再招个助理。"

不远处，陈玫手里的水壶哐当一声掉在地上。

许知颜看都没看陈玫一眼。

事情的起因是那天杨倩芸发的一条朋友圈。陈玫早就和杨倩芸互删好友了，看不到对方的朋友圈，但是她们加入了同一个同学群。

群里有人问杨倩芸："最近你在搞什么，是去当主播了吗？"

杨倩芸出于好意，宣传了一番程洌的店铺，没想到会被有心的陈玫利用。

程洌直播完，许知颜简单地告诉了他关于江黛琳的事情。贺勤和杨倩芸也在旁边听着，贺勤还出了个主意。

贺勤确实是个人才，三两下就查到了很多东西，也确定了对方的身份。

许知颜让他们别宣扬出去，一切走法律程序。

2020年十二月底，许知颜终于有空了。她开车回卢州，还带着童琪。

许知颜之前租的房子早就退了，回来后她没地方住，还好贺勤和杨倩芸前段时间合租了一套房子，搬走了。

程洌的家里少了个人，许知颜回来后，就可以和程洌一起住。

不过现在她带着童琪，只好和童琪睡一个房间，程洌单独睡一个房间。

许知颜把晚上的住宿安排和童琪说了一下，童琪啊了一声，很不好意思地说："我好像当了个电灯泡。知颜姐，其实我住宾馆就可以了。"

"宾馆很远，你就在这里住吧，没事的。"

"那好吧……程洌哥哥的弟弟在家吗？他不在的话，我睡一个房间，你们睡一个房间，正好。"

"听说他要回来，不过今晚不一定。"

童琪嗯了一声，脑海里浮现出程扬的模样。

许知颜瞥了她一眼，问道："你在想什么？笑得那么开心。"

"啊？我笑得很开心吗？"

"嗯，对啊。"

童琪摸了摸自己的脸，好像有些烫。

车子刚开到小区楼下，她们就听见了贺勤爽朗的笑声。

前段时间许知颜托童琪购买了一些礼物，因为元旦节不是中国传统新年，所以买的东西不是很多。

此刻这些礼物躺在后备厢里。童琪背上书包，帮她提了上去。

程洌已经准备好了一桌饭菜在等她们。童琪这次不觉得陌生了，笑盈盈地跟大家打了招呼。

程孟飞见这姑娘的笑容甜甜的，心里头欢喜得很，招呼童琪赶紧坐，又看了一眼越发消瘦的许知颜，怜爱地道："你买这些做什么？次次来次次买，多浪费钱啊，你的钱又不是大风刮来的。"

许知颜笑笑，把东西放在一旁，说："这双鞋是防水的，你穿着它，踩在雪里也不会浸湿脚，别不舍得穿。"

程孟飞摸着崭新的鞋子连连点头，不远处的程冽看着这幅画面笑了笑。她倒是和他想到一起了。

这些年来，程冽不在家，小扬不谙世事，程孟飞活得很粗糙。

程冽回来后看着这个熟悉的家，发现八年过去，家里竟然没什么变化。程孟飞的衣柜里只添了几件新衣，鞋柜上的鞋子只有两双。

程孟飞说，衣服和鞋子都有，只是总不记得穿。许知颜每次回来都会给他买一些衣物。

程冽的心里挺不是滋味。

程孟飞辛苦了大半辈子，操心了大半辈子，现在两个儿子都成年了，却连一天舒心的日子都没过上。

这些天，程冽看着程孟飞穿着那双开胶的鞋子，心里五味杂陈。

他也给程孟飞买了一双鞋，质量可能不如许知颜买的好，但买鞋用的钱是店铺的第一笔盈利。

程孟飞不像以往收了鞋就往旁边一放，而是兴致勃勃地试了起来，还问许知颜穿上后看起来精不精神。

几个年轻人都很捧场，说："精神，特别精神！"

程孟飞意味深长地说："今年倒是巧，儿子和儿媳都给我买了鞋。怎么的？你们是想让我好好地锻炼，给你们带孩子吗？"

贺勤竖了个大拇指，还是前辈高明，这都能硬扯到一起。

许知颜和程冽隔着半个客厅对视了一眼，都没接话，只是笑着，算默认了。

程孟飞心里有底了。他想，他们感情稳定就好，到底什么时候生孩子无所谓。他可没心思带宝宝。

大家热热闹闹地吃过晚饭，贺勤提出要打麻将。童琪不会打麻将，摆摆手说有点儿累，想先去休息。

程冽带童琪走进程扬的房间，说："床单、被套都是新买的，你安心睡，这边有充电的插座。"

童琪环顾了一圈，这是她第一次进程扬的房间。

她问程冽："我住这里，他知道吗？"

“知道的，我和他打过招呼。”

“他明天回来？”

“嗯，没事，到时候他可以和我爸睡，或者让知颜和你挤一挤。”

童琪点点头：“谢谢程冽哥哥，我不会乱动他的东西的。”

程冽浅浅一笑：“他的房间里也没什么重要物品，你自在一点儿。”

关上房门后，程冽坐到了牌桌旁。贺勤搓了搓手，说：“今晚夫妻档对夫妻档，非要拼个你死我活。来吧，开战吧，精神小伙们！”

程孟飞扶着腰在旁边看了一会儿，啧啧感叹：“小勤啊，你今晚得捂好钱包了，我儿子可不是省油的灯。”

“我不信！”

玩到最后，贺勤喝了杯枸杞茶，哀呼道：“哥，你哪里是用油的灯啊？你比爱迪生发明的第一个灯泡还猛！”

两个女生倒是打得中规中矩。

程冽没拿赢贺勤的那些钱，说：“就当我给你包了个过年红包吧。”

贺勤也不是小气的人，提出明天请大家吃海鲜。

送走贺勤和杨倩芸，程冽和许知颜终于有了独处的时间。

许知颜在他的房间里收拾行李，准备洗澡睡觉。程冽收拾完客厅，走进房间，关上门。夜忽然变得很静。

他们有多久没见了？

自从上次他去随城找她后，两个人就没见过了，直到今天。

程冽慢慢地走到她身后，什么也没说，抱住了她，闻着她身上的香味，瞬间放松了下来。

许知颜在笑，轻声道：“我先去洗澡。”

“不急。”他说。

话音刚落，程冽就吻上了她的耳朵。感受到程冽的热气，许知颜整个人都软了，感觉身上酥酥麻麻的，像被火烧着了，一点一点皱起来的塑料薄膜。

她转过头去看他，程冽顺势捏住她的下巴，温柔地吻了她的嘴。

亲吻了一会儿，许知颜拉开他的手，说：“先让我去洗澡。”

尝到了许知颜的味道，程洌觉得够了，但还是没放她走。他把她揽入怀里，贴着她的脸，问："你在这里待两天，是吗？"

许知颜环着他的腰，点了点头，说："元旦那天我要出席一个商业活动，等这个活动结束，我们参加的综艺节目就要开始录制了。"

我们的综艺。

程洌觉得这五个字听起来依旧很奇怪。

以前，许知颜从没想过有一天会和程洌一起来录节目。

程洌说："我会尽快安排好手头的工作。去录节目时，我需要准备些什么？"

"你不用刻意地准备什么，真实就好。"

"节目在卢州录还是在随城录？"

"看节目组安排。"

"那你爸妈那边呢？"

许知颜："明天或者后天抽空去一趟吧，我也给他们买了礼物。"

程洌："他们……"

"程洌，你想说的我都知道。"

程洌嗯了一声，吻了吻她的额头，不再继续这个话题，说："你去洗澡吧，水是热的。"

这一晚过得很平静。洗完澡后两个人躺在一床被子里，却什么都没做，只是吻了对方很久。

她穿着很薄的睡衣，肩膀露在外面，能感受到一阵阵凉气。

程洌给她掩好被角，又摸了摸她的腰，说："你又瘦了。"

被程洌灼热的手掌一碰，许知颜觉得心也热了，满怀眷恋地扎进他的怀里，靠着他的胸膛听他的心跳声。

这种感觉和打视频电话完全不一样。

两个人不在一起的时候，会开着视频各自忙活，偶尔看一眼对方，那时候，她觉得很满足。但和现在比较，只聊视频电话还是不能让她满意。

许知颜说："时间好快，马上又要过年了。"

"嗯，眼看着我要三十岁了。"

她笑着说："不是还有两年吗？"

"二十八岁和三十岁也差不多。"

听到这话，许知颜抬起头看他。她发现即将二十八岁的程冽，眉眼之间满是刚毅的男人味。他的眼睛黑漆漆的，温柔而深沉。

她想，幸好上天恩待他。

程冽对上她的眼眸，摸了摸她眼角的泪痣，问："看什么？"

"我觉得你长得不显老。明年你入学后和新生混在一起，大家应该不知道你的真实年龄。"

"还是不一样的，我的眼神、神态，怎么和十八岁的人比？"

"怎么不能比？这里……不是和十八岁的时候一样吗？"

话音刚落，她就用手指钩住了他的睡裤结扣。

程冽笑着亲了亲她，低声问："那时候，你是怎么想我的？"

"什么怎么想你？"

他摇摇头，想结束这个话题。但他们到底有两三个月没见面了，他光是闻着她身上的香味就觉得心乱。

吻了他一会儿，许知颜试探着问："不想吗？"

许知颜开了好几个小时的车，很疲惫，但十分珍惜和程冽在一起的每一分每一秒。

程冽抱着她笑了起来。

他诚实地说："想。"

"嗯？"

"可是童琪在隔壁。"

"有关系吗？"

那时候他不怕程扬听见，现在倒怕童琪听见。许知颜想，都是成年人了，童琪会不知道两个久别的情侣见面时要做些什么吗？

程冽很有耐心地解释说："她是客人，这样做不太好。"

许知颜笑了一声，说："那我睡了？"

"嗯，明天早上我叫你起床。"

第二天凌晨，大家还在睡梦中，程扬到家了。他进门的动静很小，几不可闻。

程扬习惯性地换上自己的拖鞋，往自己的房间走。

窗帘被拉得很严实，屋内漆黑一片，他皱了皱眉，打开了房间的灯。

刺眼的灯光一下子把童琪惊醒了。她在被窝里滚了滚，呢喃着道：“知颜姐，是你吗？”

程扬开灯的手就这么僵在半空中。

他看着穿着卡通睡衣的童琪，心里一颤，想起程冽说过，童琪会暂时在他的房间里睡一晚。

程冽还特意买了粉色的四件套。程扬的房间里第一次多了亮色的物品。

童琪迷迷糊糊地支撑着自己从床上坐起来，看清眼前的人后，她的大脑断线了。

“我……你回来了啊……你要用房间吗？”

啪嗒。程扬又把灯关了，整个房间陷入黑暗中。他用低沉的声音说道：“你睡吧。”

然后他直接关上房门出去了。

童琪被吓到了，哪里还睡得着？她翻来覆去地想着刚刚看见的那张脸。

程扬真的好帅。

一段时间不见，她觉得程扬好像更帅了。

程冽起得早，一出门就看见在客厅沙发上坐着的程扬。程扬对着笔记本电脑在敲键盘。

程冽看程扬穿得单薄，拿了一件自己的厚外套给他，说：“你什么时候回来的？怎么不给我打电话？我可以去接你。”

程扬裹着大衣没说话，只是摇了摇头。

程冽想摸摸他的头，但想到他是个大男孩了，就把手收了回来。程冽拿起钥匙，说：“我去外面买早餐，你想吃什么？”

“吃什么都可以。”

“那还是一杯豆浆，两个肉包子？”

“嗯。”

初冬的早晨，阳光混着市井的烟火气照着整个城市。程洌和新开的包子铺的老板已经认识了。他买了一家人要吃的包子，和老板聊了两句。

那老板装好最后一杯豆浆，扶了扶腰，问程洌：“冬天的花卉生意不好做吧？对了，我听你爸说你有媳妇了？本来我还想给你介绍我的远房表妹呢。你们什么时候结婚啊？”

程洌接过那杯豆浆，说：“快了。”

“挺好的！你明天再来买早餐啊！”

“好。”

程洌十来分钟就走回了小区，刚好碰上一个要去学校上课的初三学生。他是个男孩，拽着书包，叼着一袋牛奶去赶公交车。从楼道里传来他奶奶的喊声：“跑慢点儿。”

程洌记得他。程洌读高三的时候，这个男孩子才七八岁。一转眼，男孩就像雨后春笋一样长高了很多。

男孩的奶奶瞥见程洌，笑盈盈地道：“阿洌买早餐回来啦？你的女朋友又来了？”

程洌点点头：“她是昨晚回来的。”

“那姑娘我也喜欢，今年你们要结婚了吧？”

程洌还是那个回答：“快了。”

不知道从什么时候开始，程洌遇到熟人都会被问一句：“你们什么时候结婚啊？”

刚认识的人得知他的年龄，会问他：“结婚了吗？有孩子了吗？”如果程洌回答还没有结婚的话，他们又会问：“什么时候结啊？”

从前的老朋友、老同学在上次的网络风波过后和程洌再次联系上了。他们在一起聊天的时候，话题总会转到许知颜身上。他们说：“你再不和她结婚，就太对不起她了。”

他知道只要他开口求婚，许知颜一定愿意。可是有很多外界因素让他暂时不想结婚，他一定要先做好准备。

明天就是新的一年，大家都盼望有个新的开始。

他也想让他的人生和爱情从头开始。

程洌回到家，程孟飞已经起来了，神清气爽地说："我吃一个包子就够了，今天约了老李打麻将。你们年轻人就在家里玩吧，我不打扰你们了。"

说完，他穿上儿子新买的鞋，啃着包子，乐呵呵地出门了。

程扬还在电脑前敲敲打打，程洌让他去洗漱，准备吃饭。

程洌进了卧室，昏暗的光线下，许知颜睡得很沉。

程洌轻轻地走过去，伸手摸了摸被子的温度，然后把电热毯关了。

他走之前开了电热毯，现在被窝的温度刚好，再开一会儿，可能会把她热醒。

昨晚吃饭的时候童琪说，许知颜为了回来跨年，把工作都提前安排好了。因为之前出了那件事，许知颜临时接到很多综艺节目的邀约，要去很多城市录节目。

昨天她开了那么久的车，晚上还陪着他们打麻将，是挺累的。

她疲惫地睡着了，连他亲了她的额头都不知道。

今天没什么事，大家准备聚在一起吃饭，放松一下。

程洌没叫醒她，把她起床后要穿的裤子、裙子、毛衣、大衣都整整齐齐地摆在床的另一边。这样她起床后就不用再到处找衣服了。

许知颜是被外面贺勤的笑声吵醒的。她翻了个身，感觉到身边空荡荡的，条件反射般坐了起来。

她盯着房间看了几秒，忽然回过神来。她在程洌家里，程洌就在外面。

又看到床边叠得整整齐齐的衣服，她捏了捏眉心，笑了。

冬天许知颜穿的衣服很简单，一件毛衣，一条长裤，再加一件长款羽绒服。白色的羽绒服映着晨光，看上去十分柔软。

她一打开卧室的门，在客厅里的人就不约而同地看向了她。

贺勤捂着嘴巴，说："对不起，肯定是我吵到你了！"

许知颜摇摇头表示没事，问程洌："你不是说会叫醒我吗？"

程洌笑着说："我去给你准备早餐。"

许知颜去洗漱了。程洌煮了一个鸡蛋，热了一杯豆浆，又给她准备了一片全麦面包。

只有贺勤知道全麦面包是昨天下午程洌特意去买的，谁让许知颜要减肥呢？

客厅的沙发上坐满了人，程洌让她坐在他的位置上，自己则坐在扶手上给许知颜削苹果。

阳光从阳台洒进来，挂着的衣服散发着洗衣液的独特香味，窗外传来楼下大爷、大妈的晨练声。他们窝在这间老旧的客厅里说说笑笑，神采飞扬。

贺勤提议下午出去玩，比如去游乐园，或者搞个户外烧烤。

大家对这个提议挺满意的，只有杨倩芸问："我们下午在家里休息，打打牌不好吗？"

程洌在入冬的时候又招了两位主播。其实，这两位主播没什么经验，他让杨倩芸带着她们播了一段时间。现在程洌偶尔会让她们直播几个小时，但主要还是靠杨倩芸和贺勤。

加入程洌的队伍后，杨倩芸没放过一天假，每天都很拼，干劲十足。在2020年的最后一天，她犯懒了，哪里都不想去，只想舒舒服服地坐在沙发上看电视剧。

贺勤知道她的想法，所以瞟着许知颜，对程洌说："哥，那你们呢？"

许知颜好不容易回卢州一次，贺勤还是想让她做主。

程洌衡量了一下，说："下午我们做什么都行，你们决定。"

程洌本来想说晚上有事，但话到嘴边又咽了下去。

贺勤说："那斗地主吧！我的牌瘾上来了。"

程洌把苹果削成小块放在小盘子里，问许知颜："你想打牌吗？"

许知颜休息了一晚上，精神状态很好。她点头说可以。

只是……程扬和童琪怎么办？

童琪赶紧说："你们不用管我，我看电视就好。"

程扬一向话少，性格孤僻，不喜欢打牌。他看着大家，慢腾腾地挤出一句："我也看电视……"

于是，贺勤这边组织起牌局来，那边童琪和程扬坐在一起一言不发地看电视。

综艺主持人："哈哈哈哈，好好笑。"

童琪笑出了声。

程扬面无表情。

打了一下午牌，程洌没输没赢，贺勤和杨倩芸输了，许知颜是最大的赢家。大家清楚，程洌给许知颜"放水"了。

许知颜牌技不佳，单靠实力，贺勤能让她输得精光。

洗牌的时候贺勤忍不住问许知颜："嫂子，你平常休息都做什么？是打游戏，还是读书看报？"

许知颜一开始没听明白，挺认真地说："我的空余时间比较少，偶尔会看看新闻，或者看电视剧。"

"我说呢……"

"嗯？"

"对于你的麻将和扑克牌技术，我只想说一句话。"说着，贺勤伸出一根食指左右摇摆，"一点儿也不行！"

程洌笑了起来，把手搭在许知颜的腰间，轻轻地拍了两下，说："他说你的牌技烂。"

许知颜也笑着承认了。

她的人生真的无趣到了极点。读书的时候，她围着几门课程转，没什么喜欢听的歌，没什么业余爱好，也没什么远大的理想。

所有的改变都是从她遇见程洌开始的。

她认识严爱、季毓天是因为程洌，认识贺勤也是因为程洌。

贺勤点了海鲜外卖，许知颜点了奶茶和炸鸡。

天已经黑了，他们虽然关了门窗，笑声还是会传出去。

饭桌上堆满了食物，那只帝王蟹就占了一半的餐桌面积。程洌给许知颜剥蟹肉，想让她补充一点儿蛋白质。

贺勤给杨倩芸挖生蚝。

童琪看在眼里，感到很羡慕，啧了一声。

程扬停顿了一下手上的动作。他本想把自己剥的虾递给童琪，但最终没有这么做。

贺勤如饿虎吞食，一边吃一边含混不清地说："今晚有烟火大会，八点开始，咱们要不要去？"

程洌说："你们要去？"

"吃完了我们想出去走一走，开心一下。广场上应该还有其他活动吧？"

杨倩芸听说有烟火，眼睛一亮，说："我想去。"

程洌问许知颜："你呢？"

许知颜："我去不去都行。"

童琪表示自己也可以去。

程洌慢慢地点了点头，说："那等一会儿我们一起去。"

晚上七点，大家收拾了一番，准备出发。

今晚可能要下雪，程洌拿出柜子里新买的围巾和帽子，想了想，又拿了一条珊瑚绒的小毛毯。

许知颜看着粉嫩的围巾和帽子，说："你新买的？"

"嗯。我是给你买的。"

走在后头的杨倩芸听见了，掐贺勤："你给我准备了什么礼物？"

贺勤把她的帽子一扣，说："我会用实际行动来为你保暖。"

童琪乐了，但心头更酸。她想，早知道这样就不来了，但是如果不来好像又特别……特别……

她的心中有种难以形容的情绪。

到了楼下，许知颜说："我的车坐不下那么多人，我们再叫一辆车吧。"

程洌握住她的手："不用。"

紧接着，他从口袋里拿出一枚车钥匙，按了一下。不远处的一辆白色商务车的车灯亮了。

许知颜打趣说："这不会也是你给我买的吧？"

程冽："算是吧。"

贺勤配合地说："噔噔噔噔！冽哥给你的惊喜！开心不，嫂子？"

买车的事情，贺勤和杨倩芸都知道。程冽在一个多月前就买了这辆车，怕平时没车不方便。买车时他办了贷款。

他想，有了车就可以随时接送许知颜了，还可以带着程孟飞、程扬一起出行。所以，他选了一款商务车。

贺勤本想坐坐程冽的新车，但程冽说："你开知颜的车，带他们走。"

"啊？为什么？"

"她昨天开了太久的车，你让她休息一下。"

"对……那……"

杨倩芸拽过没眼力见的贺勤，说："走走走，我们四个人开知颜的车走。"

许知颜打量着程冽，觉得他有点儿奇怪。

上了车，她系好安全带，说："你买车怎么没和我说？"

程冽发动车子，浅浅地笑着："我想给你一个惊喜。"

许知颜一时没理解到程冽的想法，只觉得男人果然天生爱车。

贺勤想去五峰湖看烟火秀，开车过去差不多要四十分钟，程冽的车跟在他们后头。

许知颜看着导航，思索了一会儿，问："这个地方是不是在我们去的那个面馆附近？"

"嗯。"

"我们赶得上吗？"

"赶是赶得上，只是我们不一定能看到烟花。"

"嗯？"许知颜后知后觉地明白了，"也对，人肯定很多。"

程冽说："所以我们不去那里。"

许知颜用右手肘撑在车窗的边缘上，用手背抵着脸颊。她听到程冽的话，微微地转过头看向他。

这下她真的听不懂了。

程冽拿起手机给贺勤发了条语音：“你们先去，我们临时有点儿事要处理。”

贺勤回了个“OK”的表情，一看就是杨倩芸代发的。

程冽拐了个弯，车子驶入了另一条道路。

渐渐地，他们离这个小城市越来越远，旁边的车越来越少，路灯的光也变得越来越清冷。

许知颜看到一个生锈的公园小标牌，突然懂了程冽的想法。

她一开始没想到，此刻眼睛里荡漾着温柔的光。她问：“你怎么突然带我来这里？”

程冽将车开上山头。这辆车的性能比当初的面包车好太多，车身碾上石头也没有一点儿颠簸。

他把车停稳，熄火。在夜色里，他的声音听起来很性感。

他解开自己的安全带后，又俯下身去解她的。

两个人的面孔贴得很近，温热的呼吸交缠在一起，眼睛里只有彼此。

程冽笑着说：“我带你看烟花。”

程冽不在的日子，她每次回卢州都会去吃一碗面，去学校走一走，和蒋飞见个面，去看望程孟飞和程扬，唯独没有来过这里。

她不敢来。

这是座没有什么人气的开放式公园。他们站在山头能看到卢州在这些年里的变化。

再次来到这里，许知颜望着眼前虚幻的夜景，仿佛回到了那个青涩、火热的夜晚。

程冽说带她来看烟花，她一听就知道是玩笑话。

下了车，许知颜裹紧羽绒服，借着车灯的光往前走了几步。程冽跟在她后头，用胳膊搂着她。

冷冽的空气一股脑儿地往他们的鼻腔里钻，寒冬的风像刀片一样。

许知颜的头发被吹了起来，光洁的额头饱满而白皙。她似乎不怕冷，还深吸了一口冷空气，嘴角上扬。

程冽也轻轻地笑了，从后面抱住她，用下巴抵着她的脑袋，又吻了一下她的头发。

许知颜说："卢州的变化很大，是不是？"

霓虹灯带往外扩展了很多，几座高架桥像藤蔓一样交叉在一起。

程冽想起小时候上山来玩时看到的景象。说起卢州的变化，他的感受比许知颜更深刻。

他亲眼看着这座城市一点点地建设起来，夜晚的光越来越亮。

程冽的喉结滚动着，他嗯了一声。

许知颜想起从前，笑着说："那会儿我让你带我去看星星，总觉得就算我想去摘星星，你都能找到那个地方带我去。"

"大概吧。"

就算现在她想摘星星，他也会想尽一切办法带她去。

"今天你为什么要带我来这里？想在这里跨年吗？"

"你猜。"他低低地道。

许知颜靠在他的怀里。风把她的耳朵都吹红了，但她毫不在意。

她想了想说："其实我已经猜到了。"

程冽紧了紧环着她的腰的手，脸上的笑意更浓："是吗？"

她觉得自己猜对了。

因为这里对他们有特殊含义，今天又是个特别的日子，两个人应该要走到这一步了。

她和程冽都不是浪漫主义的人，相处模式又老套又俗气。但他们挺享受这种稳定的关系的。

不过许知颜不打算点破，于是靠在他的怀里不说话了。

两个人凝望着夜景，远处那座高高的白塔纹丝不动地屹立着。它是很多人的理想国度，是圣地。它没有变。

凝望着它的他们也没有变。

付出真心的人、给出的誓言、对未来的畅想……这些都没变。

许知颜还记得自己决定和程冽在一起时，做过的心理建设。她要自己平等地对待程冽，放下满腹担忧，并鼓起勇气。

如今她觉得自己都做到了。

她万分庆幸，现在站在自己身边的是他。

有朋友给她介绍别的男生，她的身边也有其他优秀的人。只是很奇怪，她就是喜欢不上他们。

所以即使现在的风像刀子一样，她也不觉得冷。

她从来没有这么轻松过。这些日子她很忙碌，可是心里很轻松。回到公寓后，她知道自己应该做什么。程冽每个夜晚都在上百公里之外等着她。

程冽不知道她在想什么，但能感觉得到她此刻心里的宁静和舒适。

他们站了几分钟，许知颜的头发变得凉飕飕的。

程冽握着她的手："你冷不冷？要不要回车里？"

许知颜看了他几眼，点头说好。

她似乎已经猜到了程冽想干什么。程冽笑着点点头。

她猜到了也好，一会儿他就不必搞得那么煽情。

许知颜要上车的时候，程冽按住了她的手，那张沉稳英俊的脸上浮现出一丝不自在的笑意。

他说："既然你都猜到了，为什么还直接往车里走？"

许知颜挑了一下眉："后备厢？"

他牵着她，压低声音说："你看看？"

"好啊……"

程冽把她带到车后，打开了后备厢。

后备厢被打开的一刹那，暖黄色的灯光像布袋里飞出的萤火虫一样，照亮了这一小片黑暗。

彩色的丝带随之飘起，只见后备厢里头铺满了粉色、红色、玫红色的玛格丽特。它们被包裹在淡粉色的包装纸里，开得正盛，朝气蓬勃。

摆在最中间的是一个长方形的纸盒。

许知颜在网络上看到很多人求婚时会这样做，觉得很普通，一点儿也不惊喜。

但当自己面对这种场面，才发觉会不会感到惊喜是取决于当事人的。

她没忍住，一下子笑了出来，弯起的眼眸像两轮新月。

程洌以为她觉得俗气，想解释两句。许知颜看向他时，眸子亮晶晶的，仿佛两颗落在绿叶上的露珠，晶莹剔透。

她弯腰凑上去，伸手拂过这些小小的、生命力十足的花朵，最后把手放在盒子上。

许知颜没有急着打开，问他："这里面装的是什么，你也要我猜一猜吗？"

程洌说："那你猜猜看。"

"嗯……你不会织了件毛衣给我吧？"

他笑着说："你怎么会想到毛衣？"

"你送了我围巾、帽子，再加一件毛衣不是正好？"

"你打开看看是不是毛衣。"

许知颜看了他一眼，试图从他的眼神里猜出盒子里的东西是什么。但程洌很笃定地认为这次她猜不到。

毛衣是她随口说的。她知道程洌是个实用派的人，不太懂浪漫。

盒子不轻不重，里面似乎真的放了件毛衣。

许知颜掀开了盖子，借着车里小灯串的光，看清了盒子里的东西。

这是一座用薄木板拼成的房子，不像从外面买的。因为它的边缘切割得没有那么完美，而且房型很真实，不是别墅，也不是城堡。

在大房子旁边还有一间矮屋，整体看起来很独特。

这倒是出乎许知颜的意料了。别人一般会往盒子里装名牌包或者化妆品来讨女孩子的欢心。

这个木头小屋看起来很平凡，没有多余的装饰。

程洌拨开房子二楼的阳台门，说："这里是卧室。"

许知颜愣了一下，很快就反应过来。

“这个是你自己做的？”

程冽嗯了一声。

许知颜重新打量着这座木头房子，果然，往里瞧还能看见擦不掉的铅笔痕迹。

程冽说：“这个房子的户型你喜欢吗？”

许知颜忽然想起和程冽提过自己的童话梦想。

她想去他的身边，拥有一个属于她和他的家，放松下来享受生活。

不得不说，程冽真的很懂她。

这个设计她非常喜欢。

许知颜把盒子放回车里，打开手电筒照着看，说：“嗯，我很喜欢，房子是你自己设计的吗？”

“不是，我请了一个设计师，和他商量了很久。方案是他做的，我用木头按照设计图纸把房子搭出来了。”

“这个设计师挺有才华的。这个小屋子是用来干什么的？”

程冽凑过去，说：“是个图书馆。”

许知颜笑了笑：“图书馆？”

她还是第一次听说有人在自己的家里设置一个图书馆的。

程冽说：“可以把它当成一个书房。二楼的空间分了很大一部分给阳台，一楼可以安一扇落地窗，对着餐桌，这样一来，房间的采光好，我们视野也开阔，在这里生活的每一天都会很舒服。”

许知颜在脑海里想象了一番。

程冽继续道：“我会在图书馆里做一个隔间，给我们办公用，整体风格要简约。我和设计师说过，要先给你看看结构，再由你来确定细节。所以……这个礼物你是喜欢的，对吗？”

许知颜关了手电筒，慢慢地直起腰，把视线从这座小房子上转到程冽身上。

她看着他：“嗯，喜欢。”

程冽笑了笑，抬手摸了摸她的脸。

两个人四目相对。风从他们面前掠过，有白色的一小片雪花缓慢地从高处落下，落在她的眼睫毛上。她眨了一下眼睛，雪花又不见了。

许知颜听到他缓缓地说："本来我想在你过生日的时候去找你，但临时有事，你也很忙，所以没去成。今年就要结束了，我不想再和你分居两地。知颜，我想和你一起生活。"

眼前的程洌一点点地和多年前的模样重叠。他的轮廓比那时候硬朗，思想也更成熟，但不变的是他看她的眼神。

那时的他也是这样摸着她的脸，深情款款地凝视着她。

那时候他们对彼此有好感，但还不够了解对方。

多年后，他想和她一起生活。

他给她的承诺包含了更多的感情。他要给她一段忠诚的婚姻，一个属于自己的家庭。她未来要和他共享每一日的点点滴滴。

许知颜看着他。她原以为自己在这一刻能控制住，但发现被深爱的人求婚真的会感动得一塌糊涂。

她笑了笑，重重地点了一下头，神情温柔。

程洌用手捧着她的脸，在她的额头上印了个吻。

程洌亲完她的额头，又吻上了她的唇。有一片雪花飘落在她的嘴唇上，冰凉的，但很快就融化在他们的热情中。

程洌搂着她的腰，深深地亲吻着她。

雪纷纷扬扬地下着，不一会儿，两个人的头发已经变白了。

她钩着他的脖子回应着他，当年那种单纯、热烈的感觉仿佛又回来了。

程洌的气息渐渐变得急促。

他抚着她的脸庞，摸到她冰凉的耳朵，结束了这个吻。

灯光下，许知颜的眼睛像一潭春水，嘴唇娇艳欲滴。

程洌没忍住，低头又亲了亲她。

许知颜拂去他发上的雪，看着他提醒道："你就拿一个手工模型来打发我吗？"

程洌笑了。他知道她说的是什么。

他动了动手指，低声道："东西在车里，你要不要去找一下？"

许知颜觉得今晚他在和她玩猜谜游戏，不过挺有情趣的。

许知颜走到车边，程冽说："在第二排。"

许知颜拉开车门，回头看了他一眼，开玩笑说："如果我三分钟没找到，今晚的承诺就作废。"

程冽示意她进去找。

许知颜刚挪进车里，就感觉到从后面袭来一股力，紧接着听到了车门关上的声音。

程冽从后面抱住她，把她按在了腿上，没给她开口的机会，直接用吻堵住了她的嘴。

黑暗中，他们只能看到前方山脚下璀璨的夜景和天上的点点星光。

两个人四目相对，程冽如火的吻切断了许知颜的思绪。

程冽面带笑意地吻着她，用力地含住她的舌头。

许知颜觉得他的眼神有点儿坏，像是蓄谋已久。

下一秒，她感到无名指一凉。

程冽从大衣口袋里伸出手，把一枚钻戒缓缓地套上了她的手指，但依旧没给她说话的机会，把她抱得更紧，吻得更深。

许知颜被吻得呼吸困难，可又控制不住地想笑。

她推开他，他不肯放手。她想暂停一下，他却没这个想法。

推搡了几下程冽，许知颜放弃了，挺直腰，报复似的主动吻他。

最后她狠狠地咬了一下他的下唇，血腥味在两个人的口腔里蔓延开来。

程冽皱了一下眉，神情却很愉悦。

高涨的情绪慢慢地平息下来，程冽终于舍得放过她了。

他们额头抵着额头，急促的呼吸交织在一起。两个人对视了一眼，眼神都是那么的温柔。

许知颜看向自己的手，只见这枚造型简洁的戒指闪着光，形状像一颗多角星，又像绽放的花朵。

程冽握住她的手，道："这是蒋飞的女儿设计的。我上次从随城回来，去拜访过蒋飞，聊到了我们的事情。我说想和你结婚，蒋飞说他的女儿正好在国外学珠宝设计。他的女儿设计了好几款戒指，我觉得这款最适合你。他的女儿说，这枚戒指的含义是‘你是我心中最耀眼且唯一的那个人’。”

他还记得他曾许下的誓言，也知道年少的承诺很少能成真。不过他和许知颜做到了。

无论是从前还是现在，他眼中的她总是光芒万丈。她美丽自信、大方优雅，把所有的温柔给了他。

她对他来说，是别人无法代替的存在。

那时候他以为时间能冲淡他们的感情，他会永远被困在那个暗无天日的地方，而几年后她会遇到其他优秀的人，重新开始生活。

但她没有。

他真的没见过这么倔强的人。她不顾一切地朝他走来，坚定地看着他，一点点地把他从阴影里拉到阳光下。

时隔八年，他再见到她，依旧会心动。她能轻而易举地挑起他的情绪。

现在，他也终于实现了年少时的梦想，把他的女孩变成他的妻子。

她是他心中最耀眼且唯一的存在。

许知颜笑着抱住了他，说：“嗯，我也很喜欢这个戒指。”

程洌抱紧她，温柔地说：“我还记得第一次在外面见你的时候，天下着雨，你在便利店门口吃干脆面。那时候我就想，这个女孩好像有点儿特别，以后要让她成为我的妻子，现在你真的要嫁给我了。”

许知颜微微一怔。

程洌亲了亲她的耳朵，压低声音道：“你是不是以为我们第一次见面是我去你家给你补课的时候？”

她抬起头，不可思议地看着他。

程洌的神情很温柔。他回忆美好的往事时，总会不自觉地流露出淡淡的笑意。

许知颜回想了一下，恍然大悟地微微笑了。

她问他："什么叫'好像有点儿特别'？"

程洌组织了一下语言："大概……我只是想认识你罢了。"

我想认识你，然后喜欢上你。

程洌说："我很爱你，知颜。我真的很爱你。"

许知颜的视线在他的眼睛和嘴唇之间移动。在他说完的那一刻，她吻住了他。

她一直以为是她先动的心。

现在她回想起来才知道，原来那些温柔是他的陷阱，一个让她心甘情愿地跳进去的陷阱。

他们吻了许久，程洌松开她的唇，吻向了她的脸颊、脖颈，然后是耳垂。

许知颜不自觉地挺了一下腰，程洌眼神深沉。

就这么对视了一眼，两个人觉得全身的血液都沸腾了。

车里的温度逐渐上升，一层薄薄的雾气覆盖在车窗上。

外头忽然响起一声声巨响，烟花在幕布般的夜空盛开、陨落。光线照亮了这个黑夜，透过车窗落在两个人的身上。

两个人的身影在月光下只看得清轮廓。

烟花的声音敲在两个人的心上。第一声是初识，第二声是第一次说话，第三声是第一次心动，第四声是第一次亲吻……

从前的种种随着声响绽放，又随着光影落下。

许知颜不断地叫着他的名字。

程洌，阿洌。

零点的钟声响起，最后一轮烟花冲向黑夜，红红的火焰映亮了这座城市，地面已经有积雪了，窗外的雪还在下。

许知颜裹着程洌带来的毛毯，靠在他的怀里小憩了一会儿，最后被烟花的声音吵醒了。

程洌一直没睡着，也没有做其他的事情，就这么抱着她，看她睡觉，偶尔抬头望一眼外面的风景，看着地上的雪越积越厚。

许知颜又梦到了那个夏天。

满城风雨。程洌背着光，身姿挺拔。周遭的人来来往往，只有他站在那里，一脸从容。

她醒来睁开眼，看见程洌的脸，和梦中的一模一样。

不知道在想什么，程洌唇角挂着很淡的笑。

感觉到怀里的人动了，他低头看着她，把毯子拢紧了一些。

“过十二点了。”他说。

许知颜轻轻地嗯了一声。

程洌还想说点儿什么，手机响了。

手机在驾驶座上振动不停。程洌一眼望去，看到“贺勤”两个字。

程洌扶起许知颜，探身去取手机。

程洌一接通电话，就听到贺勤喊道：“哥，你们在哪里？你们要和我们会合，还是等一会儿在家里碰头？”

贺勤的声音大，那边的噪声也大。许多人在互相祝福新年快乐，诉说着新的一年有什么愿望。

程洌看了一眼许知颜，握住她的手，对贺勤说：“我们在家里碰面吧。”

“行啊！那我把嫂子的车停下，车钥匙给小扬？”

“好。”

挂了电话，程洌把目光落在许知颜白皙的皮肤上。他捡起旁边的衣服，笑着说：“我给你穿。”

许知颜却摇摇头，靠在他的怀里，满怀眷恋地蹭了蹭，又闭上了眼。

她说：“车里很暖，我等一会儿再穿衣服。你刚刚在想什么？”

刚刚？

程洌握住她的手，轻声道：“我在想什么时候和你领证，什么时候办婚礼。”

她笑着问：“那你想好了吗？”

“等你交接好工作，我们去拜访一下你的父母。商量好以后，我们就把结婚证领了吧。”

“嗯，好。”

“婚礼的话……你觉得在什么时候办合适？”

他想给她的太多了，虽然能力有限，但还是想竭尽所能。

许知颜想过他们会领证、结婚、生孩子，但没想过具体情景会是什么样。

他们的婚礼要举办得很隆重，像严爱和季毓天那样吗？那种婚礼确实热闹，但她的身份始终有些特殊，她也不是很喜欢太烦琐的婚礼流程。

程冽很了解她，所以避开了其他人，在这个安静的地方求婚。

许知颜说：“要不等你把那座小房子盖好了，请大家过来吃个饭，就当是办了婚礼吧？”

“嗯？”

“我很喜欢这个房子的设计。我想，我们可以不去酒店办婚礼，就在自己家的院子里，叫上严爱、季毓天，请蒋飞做证婚人，请面馆的老板过来做食物，再邀请一些你的朋友和我的朋友，大家开开心心地玩一天就可以了。”

她想一切从简，办个简单却富有人情味的婚礼。

程冽说：“那我们要挑一个天气晴朗的日子。”

“要不就把时间定在初夏？我喜欢初夏。”

程冽算算日子，那时候新房应该建好了。

程冽低声道：“好。”

烟花盛宴接近尾声，新的一年开始了。

程冽低下头亲吻她的额头，轻声说：“新年快乐，程夫人。”

许知颜被这个称呼逗笑了。睁开眼，她看见程冽也在笑，笑容和从前一模一样。

许知颜说：“新年快乐，我爱你。”

她这一生过得平庸而跌宕，却也终于拥抱了清风。

从今以后，他们要长相厮守。

（正文完）

番外一

《初恋日记》的节目组在拍正片前要给大家录制一段先导片，录制时间安排在一月中旬。

临近年底，程洌和许知颜一个在卢州，一个在随城，各自忙活。导演组派出了两队人马，对他们分别进行拍摄。

为了拍到嘉宾最真实的一面，拍摄组的人架着摄像机搞突然袭击。不只程洌和许知颜被弄得措手不及，其他三组嘉宾也是。

摄像组提前一天杀了过去，浩浩荡荡的阵势让小区里的老年人都探出脑袋看热闹。老年人不懂这些，只知道电视台的人来了。

那些老年人在这里住了很多年。程孟飞的人缘不错，大家对程洌更是喜爱有加。多年前，电视台的人蹲在这里想拍摄程孟飞的潦倒模样，这让大家很反感。现在电视台的人再次来到小区拍摄，大家又开始生气了。

有一个老婆婆出来斥责他们，让他们赶紧走，别打扰大家的生活。

摄影师和导演都很蒙。他们见过赶着要上电视的，没见过一上来就赶他们走的。

小导演很客气地问："阿婆，我们是来拍摄节目的，不会影响你们。你为什么对我们的意见这么大啊？"

老婆婆中气十足地说：“你们这些拍电视的，专门偷拍别人的隐私。要不是你们乱做节目，老程的生活会受那么大影响吗？你们现在还来拍，让不让他好好生活了？你们赶紧走！”

导演笑了，耐着性子好好地解释了一番。老婆婆终于放下心来，说：“你们好好地拍，做事是要讲良心的，电视节目既然要放给大家看，就要确保内容真实！”

工作人员都笑了起来，点头答应。

他们好不容易上了楼，等在程家门外。结果他们等了好久，什么也没等到，只有从楼梯口不断吹来的寒风。

他们给程冽打电话，没人接。过了一会儿，程冽关机了。

副导演把文案卷成一个圈递到导演的嘴边，假装采访：“请问你现在有什么想法？”

导演坐在楼梯上：“我觉得非常有必要先写个剧本。”

副导演对着镜头说：“我们现在等了一个小时零八分钟了，请观众不要再说我们的综艺节目有剧本了。如果真的有剧本，我们会直接承认的！”

他们又等了十几分钟，终于听到了脚步声，是程冽回来了。

程冽刚从菜市场回来，提着很多东西，看到这么多人，愣了一下，随后笑了起来。

他说：“现在就开始录节目了吗？不是说明天才开始吗？”

他穿着一件黑色的羽绒服，眉目透着高冷，但很有亲和力。

程冽开了门，让大家进去坐。

导演：“我们可以拍你的家吗？”

“可以，请便。”

程冽给他们一人倒了一杯水。在冬天拍摄很不容易，工作人员的手脚都冻僵了。

因为程冽不混娱乐圈，没什么拍摄经验，所以导演引导着他，问道：“你刚刚是去买菜了吗？”

程冽坐在沙发上，瞥向桌上的几袋菜，点头说：“今天知颜回来，等一会儿我要做饭。”

“她最喜欢吃什么？”

“她不挑食，就是不吃葱。她很喜欢吃藕带。”

“你们在一起的时候，都是你做饭吗？”

程冽笑了笑：“嗯，她不会做饭，但是会帮我打下手。”

导演：“哦，我忘了，请你先对着镜头做一下自我介绍吧。”

程冽用三言两语介绍完自己，表现还算自然。不过大家注意到，他说自己是许知颜的未婚夫，而不是男朋友。

他们一共请了四对情侣参加节目。一对刚恋爱不久，一对是程冽和许知颜，谈了一段时间恋爱；一对刚结婚不久，一对已经结婚好几年了。

这些情侣有一个共同点：都是彼此的初恋。为了让大家相信爱情，激起对爱情和生活的向往，电视台决定录制这档节目，并把节目命名为《初恋日记》。

从许知颜签下录制合同到现在，时间间隔不长，程冽却已经晋级为未婚夫了。节目组很遗憾没拍到他求婚的场面，就问：“你们有没有求婚的视频？”

程冽摇摇头，解释说：“她不喜欢轰动的求婚。我们都觉得求婚是私人的事情，希望对方能放松地享受这个过程。”

“我理解，你能说说当时的场景吗？”

程冽：“那得从很久之前说起。”

为什么他会带她去那个山头公园？为什么要选择那款求婚的戒指？为什么要送她玛格丽特花？这些问题都要从很久之前说起。

许知颜几乎在同一时间接待了摄像组。比起程冽，她面对镜头时更自在，也知道现在的综艺节目喜欢搞突然袭击，没感到太意外。

只是她正准备从随城回卢州。为求真实，摄像组坐进她的车里，跟着她一起去卢州了。

她到程冽家时，程冽正好烧完菜。饭桌上的菜热气腾腾的，满屋的香味把劳累了一天的工作人员弄得坐立难安。

程孟飞不想上电视，觉得自己会出丑，干脆睡在程洌的工作室，不回来了。程扬还在学校，于是家里只有程洌、许知颜和一群工作人员。

在镜头前吃饭，程洌多少有些不适应。

许知颜一边喝汤一边看他，强忍笑意。

她逗他："你不和我说话吗？"

程洌下意识地看了一眼导演，不知道应该说什么。

导演用眼神示意，他没看懂，剥了一只虾给许知颜，坦诚地道："我不知道该说什么，在镜头下什么话都能说吗？"

许知颜："你想说什么？"

两个人对视了一眼，笑了。

程洌到底没把话说出口，只是安安静静地给她剥虾。

晚上拍摄工作结束。送走工作人员后，程洌一个人在客厅里坐了一会儿。电视上在播放一档美食综艺节目，许知颜在洗澡。

他翻了几页导演留给他的拍摄安排，浏览了一遍节目的拍摄流程，发现拍摄时长是一个月。

他们四对情侣，拍摄主题不同：第一对是"恋爱纪念日"，他们是"结婚进行时"，第三对是"新婚小恋曲"，第四对是"婚后甜蜜蜜"。

程洌觉得"结婚进行时"这个主题很符合他和许知颜现在的状态。

他向许知颜求婚后，第二天去找了于艳梅，正好许志标也在。

第一次正式见面，四个人都不知该说些什么。于艳梅自顾自地在厨房里烧饭，许志标和程洌说了几句关于下棋的事情，许知颜坐在一边安静地听着他们的对话。

他们并没有反对程洌和许知颜结婚，只是说："你们开心就好。"

程洌和许知颜临走时，许志标说："有空两家人一起吃个饭。"程洌点点头，道了一声好。

程洌和许知颜商量了一番，决定等综艺节目录制结束后再约双方长辈正式见面，毕竟离举办婚礼还有一段时间。

许知颜洗完澡，觉得有点儿冷，回房拿了一条披肩。她从房间出来时，程冽还在发呆。

许知颜倚在卧室门口，说："你在想什么？这么入神。"

程冽抬起头，合上了流程稿。

他说："我在想怎么在综艺节目上表现得好一点儿。"

"今天的拍摄，你感觉不好？"

"也不是，只是我发现没办法在镜头面前和你自然地说话。"

程冽站起身走到她身边，摸了摸她湿漉漉的头发，搂着她往房里走。他拿出吹风机，娴熟地给她吹头发。

吹风机嗡嗡嗡地响，两个人暂时没说话。

她的头发快干了。程冽放下吹风机，把她横抱起来。她脚上的拖鞋没挂牢，掉了。

她被程冽放在床上。他早就开了电热毯，被窝里暖烘烘的。

程冽俯下身亲吻着她，说："今晚没别人在。"

许知颜笑了起来，戳了戳他的腰，说："这就是你在镜头前不能说的话？"

他也笑了："算是吧。"

他要怎么在那么多人面前抱她、吻她、说想她？

许知颜钩着他的脖子说："明天要去见蒋飞，我买好东西了，开你的车去吧。"

"好，我也买了一些礼物，明天一起拿过去吧。"

这是先导片要拍摄的内容之一。导演要采访两位嘉宾，给观众做个简单的介绍，再正式开启综艺节目。

他们要去拜访人生中很重要的一个人。说到这个，许知颜和程冽不约而同地想起了蒋飞。他们要邀请他做证婚人。

说起蒋飞，他们再次想起那遥远又清晰的过往。

今晚许知颜的心情特别好，在综艺节目录制的全过程中，她都能和程冽在一起。结束拍摄工作后，就是他们的婚礼。接下来，她只有几个比较小的合作事项需要处理，终于可以好好地和程冽在一起了。

她看着眼前的程冽，不知怎么的想起高三时程冽正儿八经地教她做功课的模样。

她凑过去亲了亲他的耳朵，轻轻地说："程老师，明天我们去了你的学校，你的身份就要被我识破了哦。"

程冽没想到许知颜会和他玩这种游戏，笑了好一会儿。

他摸了摸她的脸，凝视着她，问："那我要怎么做才能让许同学不生气？"

许知颜用手指钩住了他的皮带。

"那得看程老师今晚有没有好好地教我了。"

她话音刚落，程冽便低下头吻住了她。

家里没人，许知颜没有过多地压抑自己。

她一声声地叫着"程老师"，简直让程冽失去了理智。

她在面对他的时候总是这样毫无保留地展示自己：妩媚的声音、含笑的眼眸，都是让程冽沉沦的陷阱。

许知颜咬着唇笑，然后很难克制地在程冽的肩头咬了一口。

程冽抱着她，抚慰着她："你这是给我的教学盖了个认可章吗？"

番外二

第二天一早，程洌和许知颜带着工作人员去了恒康中学。

他们事先和校方沟通过。为了不影响学生学习，校方并没有公布此次拍摄的目的。老师们告诉学生，这两天学校请了工作人员来拍摄学校的宣传片，不用过多关注。

学生们讨论了一下就没了动静。对恒康的学生来说，学习才是王道。

蒋飞会接受节目组的单独采访，采访结束后才会和许知颜他们碰面。

虽然蒋飞做好了心理准备，但在见到程洌和许知颜的那一刻还是红了眼睛，不由得感到一阵心酸。

程洌、许知颜分别送了礼物给蒋飞，一份是定制的笔记本和钢笔，一份是一条高档领带。

蒋飞看着变化极大的两个人，一时移不开视线。

这些年他见过许知颜几次，见她的气色和状态比以前好了不少，就放心了。

他再看看程洌，发现程洌的个子高了一点儿，身上那股正派的气韵倒是不曾改变。程洌是个男人了。

他拍拍程冽的肩膀，擦了下眼泪，打趣道："臭小子。"

蒋飞话音刚落，又后知后觉地道："这个称呼我能叫吗？如果会引起不好的影响，可千万别播啊！"

许知颜和程冽都笑了。

蒋飞看着许知颜和程冽，有点儿不好意思，咳了两声，正经地道："听说你们准备结婚了？"

程冽点点头，道："我和知颜想请你做证婚人。"

"婚礼的时间定在什么时候？我一定去。"

"暂时定在七月八日，还有半年。"

"那还早。不过结婚这件事，你们得早早地准备起来。新娘要做保养、看婚纱，新郎要多赚钱，准备包红包！你们拍婚纱照了吗？给老师看看。"

程冽和许知颜说还没拍婚纱照。

半个月前，程冽才向许知颜求婚。为了拍综艺节目，程冽一直在没日没夜地工作，好空出时间和她待在一起做些有意义的事情。

他们现在还没想拍婚纱照，准备等两家长辈一起吃过饭再开始筹划婚礼流程。

和节目组商量过后，他们把拍婚纱照纳入了计划，但是还没找好拍婚纱照的店铺。

三个人又聊了一会儿，蒋飞终于觉得自在了。他关心程冽的学业，也听说过随大准备让程冽回去读书，毕竟这件事还上了新闻。

程冽告诉他，这件事是真的，自己会在九月去随大读书。

蒋飞别提多高兴了，笑着对许知颜说："知颜，他进了大学，你作为学姐可得多指点指点啊！"

蒋飞的一声"学姐"，让整个办公室的人都笑了起来。

告别了蒋飞，两个人牵着手慢悠悠地走出学校。镜头把冬日温暖的阳光和操场上张扬的篮球少年都拍了进去。

许知颜朝篮球场多看了一眼。

这些学生正是鲜衣怒马少年时。

她再抬头看向身边的男人，只见他的侧脸棱角分明，退去少年的张扬后，是令人心安的稳重、温柔。

想到这里，她笑了笑。

程冽听到她的笑声，低头看着她。

阳光明晃晃地照在她的脸上，白皙的肌肤像透明一般，束起的马尾垂在脑后，她化着淡妆，有几分当年的学生气。

程冽想起那一年他们站在树荫里，温柔的风迎面吹来。她问他："见到我，你开心吗？"

程冽握紧了她的手，问道："你想吃巧克力吗？"

从前他给她买过巧克力，是个小品牌的，只有学校的小卖部有卖，其实那款巧克力味道不错，入口即化。

许知颜点点头，让他去买。

程冽买好巧克力，学校里正好响起了下课铃。学生从教室里鱼贯而出，他们也刚好走出校门。

站在学校的围墙外，许知颜打开巧克力的包装，咬了一口，唇齿间充满了微苦又甜蜜的味道。

她说："巧克力的味道倒是没变。"

她递给程冽，让他也吃一口。

是啊，一点儿都没有变。

程冽慢慢地吃着巧克力，倚在栏杆上。两个人对视了一眼，嘴角缓缓上扬。

他们之间很默契，已经不需要用言语来表达。

从他们身后传来球场上少年们的欢呼声，这些学生应该刚赢得一场比赛。

天空很明亮，阳光很温柔。风拂过他们的嘴唇，是初恋的味道。

程冽花了一天时间找可靠的婚纱店。他在本子上写写画画，把每家店的优点、缺点都罗列了出来，供许知颜参考。

许知颜拍过不少照片，尝试过各种风格，唯独没拍过婚纱照。

她还记得以前徐峻安排过她拍婚纱照，但她很不敬业地拒绝了。那时候她性子比现在还执拗，没有办法接受和别人拍婚纱照。

现在她和程冽坐在沙发上晒着太阳，捧着热茶，挑选婚纱店，这种感觉太不真实了。

镜头将她看程冽的眼神记录得明明白白。那种眼神里充满了对喜欢的男人的欣赏，对生活的满足，对未来的憧憬。

程冽没注意到她的神色，一心扑在婚纱店的挑选中。

一是因为要拍综艺节目，二是因为结婚在他们的人生中只有一次，所以他想做到万无一失，想给她最好的婚礼。

最后他挑了三家，问许知颜想去哪家。

许知颜凑过去研究了一番，最终选择了一个新品牌。这家店刚开两年，不过好评如潮，店里的婚纱款式新颖，紧跟潮流，深受年轻人欢迎，拍的不是传统意义上的婚纱照。

程冽多加了一些钱，预约了半个月后的婚纱拍摄。

其实许知颜觉得没必要加钱预约，因为程冽的网店生意不算稳定，挣钱要看运气，寒冬又是鲜花生意的淡季。她不舍得他这么大手大脚地花钱。

程冽听完她的想法，说："你别在婚礼上帮我省钱。"

许知颜看了他一会儿，说："那好，结婚的对戒我要粉钻的。"

程冽对钻石戒指的克拉数没有什么概念，求婚时用那款戒指主要因为它有深刻的含义。他知道粉钻，也知道她在开玩笑。

他揽过她，揉了揉她的手，低声笑着道："把你老公的两颗肾卖了，也凑不到买粉钻的钱。"

说到"老公"二字的时候他微微停顿了一下，似乎在看她的反应。

她和程冽之间没有什么亲昵的称呼，不会喊对方"宝宝""宝贝"，也不会给对方取小名。这是程冽第一次自称"老公"。

他们暂时忘记了房间里还有摄像头。

许知颜的笑容一丝丝地漾开，她看了程冽许久，一时不知该如何接话。

她觉得有点儿肉麻。

不过……她很喜欢程洌的自称，他的声音低低的，听起来很性感，令人沉醉。

不知不觉，两个人就这么吻到了一起。这个吻很浅，很温柔，没有持续太久。

许知颜睁开眼，贴到他的耳畔，轻轻地说："晚上我想去看电影。可以吗，老公？"

她第一次叫他"老公"，在羞涩之余还有些不自在。那两个字短促而轻巧，却像羽毛一样拂过程洌的耳朵，让程洌从耳根一路痒到心头。

程洌看见许知颜的耳朵发红，知道她在假装若无其事。

她第一次主动吻他时，也是这个模样，在大胆中透着几分青涩的可爱和妩媚。

听到想听的两个字，程洌心满意足，也不打算再逗她，收拾了一下，带她去看电影。

他们很久没有一起看电影了。

当初程洌买的那两张电影票许知颜一直夹在奥数书里保留着。八年过去，电影票没有丝毫变化。

虽然看的不是八年前的那部电影，但他们现在能手牵着手坐在电影院里，安安静静地看一场电影，许知颜觉得很满足。

他们没有说话，程洌偶尔会剥一颗栗子递给她。

忽明忽暗的光掠过他们的脸庞，偌大的幕布上闪过鲜明的色彩。

在电影的结尾，扎着两个小辫子的小女孩追着一群蝴蝶跑，后来又看见了远道而来的小男孩。最后，他们趴在一棵猴面包树的树洞处，一起看流星。

女孩称男孩是她的灵魂伴侣。

许知颜终于知道该用什么词语来形容她的程洌了。

电影散场时，他们特地等周围的人先走，因为摄像组还要跟拍。

程洌接到了赵诚的电话。赵诚问程洌能不能去他的餐馆吃顿饭，让他上一次电视。

程洌做决定一向以许知颜为主。她愿意的话，程洌就没问题。

赵诚说："你问问她，好歹她曾经是我的女神。我还给她写过情书呢，写了整整八百字，对她非常欣赏！"

情书。程洌恍惚间想到那年在火锅店里发生的一切。

那时候，他觉得许知颜是个不好靠近的女孩，高傲又倔强，虽然看起来很迷茫，其实很清楚自己想要什么。

他轻笑了一声，捏着一颗栗子，对赵诚说："那我问问我的老婆。"

赵诚啧了一声，又笑了起来，认为程洌在炫耀。

这声"老婆"对许知颜来说很受用。她点点头，说："那我们去他的店里吃个饭吧。"

程洌收拾好饮料瓶和栗子壳，一手拎着垃圾，一手揽着她的腰。两个人走出了电影院。

镜头将他们的身影拉得很长。

回想起当时程洌是怎么追的她，又是怎么告白的，她始终觉得自己主动的次数更多。

在夜晚昏黄的路灯下，两个人互相调情，充满了温馨。

她让程洌也给她写封情书。

程洌笑着说好。

番外三

综艺节目的拍摄工作结束后，两家人一起吃了个饭。

过去程孟飞对许志标和于艳梅没什么好印象。程冽提前向程孟飞解释了一番，程孟飞才以稍微正常的眼光去看待这对夫妻。

于艳梅很少说话，也不贸然插嘴，任由他们商量女儿的婚事。

许志标会打交道。一两白酒一灌，两个男人便开始称兄道弟。

在综艺节目录制期间，程冽拜托杨倩芸找熟人选了一块地。老城区附近的土地不贵，有些人在城里买了房子，就想把老家的房子卖掉。程冽看了几栋房子，最后选择了一栋附近人少的。

程孟飞原本不想操心他们的事情，但听说程冽要买乡下的地，觉得不妥。现在大家都往城里跑，哪有往乡下走的？程孟飞唠叨了许久，说以后如果住在乡下，孩子的教育问题、交通问题、医疗问题都不好解决。

程孟飞在饭桌上和许志标说起这件事，摇着头道：“现在的年轻人，想法真的和我们不一样了。”

许志标也是经历过大起大落的人，说：“随他们吧，日子是他们自己过的。如果他们在乡下过不下去就回来，我们都在。”

许知颜知道许志标这话的意思，但没说什么。

她不想戳穿许志标，免得徒增苦恼，倒不如佯装不知道，顺其自然地和许志标相处下去，是好是坏都随缘。

那两年的生活，她忘不了。但二十七岁的她明白许志标没在金钱上亏待过她。况且，许志标和于艳梅的人生也充满了悲伤。

关于孩子，许知颜和程洌早就聊过了。

许知颜不是很担心孩子的教育问题，他们选的土地位置不偏。

他们有车，交通方面比较便利，况且现在的交通四通八达，医疗更不成问题。

许知颜说起小孩的教育问题，程洌有点儿蒙。

过了好半晌，程洌才打断她，问："现在的小孩三岁就要上英语课？"

许知颜说："我举的例子是反例。我认为我们的孩子不需要这么忙，不需要上清华、北大，不需要多才多艺，只要他能做喜欢的事情就行了。"

程洌低声笑着，说："时代变化真快。"

他搂着她，用手环着她的腰，轻声地问她："你想生吗？"

其实，他觉得现在生孩子还早，毕竟经济条件还不够稳定，自己也没精力去照顾孕妇或小家伙。他想和她好好地相处一段时间，把遗失的岁月补回来。

他有很多事情想和许知颜一起做。

但客观地说，他们的年龄越来越大。对女性而言，早一点儿生育，恢复起来更快。

他不知道许知颜想不想生孩子。年轻的时候，他们没谈论过这个话题。

许知颜想了一会儿。其实她想说随缘就好，但看到程洌温柔的神色，忽然心软了。

如果她能生一个长得像他、性格像他的孩子，似乎是件很有意义又令人满足的事情。

她说："我觉得我们可以试一试。"

她平常吃得太少了，从录制综艺节目开始才稍微吃得多一点儿，偶尔还会吃几口零食。

程洌陪她去医院做了检查。

明知道她的身体不会有什么大问题，在等待结果的时候程洌还是有些坐立难安，想抽根烟，考虑一下，忍住了。拿到报告，他进去找医生。

许知颜的身体的确没什么问题，虽然她常年减肥，但身体的各项指标都不错，只不过需要补充叶酸，改善一下饮食。她不需要大补，也不必过于紧张，正常吃饭就好。

所以许知颜回自己家住的那段时间，会特地多吃一点儿于艳梅做的饭菜。不想长得太胖，她就加大了运动量。

又是一个春天，花卉市场迎来热潮。程冽和程孟飞又一头扎进网店的生意里，干得如火如荼。许知颜白天会过去帮忙。

她真的体会到了什么叫玩泥巴也是快乐的。

只是童琪好像比她还开心。

为了录制综艺节目，她回了卢州，童琪也跟来了。童琪在卢州待久了，就不太想回随城了，说和大家在一起比较开心。

童琪很年轻，只觉得还有什么事能比开心更重要？

程扬在周末会回来，偶尔也会往花圃里跑。

他和程冽不一样，在沟通方面比正常人要弱。程冽要扛起家庭的义务，他却没有办法做到，况且种花也不是他喜欢的工作。

一开始，大家都以为程扬是害怕孤独才来花圃帮忙的。

许知颜发现这件事还是在初夏的婚礼上。那时候，他们录制的综艺节目也正好播出了。

时间过得很快，许知颜调理身体，程冽戒烟戒酒。两个人尽量保持良好的作息，定时运动，虽然忙碌，却异常满足。

许知颜在工作最忙的时候，三天只睡了五个小时。现在的生活她无法用言语来形容，只觉得这或许是人生中最美好的时光之一。

他们的那套房子在五月初建成了，装修得很简单。房间内有很多留白，他们准备慢慢地用生活填满。

程冽安排好自己的时间，和许知颜一起挑选了家具和室内装饰品。看着这个家一点点地有了人气，程冽觉得自己离幸福只有一步之遥了。

不过两个人还是担心室内有甲醛残留，打算只在这里办婚礼，等三个月后再搬进去。

夏天到了，院子里的草坪绿油油的一片，四周的竹林成了一面天然的围墙，遮住了二楼的阳台和卧室。

程洌早早地在院子里栽种了绣球花，粉色的大花绣球盛开在通向房屋的小路两侧，蔷薇花从围墙上倾泻而下，朝气蓬勃的玛格丽特盆栽则被他摆在“图书馆”的廊檐下。

程洌在靠“图书馆”一侧的草坪上种了几棵樱花树，还搭了一架秋千，只可惜夏天不是樱花盛开的季节。

婚礼那天天气很好。前两天刚下过雨，空气清新，阳光明媚，人们抬头望去，只见碧空如洗。

他们没有按照传统的流程办婚礼，不安排接亲，也不摆酒席。

他们请了蒋飞做证婚人，让赵诚和面馆的老板来准备食物，又请了和许知颜关系好的李晁芮和阿余来唱歌，主持人就由季毓天担任了。

严爱和季毓天提前一天到了卢州。看到他们的婚礼这样简单，严爱和季毓天都瞪大了眼睛。季毓天忍不住拍拍程洌的肩膀，说：“还是你们会玩。”

严爱和季毓天在早上六点多就到了现场，那时许知颜和程洌刚睡醒。

许知颜和程洌有点儿担心新房的有害物质超标，又因为兴奋，几乎聊了一晚上。快五点时他们才睡着，一睁眼以为上午九点了，谁知道才六点。紧接着他们听到了门铃声，严爱和季毓天来了。

严爱第一次来这里，觉得房间比许知颜发给她的照片要好看许多。瞧瞧这满院子的花，瞧瞧这别具一格的空间设计，再瞧瞧那个有透明屋顶的“图书馆”，多棒啊！

严爱和许知颜没聊几句，程扬和童琪也赶了过来。他俩一个是伴郎，一个是伴娘。

童琪赶着给许知颜化妆，进门后就直奔楼上，跑得小脸红扑扑的。严爱打趣说：“你怎么跑得这么急？瞧你的脸多红啊……你的脖子被蚊子咬了？我有喷雾，你要不要？”

童琪下意识地摸了摸脖子，笑了笑说：“也许吧。我们先化妆吧！”

许知颜和严爱不觉得有什么异常，开始忙碌起来。

楼上的人在化妆，楼下的人在布置现场，大家时不时地交流一下，问对方顺不顺利。男男女女的笑声混在一起，阳光一点点地涌了进来。

番外四

许知颜的婚纱和头饰非常简单，不需要盘发。

婚纱是程洌开车带她去随城挑的，那边有几家十分有名的婚纱店。严爱和童琪跟着去了。

试穿婚纱的时候，严爱凭着经验让许知颜试了两条拖地鱼尾裙，效果很好。但许知颜觉得不合适。

严爱和童琪感到可惜，说："要不你就穿鱼尾裙吧，阿洌看得都说不出话了。"

程洌当时真的说不出话来。虽然没有电视剧里的场景那么夸张，但他觉得这件婚纱比许知颜拍婚纱照时穿的那件还好看。

许知颜问："是不是很好看？"他点了点头，觉得不够肯定，又点了一下。

许知颜对着镜子照了很久，最后还是没选这条，买了一条干净利落的婚纱，颇有少女感。

现在她换衣服也不需要别人帮忙，三两下就能穿好。

严爱摸了摸她的腰，说："你最近吃这么多也没长胖，太夸张了吧！"

许知颜："我每天跑几公里，长了一点儿肌肉。"

“长在哪里？小腿上吗？”

“有一点儿。”

“看不出来，你的小腿线条很好。”

童琪帮许知颜化了很淡的新娘妆。她跟了许知颜这么久，知道许知颜的皮肤底子好，不需要化浓妆。

许知颜坐在梳妆台前，和童琪挨得近了，看到了童琪脖子上的红点。看了一会儿，她隐约觉得这不像是蚊子咬的。

严爱开始逛卧室了，先拍拍床试试软硬，然后在卫生间里照了一会儿镜子，又走到阳台上呼吸了一下新鲜空气。

不一会儿，严爱走进卧室，又和许知颜说起“图书馆”来。

严爱靠在梳妆台边，比画着，说：“亏阿冽想得出来，居然在家里造了个‘图书馆’。他为了讨你欢心，真是费尽心思。我听季毓天说，‘图书馆’里的每一本书都是阿冽亲手挑的，还专门买了许多童话书。什么时候季毓天能这样浪漫就好了。”

许知颜闭着眼任由童琪化妆，但扬了扬嘴角。

许知颜说：“才结婚一年，你就对老公有怨言了吗？他对你还不够好吗？”

严爱嘟嘟嘴，道：“凑合吧，就是……就是我现在还没怀上孩子。”

“不是都检查过了吗？你们没什么问题，再等等吧。”

“我就是很着急。万一你先怀上了孩子，我还没有，要怎么订娃娃亲？我早就想好了故事情节——季家的千金小姐与娱乐圈的二代精英相爱了，他们一个天真可爱，一个温柔疏离。”

童琪没忍住，笑了出来。她认识严爱不久，但觉得严爱是个可爱、幽默的人。

许知颜说：“如果咱们生的都是女孩，你还会这样想吗？”

“咬咬牙，我觉得可以。”

三个人笑成一团。

上午，宾客陆陆续续地来了。有和程孟飞风雨同舟的几个好兄弟，有这对新人的好友，也有许知颜的父母。

许志标和于艳梅没带别人来。他们的朋友许知颜不认识，来了也挺尴尬的。既然许知颜要办个简单、开心的婚礼，那就让她无拘无束地搞吧。

男人们在楼下忙活，女人们在楼上聊天、铺喜被。

于艳梅上来看了看许知颜，趁着严爱和童琪去忙别的事情的时候，帮许知颜理了理头发。

许知颜一向冰冷的神色变得柔和了许多。

于艳梅轻声说："婚纱很好看，白色很适合你。"

许知颜浅浅地笑了笑，算是回应。

后来于艳梅就下去了，不想横插进这个年轻人的世界。

上午十点二十八分，程冽上楼来接许知颜。

童琪没当过伴娘，一时难以招架。程冽和程扬很轻易地就通过了脑筋急转弯测验和体力考验。

程冽穿着一身笔挺的西装，解开了白衬衫的两粒扣子，看起来英俊又不失男人味。

程冽和程扬在三分钟内一人找到一只被童琪藏起的新娘鞋，大家又是一阵起哄。

严爱有些气急败坏，程冽怎么这么轻易就通过了考验？亏她当初还和许知颜打了好几个小时的电话设计这些考验环节。

奈何她不是伴娘，而童琪已经被大家整蒙了。

程冽笑着蹲下身，给许知颜穿鞋。

他捏着她骨肉匀称的脚，缓缓地给她穿上鞋。两个人对视了一眼，随后程冽横抱起许知颜往楼下走。

许知颜钩着他的脖子，用手指刮了刮他的耳朵，眼里满是爱意。

程冽把许知颜接到楼下，婚礼仪式正式开始。

大家花了一上午的时间，在草坪上搭好了仪式台，白玫瑰铺了一地。

大概因为这里的生态环境好，院子里飞舞着好些蝴蝶。它们不怕人，自顾自地在花丛中流连。

季毓天干咳了两声，开始念台词。

他们没有播放常规的婚礼进行曲作为背景音乐。阿余和李晁芮演唱了那首《今天你要嫁给我》，旋律一出，人们仿佛闻到了夏天的香气。

季毓天把手一挥，说："现在，有请新娘入场！"

许知颜挽着许志标的胳膊缓缓地朝程冽走去。风和日丽，阳光照亮了每一个人脸上的笑容。

程冽从许志标手里接过许知颜的手，来到司仪季毓天面前，大家是老熟人，难免忍不住笑。

季毓天苦练了几百遍，现在不看稿子也能如流水般顺畅地发言。两个人立下誓言，交换戒指，一步步地进行着婚礼仪式。

他们交换完戒指的那一刻，阿余和李晁芮继续唱歌，气氛再一次被点燃了。

季毓天说："现在，有请新郎亲吻新娘！"

许知颜以为程冽会蜻蜓点水般地献上一吻，谁知道他直接揽住她的腰，用另一只手扣着她的脑袋，重重地吻了上来。她的身体向后仰着。

严爱在底下带头尖叫鼓掌，赵诚更是夸张，直接大喊："别停！别停！"

在笑声中，程冽松开了许知颜，顺便给她擦了擦唇角。许知颜的口红花了。

季毓天还在讲话，而许知颜和程冽对视着，笑了又笑。

作为证婚人，蒋飞握着话筒讲了一刻钟。他讲了自己第一次见到许知颜时，对许知颜有什么印象；又讲了自己教了程冽三年，对程冽有什么看法。如今这对郎才女貌的情侣终成眷属，作为见证者他感到无比开心。

底下的人对老师十分尊敬，特别是严爱和季毓天。蒋飞一开口，他们仿佛一下子回到了穿着白色校服的十八岁。

蒋飞讲完了，轮到两家父母发言。程孟飞太高兴了，想率先讲话。

他文化水平不高，不如蒋飞能说会道。但今天来的都是自己人，他不怕丢脸。

他说："不是我王婆卖瓜，阿洌真的是人中龙凤。在他小的时候我就想，不知道以后什么样的姑娘能掳走他的心？现在我总算知道了。夸完我的儿子，我得夸夸我的儿媳。她的模样是万里挑一的，性格也是，有时候我甚至觉得阿洌配不上她。闺女，你嫁到我家来不用做家务，不用生儿子，也不用担心其他的杂事，过好自己的日子就好。爸爸希望你们接下来能顺风顺水，彼此扶持，去做自己喜欢的事情，毕竟人生就那么一回。"

说完这短短的几句话，程孟飞情绪有点儿激动。以前程洌只是个小毛孩，什么都不懂，跟着自己吃泡面，不知道什么时候突然长大了，扛起了家庭的重担，成了一个顶天立地的男人。

程洌和许知颜分别抱了一下程孟飞，以示对父亲的感谢。

许志标不知道该说什么，毕竟在这样的日子里说不开心的事情不吉利，说开心的，又觉得他们亏欠她的太多了。

他说了几句祝福的话，又嘱咐程洌好好地对许知颜。

互相拥抱的时候，许知颜说："谢谢你，爸。"

这一刻，她是真心感谢许志标的。

仪式结束，许知颜扔出捧花，结婚的、没结婚的都来抢，最后捧花落在了程扬手里。

陈伯对程孟飞说："大儿子的喜事办完了，该轮到小儿子了。"

程孟飞更想哭了，程扬似乎也是个男人了。

被围观的程扬不知道说什么好。

童琪站在程扬的斜对面，也不知道说什么好，只希望大家别看着自己。

吃过午饭，许知颜换上一条丝绸质地的红色长款礼服，长发垂在一侧，看起来性感、妩媚又不失端庄。

严爱拉着大家拍照，说：“等我们老了要回忆往事，只有照片是最有力的证据。”

上了年纪的人喝了酒就想睡觉。几个老年人往瑜伽垫上一躺，睡得发出了鼾声。

程洌安顿好他们，回去找许知颜，见几个女生在拍照就没打扰她们。

阿余喝了酒，白皙的皮肤变得红彤彤的。他对程洌也没见外，一口一个哥叫着，说自己也想睡一会儿。

程洌扶着他走进一楼的一个小房间。许知颜看见了，怕程洌照顾不过来，打断了严爱的话，也过去帮忙。

阿余对许知颜有意思，程洌早在演唱会上就看出来了。可是对程洌来说他就是个孩子，和程扬一样。上次阿余在网络上也帮了他们，程洌对他充满感激。

阿余为了他们的婚礼排练了很多次歌曲，很辛苦。

男人之间没有那么多心机。阿余对他们是真心祝福还是虚情假意，程洌从他的一个眼神中就能看出来。

程洌给阿余盖好被子，转身看见许知颜，笑着说：“没事，我都安排好了，让他好好地睡一下午吧，估计他在飞机上没合过眼。”

许知颜点点头。

程洌看了一眼那边的几个女生，把许知颜拉进了一旁的杂物间。杂物间挂了一条日式风格的长布，分隔出两个空间。

他终于可以好好地看一看他的新娘了。

程洌吻了吻她的额头，轻声细语地问她：“你今天累不累？要不要上楼去睡一会儿？”

许知颜摇头直笑，任由视线流连在他解开的衬衫扣子处。再往上一点儿就是他的喉结，是她最喜欢的地方。

她说：“你今天……看起来很不一样。”

“哪里不一样？”

“我说不上来，只觉得‘老公’终于从名词变成了形容词。”

程洌明白了。

他和许知颜经历了许多。今天的仪式结束后，他们就要用另一种眼光看待对方了。从今天开始，他们真的成为伴侣，要坚守誓言，携手度过一生。

程洌搂着她，深深地吻上她的唇。

忽然，他们听到一阵喧闹声，还有高跟鞋踩在地上的声音。

童琪担忧地说："严爱姐姐，你没事吧？我去给你拿水！"

许知颜和程洌闻言赶过去，只见严爱在卫生间里呕吐，把中午吃的都吐了出来。

季毓天喝了一点儿酒，正气定神闲地坐在沙发上拉着程扬说男人要怎么挑老婆。季毓天听说严爱不舒服，酒立刻醒了，飞一般地冲过去。

程扬看着到处找水的童琪，指了指放在一旁的箱子，说："水在那边。"

童琪没答话，跑过去拿水。

程扬也走了过去，站在童琪的身后，用低沉却带着暖意的声音说："我把捧花放在你的书包里了。"

"嗯……"

童琪拿了水转过身，刚好贴上程扬的身体。她用手轻轻地推了他一下，红着脸逃走了。

番外五

严爱呕吐得厉害，但精神看起来不错。吐完了，严爱就靠着季毓天拍胸口。

季毓天给她擦了擦嘴，让她喝水慢一点儿。

被一群人围着，严爱有些不好意思。毕竟这是许知颜的婚礼，要是她出了什么岔子，今天就不完美了。

严爱喝完水后感觉舒服了许多，摆摆手说："我没事啦！可能我对海鲜过敏。"

季毓天："你不是随城生蚝王吗？"

严爱没说话。

许知颜还是有点儿担心严爱。严爱的身体素质很好，她不常生病。今天的食物应该是没有问题的，严爱怎么突然把吃的都吐了出来？

严爱是中暑了，还是肠胃不适？

许知颜说："下午没什么事了，你要不去医院看一下吧？"

季毓天摸了摸严爱的脑袋，没好气地说："我也觉得你该去看一看。"

严爱觉得自己没什么大问题，有些抵触去医院。她去了那么多次医院，检查了那么多遍，就是没有怀上宝宝。

严爱架不住季毓天的强势，被季毓天塞进车里。季毓天开着车一溜烟地去了医院。

初夏的午后，阳光强烈。几个人窝在客厅里看电视，有些昏昏欲睡。

许知颜和程洌坐在沙发前的地板上。程洌盘着腿，一手搁在膝盖上，一手揽着她的腰。他盯着偌大的电视屏幕看综艺节目。

许知颜靠在他的怀里，拿着手机和严爱聊天。严爱说，他们在等检查结果。

许知颜收起手机，看了一眼程洌。他大概困了，微微地眯着眼睛，那副样子看起来怪好笑的。

许知颜戳了一下他的脸："你困就去睡一会儿啊。"

程洌搂紧她，笑着说："不困。严爱那边怎么样了？"

"她在等结果，应该很快能回来。晚上让赵诚给她准备一点儿清淡养胃的食物吧，太油腻的就别给她吃了。"

"好，等赵诚醒了我和他说。"

许知颜开玩笑道："晚上得让他们少喝点儿酒，季毓天、阿余都得开车，不能喝了。赵诚也是，中午喝了这么多，晚上烧饭时还能分清糖和盐吗？"

程洌点点头，又朝后面瞥了一眼，见大家都闭着眼在休息，低下头快速地亲了她一口。

许知颜笑了笑，也朝后看了一眼，只见李晁芮、杨倩芸、贺秦、童琪、程扬都歪着头睡着了。

婚礼虽然简单，但大家也花了不少时间和精力。

李晁芮原本有工作，还得抽空和阿余编曲排练。目前是花卉生意的旺季，杨倩芸和贺勤没日没夜地扑在网店上面，还抽空过来帮忙打扫、搬家具。童琪要干助理的活，要帮网店拍摄产品照片，还要帮着他们包喜糖、布置婚房。程扬好一点儿，但比以前回来得勤多了。

今天他们来得早，热闹了一上午，下午确实容易犯困。

许知颜拿过遥控器想关电视，无意间按到别的按钮，跳到了另一个节目，一段欢快的音乐声突然响起。

这几个人都睡得浅，听到音乐声就醒了。

程冽顺势说："要不你们都去休息吧，在沙发上睡觉不舒服。"

贺勤眯了一会儿，精神好了很多，摸了摸后脑勺说："不用不用，睡啥啊？等他们从医院回来了，咱们正好开两桌麻将！麻将牌我都带来了！"

"呀！"李晁芮忽然叫了一声，兴奋地道，"知颜，这是不是你们参加的综艺节目啊？"

几个人瞬间打起了精神，闻声看去，果然是许知颜和程冽参加的综艺节目。

童琪："对哦！这个综艺节目在昨晚首播了。知颜姐，你们没看吗？"

许知颜忽然想起前些日子黄耀确实和她说过节目开播的日期，但是一忙就忘了。以前她从不看综艺节目，因为那时候她在节目里是配角，没什么重头戏。

其实许知颜跟程冽提过开播日期，可是事情太多，程冽也忘了。

贺勤赶紧拿了一些开心果、瓜子、饮料过来，想瞅瞅自己有没有上电视。

先导片之前就放了，这会儿他们只能看到一节前情提要。

许知颜和程冽靠在学校的围墙上吃冰淇淋，粉色带碎星特效的字幕缓缓地出现了："夏天和十七岁，校服和冰淇淋。接下来他们即将踏上新的人生旅程。"

紧接着第一期节目正式开始。许知颜和程冽"咖位"不够，所以他们的节目排在第一位播放。

节目组给他们的故事起的主题是《结婚进行时》。

他们在老房子的客厅里商量选婚纱。程冽仿佛在做高考试卷一样聚精会神，而许知颜就在旁边看着他，氛围很宁静，但画面莫名其妙地变成了粉色。

"弹幕"上，观众用清一色的粉色字体发表感想。

“我对认真做功课的男人毫无招架之力！”

“她的眼神真的充满了爱！”

“确认过眼神，是对的人！”

“他的家看起来好简陋啊！”

“如果他没有出事，肯定过得比现在好，别说人家的背景了。”

“看起来他们不像是为了在一起而在一起的。”

“天啊，刚刚他俩没说一句话，怎么就突然吻在一起了……”

“啊，我死了！”

“如果我有罪，法律会制裁我，而不是看他们接吻！”

大家比发“弹幕”的网友看得还起劲，起哄声一声高过一声。

画面一转，两个人去了电影院。节目组打出字幕：“年少时，他们错过了一场电影，如今有幸还能在一起欣赏。”

“我超级喜欢这部电影！”

“这部电影是我超级喜欢的漫画改编的，推荐给大家！”

“本来我不想看这对情侣的节目，但是男主角长得很好看。”

“他们很真实啊！”

“大概因为男主角是普通的人吧，显得这段关系更真实。”

“他们是我的学长学姐，要为学校争光啊！”

看到赵诚用一通电话把他们叫了过去这一幕后，贺勤拍着大腿，道：“早知道那时候我就给你打电话了！”

程洌：“后来节目组不是拍过你吗？”

“得等到第几期我才能出现啊？我那个前女友看到了，肯定会被气死的，哼！”

杨倩芸斜眼看他：“你上电视是为了你的前女友啊？”

贺勤连忙岔开话题：“大河向东流啊，天上的星星参北斗啊……他们几点回来啊？”

正巧，严爱打来了电话。许知颜停住笑，接起电话。

严爱在那头说得语无伦次，许知颜听明白后，轻轻地啊了一声，笑着说：“是好事啊，你们快回来吧，晚上我让厨师给你准备专门的孕妇餐。”

孕妇？大家立刻懂了，原来严爱怀孕了，怪不得中午吐得那么厉害。

童琪的眼睛亮了一下：“她怀宝宝了吗？上午严爱姐姐还担心自己怀不上，看来今天真的是个好日子。”

挂了电话，许知颜对他们说：“孩子有四周了，好像没什么大问题。他们准备回随城后再详细地做个检查。”

李晁芮挑眉道：“你们也加油吧！我等着当干妈呢！”

贺勤：“哥，今晚加油！”

程冽笑着握着许知颜的手，说：“我们准备顺其自然。”

童琪听到许知颜也有生孩子的计划，乐呵呵的，却发现程扬在看自己，瞬间笑不出来了。

她和程扬这件事该怎么告诉大家啊？好苦恼。

童琪原本想再瞒大家一段时间，因为觉得有些羞耻，自己居然和艺人的老公的弟弟在一起了！不知道许知颜和程冽到时候会用什么样的目光看自己，她想到这里就恨不得找个洞钻进去。

但她万万没想到，自己越想瞒越瞒不住，这件事很快就被发现了。

当时的场面还很尴尬。

晚上婚礼散场后，他们送走了客人，童琪和程家人、许家人一起整理房间。

大家都很累，程冽没打算一晚上就搞完。简单地收拾了一下，程冽就让他们回去休息。

许志标带着于艳梅回去了，童琪打算开车送程孟飞和程扬回去，但程孟飞不想麻烦她，提出和程扬打车走，让她赶紧回去睡觉。

果不其然，趁着他们还在安排事情的时候，程扬把她拉到了后院。

什么也没说，什么也没问，程扬直接亲了上来。

童琪觉得一颗心就快跳出嗓子眼了，低声叫着他的名字。程扬像没听见一样。

亲了一会儿，他才说：“我们什么时候可以说？”

程扬的意思是，什么时候可以公开他们的关系？

童琪觉得自己像个坏人，不断地哄骗着一个单纯的小男孩。也不对，程扬一点儿也不单纯。

是他先表白的，是他先亲她的，早上他还咬了她……他一点儿也不单纯。

见她不说话，程扬很认真地说：“我也想和你结婚。”

童琪很开心，但是还是觉得要再等一阵子……

为了安慰他，她踮起脚主动地亲了他一下。

然后，他们旁边的窗户突然亮了起来，一束光照在他们的身上，许知颜和程冽就站在窗前看着他们。

童琪扭头看去，和许知颜四目相对，久久回不过神来。

只有程扬微微地勾了一下嘴角，很快又恢复成那副淡然的模样。

今天剩下了很多酒，程冽和许知颜不打算退，想让两家父母带回去。

他们把酒堆在靠客厅那边的一个储物间里，谁知道一开灯发现有两个人在外面，仔细一看，是程扬和童琪。

这两个人在……接吻。

番外六

程冽找了个借口让程扬和童琪先留一会儿，让许志标和于艳梅送程孟飞一程。长辈不想过问年轻人的事情，年轻人说什么就是什么。

客人走了，院子空了，玫瑰花架还摆在那里，玻璃门窗上镶着金边的红色喜字在灯光下发出亮闪闪的光。

童琪把头埋得很低，像做错了事情的小孩。而程扬端端正正地坐在那里，一副理直气壮的样子。

程冽和许知颜坐在沙发上，看着程扬和童琪，笑了很久。

童琪毕竟是许知颜的助理，脸皮薄，程冽不好拿她做开场白。但程扬话少，估计也问不出什么。

程冽只好先讲自己的想法。

他双手合十，搭在腿上，低沉而缓慢地说："你们谈恋爱怎么没告诉我们？难道我们会棒打鸳鸯不成？你们在一起也挺好的，就是童琪……小扬可能需要你多照顾他一点儿。"

童琪猛地抬起头。

她点点头："程扬很好……其实他很会照顾人。"

程冽："是，我们小扬其实很会照顾人。你们在一起多久了？"

童琪看了一眼程扬，刚想开口，程扬抢先一步平稳地道："我喜欢她，喜欢了四个月零五天。”

许知颜算了算日子，是三月份。那时候他们正在忙房子的事情，一点儿也没看出来程扬喜欢上了童琪。

程扬平时话很少，一双黑眸闪着冷静的光。没想到他在这些事情上倒是快准狠。

许知颜问：“是你先告白的吗？你喜欢童琪哪些地方啊？”

程扬说：“哪里都喜欢。”

“不能说得再具体一点儿吗？”

“她的头发很软。”

许知颜：“谁先表白的？是小扬吗？”

程扬：“嗯。”

童琪沉默了，心想：程扬能不能别说了？好羞耻。

这出乎程洌和许知颜的意料。不过也不难理解，程扬能这么直接地承认，告白又有什么困难？

许知颜瞥了一眼程洌，视线在两兄弟之间来回移动。她越看越觉得他俩外貌相似就算了，连喜欢上一个人的表现也都那么直接，只不过程扬是长江后浪推前浪。

童琪最后还是没守住，架不住许知颜的一声“弟妹”，老老实实地交代了。

她和程扬是在过年看烟花的时候正式在一起的。那天看烟花的时候人太多，贺勤只管杨倩芸，她则有程扬。

那是让她汗流浃背的一个雪夜。

因为她全程都依偎在程扬的怀里。

许知颜和程洌久久没回家，房间里只有她和程扬。她之前睡在程扬的房间里，气氛一度很尴尬，直到她的肚子叫了起来。

程扬不会做饭，但还是笨手笨脚地试着给她煮了碗面。他白净的手被油溅得发红，但他什么也没说。

他说晚上吃一点儿面食好消化，程洌以前就经常煮面给他吃。

于是，他们有了一碗面的交情。

慢慢地，他们的接触多了起来。因为他俩既要忙着给花圃的产品拍照、写文案，又要忙着帮许知颜筹办婚礼。

在三月童琪生日的那天，他约她出来吃饭，直接告白了。

童琪没细说当时的场景，怕说出来自己就不好做人了。

当时下着雨，程扬撑着伞送她回租的房子，送到门口还不愿意走，问她喜不喜欢自己。她紧张得舌头都打结了。

她刚说出“喜欢”二字，他就亲了过来。

对面的邻居打开门，于是他抱着她闪进了她的房间里，亲了一遍又一遍。

他一点儿也不像个有自闭症的人，简直太会挑逗她了……

后来，她不知道要怎么面对程冽和许知颜，一直和程扬保持着地下恋情。

许知颜问她到底在顾忌什么。其实不管是谁都不会对这段恋情持反对态度。

童琪想了半天也没想出理由，只是觉得很不好意思，像拐骗了小孩一样。毕竟，程扬比她小。

告别前，许知颜和童琪轻声地说：“喜欢彼此的话，你们就好好地在一起，有我和程冽在，可以帮你们解决一些困难。”

说罢，她又逗了童琪一下，叫了童琪一声“弟妹”。

童琪重重地点头，只能回以一个最明净的微笑。

送走他们，程冽让许知颜先去洗漱。他要把电路检查一遍，再把该关的电器关掉。

院子里的灯熄灭了，“图书馆”内电器的电源也被他关掉了。锁上楼下的门窗后，程冽上楼。

许知颜已经洗漱完毕，坐在贵妃椅上用精油按摩小腿。

程冽走过去坐下，很自然地帮她捏腿。

许知颜拿起一边的毛巾擦头发。夏天洗完头，头发总是干得很快。

许知颜想起刚刚童琪和程扬的样子，觉得很好笑。

她说："你之前还担心程扬，我倒是觉得他和你比起来更胜一筹。"

"怎么他就更胜一筹了？"

"程扬可是先告白的那个。"

程洌笑："你怪我当年没有比你先表白？"

"也不是，我只是觉得……"

"觉得什么？"

许知颜放下毛巾，握住他的手，似笑非笑地说："我只是觉得为什么每一次主动的都是我？"

玫瑰精油散发出淡淡的香味，许知颜穿着一条酒红色的吊带丝绸睡裙，她的皮肤在灯光下泛着顺滑的光泽。

程洌感觉到她的皮肤又软又滑，这让他掌心发热。

程洌把视线落在她的红唇上，笑着说："真的每次都是你主动吗？"

许知颜意有所指地说："那就要看你今晚的表现了。"

程洌捏了捏她的小腿，把她打横抱起，放在了床上。

他压低声音说："我先去洗澡，今天出了很多汗。"

许知颜点点头，指了指右边："我把换洗的衣服放在那边了。"

"好。"

程洌洗得很快。他用毛巾随意地擦了几下，头发就干了。

他走到床边，却发现许知颜已经睡着了。他摸了摸她的头发，是干的。随后，他给她掖好被角。

今天她确实累了。

程洌熄灯后躺在床上没有很快睡着，外面有隐隐约约的昆虫叫声。他闭上眼后，白天的一幕幕场景开始在脑海里自动放映。

整场婚礼都是许知颜策划的。要用什么颜色的玫瑰，请多少人，走什么流程，做什么菜肴，她都细心地考虑到了。

比起那种大办宴席，在不太熟悉的客人间敬酒的传统婚礼，今天的婚礼让参加的人尽兴而轻松。

他们终于在以后要生活的地方完成了这个仪式。

他尽情地想象以后的光景。

他正想着，许知颜似乎从浅睡中醒了，下意识地往他的身边靠。

“空调再调低一点儿吧，我觉得热。”她说。

他把空调温度定在二十六摄氏度。再低的话，后半夜许知颜就会觉得冷了。

借着窗外的微光，程冽摸了摸她的额头，没出汗。

他说：“我给你拿一台小电扇？后半夜可能要下雨，会降温，你别感冒。”

她轻轻地嗯了一声。

程冽起床翻出柜子里的一台小电扇。他觉得现在的东西越来越高级了，这台电扇功能很多，定时也准确。

他设置好电扇再回到床上，刚钻进被窝，肩膀就被许知颜按住了。

她醒了，吻上了他的嘴。

程冽顺势环住她的细腰，化被动为主动。

许知颜陷在柔软的被褥里，风吹得她的睫毛在颤抖。

她听到程冽说：“今晚我够主动吗？”

程冽呼出的热气扑到她的耳边，像漫天飞舞的火星，烧得她寸草不生。

许知颜没想到，这晚过后自己就怀孕了。

八月，她没来例假，觉得自己可能怀孕了。

她让程冽晚上回来带根验孕棒，但程冽等不到晚上了。许知颜给他发完消息一个小时后他就回来了。

他把车一停，直奔她身边。

她当时在“图书馆”里看书，听到程冽的声音，看着他迫切又有点儿紧张的眼神，没忍住笑出声来。

她觉得就算自己真的怀孕了，也不是什么惊天大事啊，程冽何必这么紧张？

她用验孕棒一验，果然怀孕了。

为了避免检测结果出错，第二天他俩又去了卢州最好的妇幼医院做检查。

许知颜的身体很好，胚胎也很健康。

到了晚上，大家都来围观她的肚子。肚子还很扁，看不出有什么。但程孟飞已经开始和它说话了。

程孟飞的举动确实夸张了一点儿，但许知颜能理解。新生命的到来，会让每个大人都变回小孩。

程冽从前就很喜欢小孩子。即使因此发生了不愉快的事情，他也没变。

不管是男孩还是女孩，他都喜欢。

以前他更希望许知颜生个女孩，因为女孩看着可爱。但转念一想，女孩似乎容易受欺负，所以现在他觉得生个男孩也不错。

不凑巧的是，程冽要去随城两个月。他在二十七岁这年要上大一了。

严爱在电话里快乐地说："知颜，你和他一起去呀，反正在随城有公寓。你的公寓离随大不远，我们正好可以一起养胎！我真的太开心了，以后大概可以和你们定娃娃亲了！"

程冽问许知颜："什么娃娃亲？"

许知颜一五一十地说了。

程冽听完，笑了很久，说："严爱的想法总是这样天马行空，和当年一模一样。"

两个人都没想到，后来的故事真的像严爱说的那样展开了。

番外七

许知颜怀孕后，体态圆润了不少，但也在控制体重。严爱则不知不觉地胖了一圈。

程洌一向是个很有耐心的人。在学校读书的两个月，他看了十几本关于孕妇和宝宝的书籍，每天记录许知颜的饮食和日常反应。

严爱怀孕后吐得很厉害，许知颜却没有什么不适，像没怀孕一样。

医生说有些孕妇在早期就有反应，有的到了四五个月才会呕吐。到了生产时，有的疼得受不了，有的很快就能生出来。

严爱觉得一定是因为她的小孩太调皮了，遗传了季毓天的不良基因，所以才折腾得她很难受。

季毓天心想：孕妇最大，老婆最大，我忍了。

许知颜怀孕四个月左右时，有了一些反应。那段时间她的胃口不太好，程洌就变着花样给她做菜，还顺带做起了宝宝餐。

熊猫饭团，萝卜煎饼，小狮子面条。

许知颜都用相机记录了下来，打算到时候做成相册。

再后来，胎儿彻底稳定了，只是许知颜睡觉时有些吃力，身体也有些浮肿。

程洌每天晚上搂着她，给她讲故事。

许知颜有时候忍不住会反驳他两句，因为觉得有的故事太离谱了。

六月，许知颜临近生产了。家里快被朋友送的婴儿用品堆满了。朋友们不知道孩子是男是女，所以送的物品比较中性化。

许知颜自己也买了不少东西。她突然觉得前几年自己拼命赚钱是对的，现在可以给孩子比较好的生活环境。也因为自己的坚持，孩子能在和谐的家庭氛围中成长。

她快生的时候，接到了严爱的电话，严爱说："我这两天每天向老天爷祈祷，你放心，你生的肯定是儿子。"

严爱在一个月前生了个女儿，叫季舒悦，所以迫切地希望许知颜生个儿子。

严爱的女儿粉粉嫩嫩的，有时会哭闹，但又非常好哄，大人一逗她就笑。

许知颜看了很羡慕，也想要个女儿。程冽则反反复复地看着季毓天发来的照片和视频，眼里溢满了喜悦。

但是他们的希望落空了，许知颜生的是个儿子。

程冽给儿子取名程钰，意思是珍宝。他希望儿子长大后坚毅而阳光。

小小的程钰很好带，跟着大人的作息走，夜里从不哭闹。他笑的时候很像程冽，有一双和程冽一样黑亮的眼睛。

程冽对他爱不释手。除了喂奶，其他的事情都由程冽打理。店铺和学校忙的时候，程冽就把孩子交给于艳梅帮忙照顾。

于艳梅照顾了许知颜一个月，怕许知颜在月子里落下病根。毕竟她的偏头痛就是当初生许墨光时落下的。

许知颜没说什么，只是偶尔逗孩子时会说："这是外婆，叫外婆。"

有个晚上于艳梅情绪失控了，和许志标在回家的路上哭得不成样子。他们做了几十年的夫妻了，许志标明白于艳梅在想什么，拍拍她的背，说："现在多好啊，你有什么难过的？"

比起程冽，许知颜觉得自己是个不合格的家长。因为她只掌握了理论知识，操作起来不如程冽得心应手。

程钰似乎也更喜欢让程洌抱。有人说，是因为男人的怀抱更结实，小孩更有安全感。

许知颜认为确实如此，因为她晚上靠在程洌的怀里睡觉时就觉得踏实极了。

许知颜生完孩子，激素水平下降，情绪比较低落。每个安静的夜晚，程洌都会抱着她说着各种趣事，一遍遍地吻她。

程钰会走路了，会说话了，会数数、唱歌、背诗了。等到他四岁，要上幼儿园了，许知颜和程洌才稍稍松了口气。

他们暂时不用担心程钰的教育问题。他在健康地长大。

程钰真的很聪明，记忆力也很棒。

严爱和季毓天见过程钰两次。隔了一年，程钰还认得他们，还在他们面前背诗歌、讲故事。

严爱激动得不行，对许知颜说："谢谢你们，把我的女婿培养得这么好！"

晚上程洌陪程钰搭乐高的时候，程钰很认真地问："爸爸，什么是'女嘘'？"

程洌纠正道："是'女婿'。"

"哦。那什么是女婿？"

"爸爸就是你外婆的女婿。"

程钰眨了眨眼："那我为什么是严爱阿姨的女婿？"

程洌揉了揉他的头："阿姨喜欢你，和你开个玩笑。"

"我也喜欢阿姨，愿意做她的女婿！"

在准备水果的许知颜笑了："话可不能说得太早。"

说完，她端着水果走过来，顺带刮了刮程钰的鼻子。

小孩子的注意力总是转移得很快。程钰安静地吃起水果来。他最喜欢吃妈妈准备的水果了，切得小小的，有正方形、三角形、圆形。

程钰不贪吃，但也不会浪费。

吃完水果，他自己擦干净嘴，把纸巾扔进垃圾桶里，开心地拉起程洌的手："爸爸，我吃完了，有没有长高啊？"

程洌笑了："那我们去量一量？"

"好啊好啊！"

量完，程钰有些气馁。

他觉得自己长得太慢了。等长高了，他就不那么容易摔倒了，也能够到书架上的书了。

院里的小树苗都比他长得快。

那是他三岁生日时和爸爸妈妈一起种的，是他的树。他在书上看到过，这棵树叫白杨，生存能力很强。

爸爸妈妈希望他能像这棵树一样茁壮成长。

他也一定会像这棵树一样健康地长大！

许知颜每年会接一些杂志封面的拍摄工作，参加一些小型综艺节目。但她生完孩子后，工作就越来越少了。她做模特这一行，的确是吃青春饭。

后来她就把重心放在了读书上，一边照顾程钰，一边准备考研。程洌毕业的时候，她又成了他的学姐。

平时耳濡目染，程钰也很喜欢看书。许知颜在"图书馆"里做题，他就在旁边晃着小腿看故事书，看完后还会和她交流想法。

小孩子的世界单纯而快乐。他问她："什么叫食物链？为什么大家要吃来吃去？我可不可以养一株食人花？人类现在还缺什么？我可以发明。"

程钰上学后，就更聪明了。他很会讲故事，做算术题的速度飞快。

只是许知颜觉得，孩子越大性格就越内敛。上小学后程钰再也不是那个"黏人精"了，长相也俊俏了不少。

他遗传了许知颜的白皮肤，给人一种高贵冷艳的感觉。

不过还好，程钰和程洌一样温柔。

有次许知颜发高烧，程钰寸步不离地守着她，让她睡醒后哭笑不得。

程钰有模有样地给她倒水、量体温、递药片。

许知颜不知道，小小的程钰在作文里写过这样一句话："温柔的人最珍贵，我的爸爸妈妈教会了我如何去做一个温柔的人。”

在许知颜三十四岁那年，程钰六岁。许知颜收到了一档亲子节目发来的邀约。

公司希望许知颜能参加这个节目。对正在慢慢淡出群众视野的她来说，这是个很好的机会。公司认为她可以不要名气，只谈报酬，借机赚一笔钱。

许知颜不在意钱，觉得这个圈子不适合程钰。她和程冽都不想让程钰踏进娱乐圈半步。

其实从程钰出生那天起，就有一部分人时刻关注着他。程钰的照片在网络上流传得到处都是。

最清晰的一张是程冽牵着程钰走在街头的照片。程冽外形俊朗、身姿挺拔，程钰眉清目秀。大家都说程钰看起来很讨人喜欢。

大概这就是节目组找上他们的原因。

晚上，程冽在厨房里做海鲜汤，许知颜在客厅里陪程钰玩一款赛车游戏。不过她今天状态不佳，玩了三轮，都输给了程钰。

程钰赢了很开心，对许知颜说：“妈妈，我赢了，明天能拿你的卡片玩吗？”

许知颜愿赌服输：“当然可以。”

“谢谢妈妈！”

程钰放下手柄跑去厨房，踩着小板凳帮程冽洗菜，压低声音说：“爸爸，妈妈今天好像很累，晚上的小汽车比赛我们就不去了吧。”

程冽知道许知颜在为什么烦恼。但他看着程钰懂事的模样，感到很欣慰。

他笑着说：“没事，妈妈应该很乐意陪你去。你好不容易才进入前三名，不是吗？”

“那妈妈为什么看起来这么累？她今天没做什么啊，只是接了很多电话而已，打电话也会累吗？”

程冽和许知颜对程钰实行平等教育的方针。他们认为孩子满四岁后就有了自己的想法，家长不能再用带有欺骗性质的说辞去哄孩子。他们对程钰实话实说，程钰听不懂时，就耐着性子解释。

在这个家里，他们三个人的地位是平等的。

程洌往锅里加上冷水，开大火，再盖上锅盖。他低头看向程钰，温和地道："妈妈在为一项关于你的工作而烦恼。我和妈妈不是很希望你去参加综艺节目，怕对你的未来造成不好的影响。"

"那妈妈可以拒绝啊。"

"但是妈妈和公司签有合约，这份工作不是很好推辞。"

程钰把洗干净的蔬菜放好，仰着头很认真地看向程洌："那是什么工作？"

程洌用最简单的话向程钰解释了一遍，程钰一下子就明白了。

他很早就知道妈妈是个很厉害的人，因为家里有很多杂志上有妈妈的照片，在电视里的广告中也会出现妈妈的脸。爷爷告诉他，妈妈是明星。其实准确地说，妈妈的职业是模特。

程钰对于上电视本身不是很感兴趣，但对上电视要做的事情很感兴趣。

听起来，妈妈的这份工作充满未知和挑战。他要和爸爸妈妈一起去陌生的地方探索，也真的很想知道那个地方是什么样的。

程洌见他一副好奇的模样，忽然意识到自己和妻子带程钰去的地方似乎少了一点儿。

从前程钰小，夫妻俩带他出门很不方便。程钰去过最远的地方就是随城了，在随城的生活和卢州差不多。

平时，他和许知颜都尽量把工作和生活分开，尽可能留出时间陪程钰。他们会带他去参加小汽车比赛，去海洋馆、动物园，去看流星雨，去野营。

他们希望程钰有开阔的视野。

程洌拍拍他脑袋，说："晚上我再和你妈妈商量一下。"

最后，他们接受了综艺节目的邀请。

节目组上门来拍先导片，给了程钰很多镜头。因为程钰自己会整理行李，考虑要带什么东西。

工作人员和他开玩笑：“你不带一点儿玩具吗？”

程钰摇头说：“那边肯定比玩具更好玩。”

许知颜和程冽听到这个回答都笑了，真诚地说：“那边的生活可能会有点儿苦哦。”

程钰跑到爸爸妈妈身边，抱着程冽的腿说：“我不怕，爸爸会保护我，我会保护妈妈。”

节目组选的拍摄地点是山脚下的小村庄，村庄里种了很多茶树。

七月的风拂过柳叶，程钰一下子就喜欢上了这个如山水画一般的地方，在做任务的时候十分卖力。

他没有很重的胜负心，只想把每件事都做好。

许知颜把这个节目当成了亲子活动来录。她主要想让程钰体验一下不同的文化和生活，但没想到一家人最后把亲子节目录成了爱情综艺节目。

个月后，节目录制到了尾声。几个家庭坐在一起吃东西、聊天、唱歌。

山里的风要多清爽就有多清爽，明月挂在高空，照亮每一个人的笑脸，有萤火虫飞到他们的身边。

导演让每个小朋友对自己的爸爸妈妈说一番心里话。他们可以说出对父母的感谢，可以说出自己的理想，也可以说出希望父母改掉的缺点。

程钰是最后一个上场的。他穿着白色的T恤，黑色的中裤，脚上有几个蚊子咬的包，乌黑的眼像两牙新月。他有些紧张地站到了中间，面朝许知颜。

他清了清嗓子，刚准备开口，又有些不好意思。他看了一眼程冽，再次鼓起勇气。

程冽朝他微微地点了点头，鼓励他不要紧张。

程钰的口齿特别清楚，讲话的语调像许知颜，不慌不忙。

他说：“我叫程钰，今年六岁。很开心在这段时间里认识了你们，我很喜欢和你们在一起玩。但我最开心的是和爸爸妈妈一起度过了一个非常特别的夏天。前几天晚上，我问爸爸喜不喜欢夏天，爸爸说很喜欢。我觉得很奇怪，因为夏天有好多蚊子，我不是很喜欢。然后爸爸告诉我，他喜欢夏天，是因为在十七年前的夏天遇见了妈妈。这是爸爸第一次告诉我他和妈妈的故事，讲了好长时间。"

说到这里，程钰朝许知颜笑了笑，道："爸爸说，他还记得第一次见到妈妈时的心情。那天下着雨，有风，妈妈站在便利店门口吃干脆面。爸爸觉得妈妈的眼睛像银河，皮肤像冬雪。他说，一生里最幸运的事情是认识了妈妈。他还说欠妈妈一封情书，而我就是最好的情书。所以爸爸让我告诉妈妈：爸爸会永远永远永远这样爱你。我也会永远永远永远这样爱你。"

许知颜笑了又笑，朝程钰张开双手，抱住他说了一声谢谢，然后深深地望了一眼程洌。

程洌凝视着她，浅浅地笑着，用口型说："我爱你。"

程钰和季舒悦高考完的那一年，两家人又见面了。季毓天一家住在许知颜的家里。

程钰和季舒悦都考上了随大。

程钰对季舒悦并不陌生，每两年他们就会见一次面。她是个自来熟的人，从来不觉得他陌生。

他们整整三年没见过面，但她一见到他就能直接叫出他的名字。她笑的时候会露出两颗小虎牙，眼睛弯得像月牙。

季舒悦很喜欢程钰家的秋千，每次来他家都感觉像在度假。她一点儿也不喜欢随城那边的封闭式生活，想呼吸一口新鲜空气，都成了奢侈的事情。

季舒悦穿着白色的连衣裙，兴奋地坐上秋千。

程钰来不及阻止。秋千很久没用了，有灰尘，需要擦一擦。

她不在乎，说："阿钰，快来推我呀！"

程钰收起纸巾，走到她身后，轻轻地给她推秋千。

季舒悦往后仰着头，晃回来时能看到程钰倒立的身影。她乐得直笑。

她说："你说我们会不会分到一个班啊？如果在一个班，你以后把作业借给我抄，行不行？"

以前他从不给她抄寒暑假作业，还会讲一堆说辞。现在他们上大学了，如果他还不愿意，她就打小报告。

反正许阿姨和程叔叔可疼她了。

程钰看着少女明媚的笑脸，沉默了好一会儿，然后吐出两个字："不行。"

季舒悦："你是弟弟，就不能听一下姐姐的话？……不推了？别别别！小气鬼！讨厌！"

荡了一会儿，季舒悦站起来拍拍屁股，摸到一手灰，尖叫起来，哭丧着脸看向程钰。

程钰没说话。

上了大学，季舒悦参加了许多社团，每天像花蝴蝶一样在各社团之间飞来飞去。程钰不喜欢参加社团活动，宁愿待在图书馆里做题。

这只花蝴蝶飞累了就去找他，坐在他的身边扭来扭去。他转头一看，她在打游戏。

程钰被她缠得学习效率直降。

期中考试没考好，他觉得很头痛，季舒悦又来找他了。

他忍着气，问她："你不学习吗？就不怕你爸断了你的生活费？"

"不怕啊，断了生活费，你养我呗。"

他不知道说什么好。

"你养不养啊？"她在追问。

程钰无言以对，想走，但她忽然挽着他的手，笑嘻嘻地说："我们可是定了娃娃亲的，你要对我负责。"

周围的人向他们投来好奇的眼神。

程钰把她拉走了。

她怎么越大越无所顾忌？

还记得小时候，她学着电视剧里的情节喊他“老公”，差点儿让他捏断了笔。她还偷亲过他，假装抹着眼泪说：“亲爱的，你保重，我得了癌症，对不起……”还有一次，她硬是让他求婚，拿一个易拉罐的拉环当戒指。

季舒悦笑得更开心了。程钰拉了一下她的手。

两个人到了一个没人的角落。他还没来得及说话，季舒悦就笑着说：“阿钰，我喜欢你呀！”

她说话时很直白，不加任何掩饰。

程钰一瞬间什么气都消了。

季舒悦说：“明天是光棍节，我不想当光棍啦。你和我在一起吧，好不好？”

他张了张嘴，觉得嘴里很干。

“你……”

“我？我喜欢你。”

“可是……”

“可是什么？我一直都喜欢你啊，你不知道吗？和我在一起，好不好？”

程钰的眼神一暗，他轻轻地嗯了一声，说：“我知道了，你期末考进前三我就答应你。”

季舒悦咬了咬牙，清脆地道了一声好。

天知道她用了多少勇气才向他告白，结果还要用考试成绩换取爱情？程家的人怎么这么恐怖啊？她为爱考上了随大还不够吗？

不过妈妈和许阿姨说了，要拿下阿钰，就得软磨硬泡。他吃软不吃硬。

于是她壮着胆子抱了抱他，欢快地道：“男朋友，我去学习了！”

看着她快要飞起来的背影，程钰轻轻地笑了笑。

有情人终成眷属。

独家番外

程洌去大学报到的前几天，许知颜跟着他去了随城。他们就住在许知颜的公寓里。

从过年到现在，许知颜只回来过几次，还好请了阿姨定时来打扫。

许知颜怀孕了，公寓里很多东西要更换。

所以光是行李箱程洌就带了三个：一箱是许知颜的衣服和护肤品，一箱是他的衣物和书籍，一箱是许知颜的日用品。

开了四五个小时的车后，两个人抵达公寓。程洌一刻也没停下，把三个大行李箱拿了上来，说什么也不让许知颜碰。

程洌把公寓里家具锋利的边角都用柔软的防撞角包裹好，然后开窗通风，换空气净化器的过滤网，最后拿出新的被套铺好床，让许知颜躺在床上先休息一会儿。

在许知颜躺下前，他还给她垫好了枕头。

许知颜已经不想和他争了，任由他安排。

他让她休息那她就休息，他让她起来活动那她就活动一下。

自从她怀孕后，程洌变得有些敏感和紧张，脑子里的弦就没放松过。

虽然他什么都不说，尽量不把内心的紧张表现出来，但许知颜觉得他小心得有点儿过分。

怀孕后，许知颜在第一时间把这个消息告诉了公司，说下半年自己应该不会再接工作了。收到公司的回复后，许知颜就留在了卢州。

两个人觉得婚房的有害气体还没挥发完毕，于是在老小区暂住。

许知颜没什么事情可以做，白天会和程冽一起去花圃，帮些小忙。但自从她险些被水管绊倒后，程冽就不太希望她去花圃了。

她永远也忘不了，当时程冽急得满头是汗，脸色紧张。

他怕她因为他的失误流产了，又怕他照顾得不够好，让她的身体不舒服。许知颜以为他是紧张孩子，但程冽说，如果许知颜不小心流产了，要休养很久身体才能恢复，会受苦。

许知颜让他别这么紧张，自己总不能在怀孕期间什么都不做，只是坐着吧？而且现在她怀孕才几周，还没显怀。

程冽说："我不知道怎么和你说我的感受，现在每次看到你，总会不自觉地看你的肚子。我……"

许知颜听完笑了，搂住他，贴着他的耳朵说："我知道了。以后我什么都听你的。"

程冽也知道自己过度紧张了，但实在控制不住自己。

他也笑了，笑自己初为人父，举止笨拙。

所以两个人进入公寓后，许知颜就听任程冽安排了。

她就这么笑而不语地倚着床头，看着程冽忙里忙外。

程冽在整理她的行李箱。他把她要换的睡衣叠好放在一侧，其余的衣服则挂进衣柜里。收拾完衣服，他又问她护肤品要怎么摆。

看着这些瓶瓶罐罐，程冽在床边坐下，问她："这些化妆品是孕妇可以用的吗？安全吗？要不要换成孕妇专用的？"

"这些化妆品孕妇可以用，我查过。"

"那就好。"

放下那瓶乳液，程冽把目光放在许知颜的身上。

房间里，空调的风徐徐地吹着，程冽终于可以轻松地喘口气了。刚才他忙了好一会儿，后背都湿透了。

许知颜和他对视着，忽然，两个人都笑了起来。

许知颜问：“你笑什么？”

程冽摸了摸她的脸：“没什么，你这段时间待在卢州是不是很无聊？”

“有点儿无聊。”

“是我太忙了。不过现在我有空了，如果学校的课程安排得不是特别紧，这两个月我陪你逛逛随城吧。”

“嗯，好啊。”

她确实觉得和程冽缺失了一段在随城的恋爱时光。虽然现在她的身份比较特殊，但也别有一番滋味。

晚上两个人躺在床上，许知颜问他即将面对比自己小很多的同学，心情会不会有点儿忐忑。毕竟他要学着怎么去和同学们打交道，要重新拿起课本。

程冽把双手枕在脑后，想了一会儿，说：“确实有点儿忐忑，我不知道怎么和年轻人打交道，毕竟年龄差距太大了。”

“我问了你三个问题，你就答一个？”

“我不是答了两个吗？”程冽笑着说。

“所以你担心的只是怎么和同学打交道？”

程冽不说话了，伸手把她拥入怀里，过了好一会儿才低低地问她：“你是什么意思？想故意和我闹？”

许知颜是故意的。

她不经常向程冽发脾气，一直觉得情侣之间有话应该好好说。多沟通，是她和程冽之间的相处模式。但最近她总会发脾气，有点儿难以控制。

许知颜顺着程冽的话打趣他说：“严爱总说婚姻是爱情的坟墓，男人只有挂在墙上才会老实。万一你被年轻的小姑娘勾走了魂，我怎么办？”

程冽很乐意陪她演一演戏。

他假装思考了一会儿，说：“年轻的小姑娘看见我在书包里放着几本母婴书，大概会连夜买站票跑路吧。”

许知颜笑了笑，肩膀抖动着。她抬起头看着他，在黑暗中和他四目相对。

她轻声说：“这话是贺勤教你的？”

“嗯，他总爱讲网络段子，我就记住这个了，你怎么笑得这么开心？”

“不知道为什么，我听你讲这个段子，觉得格外好笑。”

“那我改天多学一些。”

说完，他满怀热情地吻了她。

本来那只是夫妻间的一句玩笑话，谁知道真的有小姑娘相中了程洌。

九月初学校开学，程洌情况特殊，不必住校，要学的课程只有其他学生的一半。当然，程洌必须在考试中达到和其他同学同等的水平才算合格。

他的专业没有变。为了入学后的日子过得顺利一点儿，程洌在开学前就自学了一部分课程。

他坐在班级里有些格格不入。十八九岁的人和二十七八岁的人的气质完全不一样。程洌像看小孩子一样看他们。

程洌忍不住给许知颜发了条短信，问：“当时你在大学读书是什么感觉？”

许知颜说：“我感觉身边多了很多来自不同地区，有不同性格的人。能和他们和气地相处是幸运，遇到道不同不相为谋的才是常态。”

程洌说：“我真的年纪大了，看到他们只会想到小扬。”

但那些年轻人看到程洌，并不会觉得程洌是大哥哥、老父亲。因为程洌长得显年轻，只是不张扬，做事从容不迫，什么问题都难不倒他。

他们也听过程洌的故事，觉得程洌很厉害，成绩又好，还有个明星老婆。

他们和程洌朝夕相处，发现程洌人挺好的。

有些女孩比较大胆，就喜欢轰轰烈烈的爱情，即便程洌有老婆，也要去撩拨一下。

其中一个女孩三天两头地约他去吃午饭、看免费电影，还想跟他一起打游戏。发现程洌不打游戏后，她就想约他去图书馆自习。

程洌拒绝了几次，发现那个姑娘实在难缠，温和的态度顿时冷了下来。

他不笑的时候看起来很严肃，很有压迫感。

他把几本育儿书放在桌上，用手指点了点书，严肃地道："我没空陪你玩，你还是把心思放在读书上吧。"

当着其他人的面，他说出了这句话，没给女孩留情面。

那姑娘很难堪，然后吹了个口哨，假装无所谓。

十月底，随大要举办校庆活动。许知颜接到了邀请函，去了学校，然后就听说了这件事。

随城已经入秋，但天气还算暖和。许知颜怀孕才两三个月，肚子不明显。她穿着连衣裙和针织衫外套坐在礼堂里，依旧很显眼。

每年校庆，学校都会请几个毕业的风云人物做演讲。前几年许知颜都婉言拒绝了，今年却答应了。

许知颜准备上台时，听到旁边有几个女孩在窃窃私语。其中一个说："她就是程洌的老婆啊，确实比追程洌的那个姑娘好看。"

另外一个姑娘扑哧笑了一声，说："人家哪有那么好追？用三两句话就把她打发了。"

许知颜闻言，内心起伏了一下。她演讲的时候，全程把目光集中在程洌的身上。

她有点儿生气，因为他没跟她提起过这件事。

演讲结束，她提着裙子绕到后台想去找他。谁知他早就在后台等她了，一看到她就去扶，生怕她绊倒。

有些同学偷偷地拿手机拍下他们的照片，然后兴奋地分享给朋友看。

当初他们参加的那档综艺节目的热度很高。不少人喜欢看他们的日常生活，觉得两个人的关系真实、甜蜜，每一个细节里都藏着心动。

许知颜跟一些认识的人简单地打过招呼，准备离开礼堂，程冽自然要跟她一起走。今天的校庆结束后，他的在校课程也结束了。他要收拾一下，和许知颜回卢州。

两个人手牵着手沿着林荫小道走。从不远处的篮球场上传来少年的呼唤声，昏暗的灯光下，有几对小情侣在卿卿我我。

程冽看她穿得单薄，问："冷不冷？"许知颜摇头说："不冷。"

她握紧了程冽的手，看了几眼脚下的落叶，又抬头看看静谧的夜空，觉得秋天的晚风是温柔的。

忽然，许知颜停下脚步，转身面对程冽，似笑非笑地看着他。打量了他一会儿，她说："你最近没什么事情瞒着我吗？"

"嗯？"

许知颜这突如其来的一问，程冽没听明白。见她一副要生气的样子，他笑了笑，问："我瞒你什么了？"

许知颜："果然，男人结婚了就会变得不老实。"

程冽把她的头发掖到耳后，低声笑着。

"我哪里不老实了？"

"我听说有姑娘看中你了。"

"原来你说的是这个。"程冽放低声音说，"小事一桩，我能处理好，就没和你说，怕你胡思乱想。"

许知颜不缺安全感，对程冽也没有任何怀疑，只是想借此再确认一下他对自己的宠爱。

比如现在，只要她提起这件事，他就多了个哄她的理由。

她不是爱撒娇的人，但怀孕后觉得撒娇真好。她可以依偎在他温暖的怀抱里打趣他，然后看他想尽各种办法哄她开心。

她觉得好像回到了高中的时候。

她来不及说话，程冽就伸出双手抱住了她，用手掌抚摸着她的后脑勺。

他性感低沉的嗓音在夜色下显得尤其动听。

他说："在这里的两个月像做梦一样。如果那时候没有发生那些不好的事就好了，我想和你一起读大学。"

如果没有发生那些事，他可以每天早上给她带一份早餐，上大课时悄悄地和她坐在一起，晚上带她逛各种小集市，也可以像现在这样，在星光璀璨的夜晚互相拥抱。

这些美好、令人悸动的事情，他只想和她一起做。

许知颜把脸贴在他的胸口上，说："现在也很好啊。"

"也是。"程洌说，"只不过我总觉得有些遗憾。之前还没这么想，到了这边，那种感觉就越来越强烈了。我一直在想，如果那几年在你的身边就好了。"

许知颜轻轻地笑着，不说话了，一切尽在不言中。

这段时间，程洌每天都和许知颜一起吃饭，一起看学校剧场的免费电影，一起去图书馆看书、做题。

他带着许知颜逛遍了学校的每一个角落，给她拍了很多照片。偶尔，他也允许她吃几口路边摊的食物。他挤在满是女生的廉价服装店里，看她试一套又一套的衣服。他租了一辆双人的电动车，带她去兜风。

别人有的，他都想给她，这才是属于他们的生活。

校庆活动开始，一束束烟花冲向夜空，毫无保留地绽放，光影照在他们的身上。

程洌在她的额头上落下了一个吻。